劉和平

北平無戰事

第一卷 明月溝渠

#【好評推薦】

林博文（專欄作家）
南方朔（文化評論者）
夏　珍（風傳媒總主筆）
趙少康（資深媒體人）
管仁健（文史工作者）
廖彥博（歷史學者／作家）
劉燦榮（知本家文化社社長）

當一個巨大的存在，一瞬間消失，不是土崩瓦解，而是一堵高牆，
歷史在那邊，我們在這邊。

——獻給西元一九四八

【目錄】

導讀

民國北平的最後一瞥

廖彥博

《北平無戰事》是一部精彩萬分的懸疑諜戰小說，之所以精彩，除了情節之外，還在於小說的時空背景：那令我們既熟悉又陌生的一九四八年北平城。

二十一世紀初的台灣，關於「民國」的符號在我們身邊仍然隨處可見：買早點時從口袋掏出有蔣中正頭像的硬幣、報紙或公文書上的民國年號、以及不一定出得了台灣島的青天白日滿地紅國旗。

現在兩岸交流日漸頻繁，我們身邊不乏有在大陸工作、就學的家人、同學、朋友，從台北直飛北京，航程是三個小時。北京，眾所周知，是人民共和國的首都，人民大會堂、翻飛的紅旗、毛澤東紀念堂、天安門城樓上的毛像……，好像是北京的「臉」。從台北看，北京與民國之間，距離似乎非常遙遠。

可是，就是這座北京城，曾經有二十多年，叫做北平（民國十七年，國民革命軍北伐進入北京，改北京為北平）；在這座北平城裡，上一段提到的建築，全都還沒有出現，而今日已經看不到的景觀，那時仍然存在。曾經有一段時間，青天白日滿地紅國旗在城裡飄揚；曾經略顯破舊失修的天安門城樓上，張貼的是「天下為公」四個大字，懸掛的是蔣主席（後來成了蔣總統）的肖像。《北平無戰事》把故事背景設定在這座北平城裡，那是北平的最後一瞥，也是民國在大陸的謝幕演出。

一九四八年，也就是民國三十七年，七月初夏，戰爭，離北平似乎很遠。此時，「戡亂」的烽火在山東，在東北，在陝北，而國軍的戰況，在經過當局審查過的報紙上，消息一片大好。如果你是個在北平念書的大學生，也許在上下課的間隙，你所見到的還是林語堂筆下「過著一千年來未變的生活」的老北京：

離協和醫院一箭之地，有些舊式的古玩鋪，古玩商人抽著水煙袋，仍然沿用舊法去營業，誰去理那回事？穿衣盡可隨便，吃飯任擇餐館，隨意樂其所好，暢情欣賞美山——誰來理你？

或者，你會期待著老舍筆下盛夏之後，乾爽宜人的秋天：

中秋前後是北平最美麗的時候。天氣正好不冷不熱，晝夜的長短也劃分得平勻。沒有冬季從蒙古吹來的黃風，也沒有伏天裡挾著冰雹的暴雨。天是那麼高，那麼藍，那麼亮，好像是含著笑告訴北平的人們：在這些天裡，大自然是不會給你們什麼威脅與損害的。西山北山的藍色都加深了一些，每天傍晚還披上各色的霞帔。

可是，戰爭其實離北平愈來愈近。北平軍政高層人物的變動更迭，更讓人感到戰雲密布。今年三月，原來統管華北五省三市（山西、河北、熱河、察哈爾、綏遠五省，北平、天津、青島三市）的北平行轅主任李宗仁，突然宣布要競選副總統。李上將是桂系首腦，又有人稱「小諸葛」的國防部長白崇禧力挺，居然打敗蔣總統支持的國父之子孫科，當選行憲後第一任副總統。他留下的華北重任，就落在新成立的華北剿匪總司令部總司令傅作義的肩上。

傅作義是人稱「山西王」的太原綏靖公署主任閻錫山的老部下，如今統管華北，坐鎮北平，手上有五十萬大軍，看起來威風八面，實際上，他正一步步陷入進退不得的困局裡。首先是戰事吃緊，蔣總統有意將華北大軍南撤，而這是傅總司令不願意看到的。其次，北平城裡龍蛇雜處，既有傅作義的老部屬，也有中央的嫡系將領，據說更有共產黨的潛伏分子，以各式各樣的面目，出現在我們身旁。上海有名的政論刊物《觀察》周刊一針見血地說：「傅作義想要運用平津兩市的人力物力，那就不得不捲入一些公私的是非之中。」

《觀察》的記者說得太客氣，傅作義捲入的不只是公私是非，他和整座北平城正面臨一場即將吞噬一切的巨大風暴。糧食配給、學生請願、軍警鎮壓、物價飛漲、幣制改革……，事情發生的速度，猶如一道愈來愈快的氣旋，在北平軍民來不及仔細思索其中含意的時候，中共的華北、東北兩大野戰軍，已經在今年年底連成一氣，北平和天津變成了廣大「解放區」裡飄搖的孤島。一九四九年一月，戰已不能、退又無路的傅作義，不得不和中共談判，和平交出北平。一月二十二日，也就是南京蔣中正宣布「下野」、離開總統職務的隔天，華北剿總宣布和中共簽署停戰協議。三十一日上午十時，昂首闊步的解放軍士兵，就在市民的夾道歡迎下，由西直門列隊進入北平城。

讓我們回到前面那個北平大學生的視角，看看這段風雲變幻的時期。七月五日，東北流亡學生不滿華北剿總強制他們參軍，和北平各大專院校學生四千多人到市參議會前示威，青年軍第二〇八師竟然開槍鎮壓，打死十八人，受傷百餘人，史稱「七五事件」（這也是小說的開場）。他可能就在抗議的隊伍當中。

八月十九日，他在報紙上看見行政院頒布財政經濟緊急處分令，停用節節貶值的法幣，改發行金圓券，住在上海的家人來信，說他們踴躍響應政府號召，將原來持有的外幣、黃金全都兌換成金圓券。對此他心有疑慮，但是來不及阻止。沒過兩個月，物價再次飆漲，金圓券形同廢紙，政府採取限價政策，於是糧食也不運進城，北平城裡米麵一日數漲，一石米要價幾十億元。就在這個百姓對政府信心全失的時候，不肖官吏在糧食分配上，還要上下其手、中飽私囊……。

就在這個人心苦悶、驟變將至的北平危城裡，我們都可能會與《北平無戰事》中的角色擦肩而過：穿著飛行夾克的帥氣飛官方孟敖，他看似滿不在乎的神情底下，隱藏著重大的祕密。他的弟弟、北平市警察局偵緝處方孟韋副處長，夾處在剿總與貪腐的官吏之間。方副處長的直屬上司，是陰陽莫測的「中統」情治人員、局長徐鐵英，他心中打的是什麼算盤？方孟敖、孟韋兄弟的父親，中央銀行北平分行經理方步亭，被交付了什麼樣的祕密計畫？還有國防部預備幹部局的曾可達少將，奉「經國局長」（也就是當時正在上海督導經濟的蔣經國）之命，來到北平查案，國民黨僅存的清廉良心、「戡亂建國」的革命大業，在國共雙方的夾攻底下，能夠逃出生天嗎？

民國北平的最後一幕，現在正式登場。

（本文作者為歷史學者、《止痛療傷：白崇禧將軍與二二八》合著者）

【黨國組織關係圖】

◆華北勦總司令部

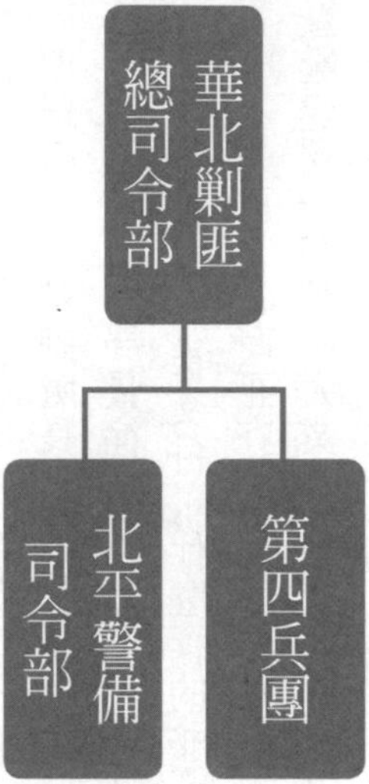

◆國民黨組織

◆國民政府組織架構

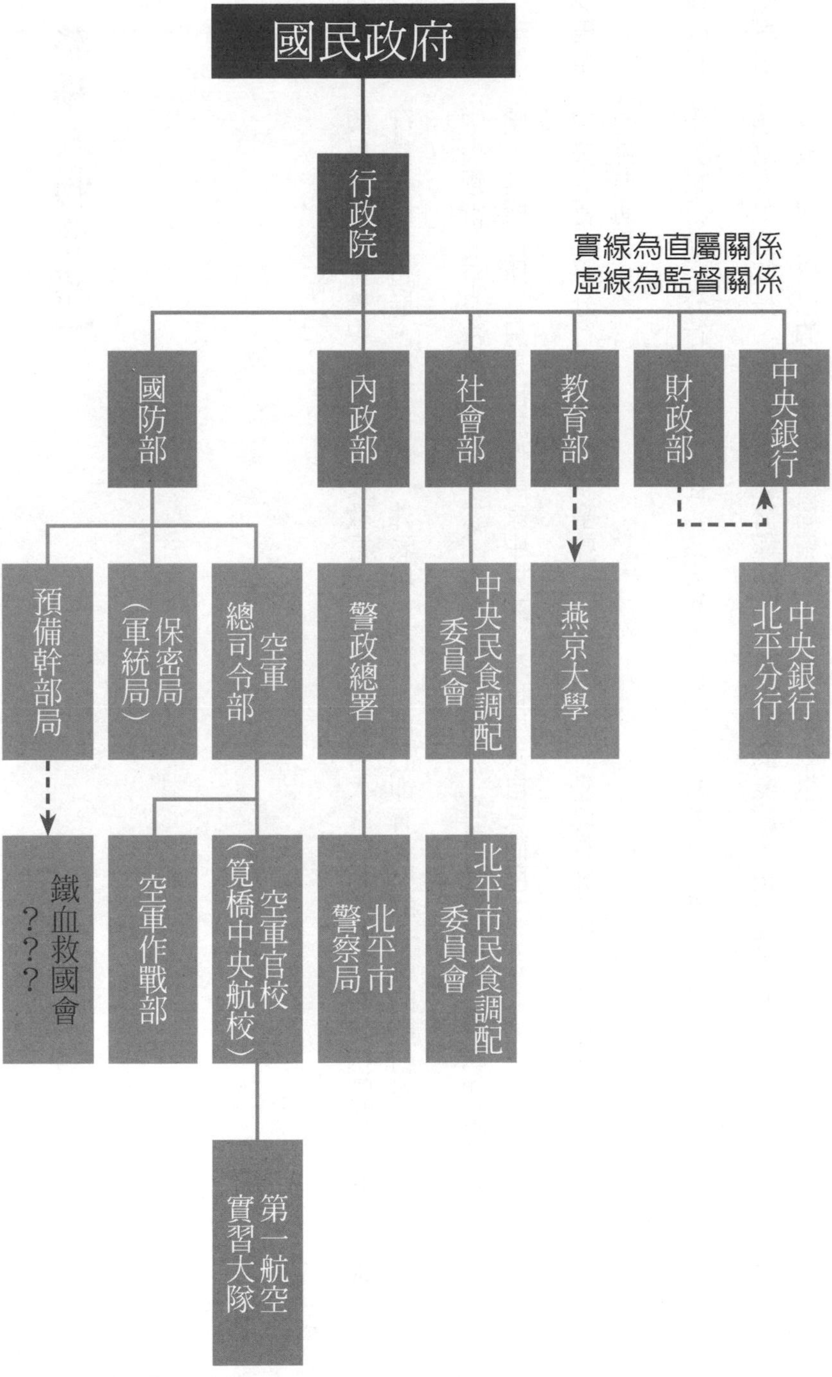
國民政府
行政院
實線為直屬關係
虛線為監督關係
國防部
內政部
社會部
教育部
財政部
中央銀行
預備幹部局
保密局（軍統局）
空軍總司令部
警政總署
中央民食調配委員會
燕京大學
中央銀行北平分行
鐵血救國會？？？
空軍作戰部
空軍官校（筧橋中央航校）
北平市警察局
北平市民食調配委員會
第一航空實習大隊

【登場人物介紹】

方孟敖：國民黨空軍筧橋中央航校上校教官、第一航空實習大隊隊長，也是對日抗戰有功的王牌飛行員。能力超群、冷靜沉著，外表玩世不恭，內心卻有著歷經苦難的堅韌與豁達。

方步亭：中央銀行北平分行經理。方孟敖十年不認的父親，有著經濟學家的頭腦和資深政客的手腕，其所作所為只是出於保護家中兒女，亂世中求自保而已。

謝培東：中央銀行北平分行襄理、方步亭妹夫。做事牢靠、盡忠職守，於公於私都是方步亭最信賴的得力助手。

崔中石：中央銀行北平分行金庫副主任。為人簡樸低調，疑為共產黨地下黨員。

何其滄：燕京大學副校長、國民政府經濟顧問。有著俠客的豪放、也有學者的耿介，更保有赤子的真誠，運用自己的影響力對當局施壓，保護進步學生。

方孟韋：北平警察局副局長兼北平警備總司令部偵緝處副處長，方孟敖之胞弟。年輕有為的優秀青年，冷靜自持、熱血愛國，一心敬愛父兄，也愛慕謝木蘭。

何孝鈺：何其滄的女兒，燕京大學學生。美麗聰慧、溫柔堅毅，總是考慮別人遠甚於自己，感情在梁經綸和方孟敖之間搖擺。

謝木蘭：謝培東的女兒，燕京大學學生。熱情直爽、美麗大方、有些孩子氣，和何孝鈺是形影不離的姊妹淘。

梁經綸：燕京大學最年輕的教授、何其滄的助理，學貫中西的菁英學者。看似風流倜儻，實則深沉孤獨。

曾可達：國防部預備幹部局少將督察，也是鐵血救國會核心成員。幹練冷峻、嫉惡如仇，恪守上級「一次革命，兩面作戰」的指示，既要對抗國民黨的腐化，又要對抗共產黨的惡化。

徐鐵英：國民黨中央黨員通訊局聯絡處主任，也是新任的北平警察局局長。在中統局幹過十多年，為人貪婪，私念重於職業。

林大潍：國民黨空軍作戰部參謀、中共地下黨員。利用公職向共黨延安及東北共軍華東共軍發送國軍祕密情報。

侯俊堂：國民黨空軍作戰部中將副部長，涉嫌參與民生物資走私案。

杜萬乘：國民政府財政部總稽核，「七五事件」五人調查小組召集人。憎惡貪腐、有正義感，具有洋派書生氣息。

王賁泉：國民政府中央銀行主任祕書，「七五事件」五人調查小組成員。

馬臨深：國民政府中央民食調配委員會副主任，「七五事件」五人調查小組成員。

馬漢山：北平民食調配委員會副主任，也是北平市民政局長。軍統出身，充滿江湖氣息，熱愛斂財。

程小雲：方步亭的續弦妻子。溫柔、賢慧、識大體。

葉碧玉：崔中石妻子，性喜嘮叨。

陳長武：方孟敖部屬，實習飛行大隊隊員，正直敏銳、多愁善感。

邵元剛：方孟敖部屬，實習飛行大隊隊員，憨直耿介、功夫了得。

郭晉陽：方孟敖部屬，實習飛行大隊隊員，反應敏捷、率性而為。

第一章

濤之起也，隨月盛衰。

——王充《論衡》

一九四八年七月五日。農曆廿九，朔，無月。北平黑市糧價已飆升至三十六萬法幣一斤。北平參議會決議，強令取消一萬五千名東北流亡學生配給糧。是日，學生圍北平參議長許惠東宅絕望抗議。死一十八人，傷一百零九人，捕三十七人，全城戒嚴。是為「七五事件」。

＊　＊　＊

中央銀行的加急電文連夜發到了北平分行經理方步亭宅邸二樓辦公室。

緊盯著剛翻譯完的電文，方步亭閉上眼想了片刻，復又睜開：「唸吧。」

「是。」翻譯電文的是北平分行襄理，方步亭的妹夫謝培東。他放下筆，捧起電文紙站了起來。

謝培東盡力降低聲調，以期減輕電文內容的觸目驚心：

「國民政府中央銀行致北平分行方經理步亭台鑑：本日晚九時三十分，國府頃接美駐華大使司徒雷登祕密照會：據美國政府所獲悉之情報稱，本日發生於北平之事件，云係國民政府『北平市民食調配委員會』夥同各級政府要員為其持有股份之公司走私倒賣民生物資所致。其列舉之何日何時何地何部門與何公司倒賣何物資，皆附有中央銀行北平分行詳細帳目清單。聲言，國民政府若不查明回覆，美國會將重新審議並中止一切援華法案云云。美方何以如此迅速得此匪夷所思之情報？局勢將因此發生何等重大之惡果？央行總部何以回覆國府，國府何以回覆美國照會？方經理步亭當有以教示！央行午微滬電。」

沉默，不急於表態是方步亭的習慣，可這次聽完電文，他竟脫口吐出了讓謝培東都為之驚駭的三個字：「共產黨！」

「行長。」謝培東怔忡間還是習慣稱他行長，「這樣子回覆央行？」

「『憂端齊終南，澒洞不可掇』呀……」方步亭怔怔地望向了陽台方向的黑夜，突然唸出了杜甫的兩句詩，緊接著說道，「美國人的情報是我們北平分行的人有意透露出去的……」

謝培東更驚了，不知如何接言。

「崔中石！」方步亭的目光倏地轉過來望著謝培東，「叫崔中石立刻來！」

謝培東更不敢立刻接言了，稍頃才提醒道：「崔副主任下午已經去南京了。」

方步亭神色陡然嚴峻了：「去南京幹什麼？」

謝培東進一步提醒：「明天孟敖就要在南京特種刑事法庭開審了。」

以前種種想不明白也不願去想的疑慮似乎這一刻讓方步亭警醒了，他加重了語氣：「打電話，叫崔中石停止一切活動，立刻回來！」

謝培東：「孟敖不救了？」

方步亭吐出了一句其實連他自己都不願說的話：「這個時候，讓一個共產黨去救另一個共產黨？」

謝培東十分吃驚：「行長的意思，崔中石是共產黨，連孟敖也是共產黨？」

方步亭的目光又望向了謝培東手中的電報：「那些走私倒賣物資的爛事，美國人怎麼會這麼快就知道得這麼清楚！詳細帳目都在我們北平分行。你我不說，除了崔中石，還有誰會透露出去？」

謝培東沉吟了一下，還是不願相信：「行長，宋先生那邊的棉紗公司、孔先生那邊的揚子公司，都各有一套詳細帳目。」

方步亭第一時間做出的判斷，被謝培東這一提醒，也有些不那麼確定了。可很快他還是堅定了自己的第一直覺。在美國哈佛攻讀金融經濟博士期間，他兼修了自己喜愛的人類學課程，十分相信一位人類學家關於直覺所下的定義——「直覺往往是人在突遇敏感事物時，靈感在瞬間的爆發」。多少次事後證實，自己就是憑藉這種直覺未雨綢繆，化險為夷。

他斷然對謝培東：「共產黨的人藏在誰的身邊我都不管，但絕不能有人在我的臥榻之側。居然能夠瞞我們這麼久。不要再往好處想了，立刻打電話去南京、去上海，立刻找到崔中石。」

桌上有直通南京財政部的專用電話，也有直通上海央行的專用電話。

謝培東先撥通了南京。

南京財政部回答：崔中石上午來過，離開很早，似乎去了上海央行。

謝培東擱下南京，又撥通了上海。

上海央行回答：崔中石未來央行。

謝培東只好又擱下了上海專機的話筒，拿起了南京專機的話筒，望著方步亭。

方步亭：「崔中石說沒說過還要去哪裡活動？」

謝培東：「救孟敖是孟韋和崔副主任詳細商量的，問孟韋應該知道。」

方步亭一任謝培東手裡還提著南京專線的話筒，自己立刻抄起了另一部電話的話筒：「北平市警察局嗎？」

「找誰？」對方語氣頗是生硬。

方步亭：「我找方孟韋。」

對方的語氣立刻謹慎起來：「請問您是誰？」

方步亭：「我是他爹！」

對方：「對不起。報告方行長，我們方副局長率隊出勤了。您知道，今晚抓共黨暴亂分子，是統一行動……」

「什麼統一行動，誰統一誰行動！」方步亭立刻喝斷了對方，馬上又覺得犯不著跟這樣的對方深究，「立刻派人找到你們的方副局長，叫他立刻回家見我！」

「是。」對方猶自猶豫，「請問方行長，我們該怎樣報告方副局長，他該怎樣向警備司令部方面說明離開的理由？」

方步亭：「沒有理由！告訴他，再抓學生就回來抓我，再殺學生就回來殺我！」

對方「不敢」兩個字還沒落音，方步亭已把電話「啪」地擱下了，手卻依然按住話筒。稍頃，電話鈴聲刺耳地響起了，他還是按住話筒，等鈴聲響了好一陣才慢慢拿起：「是孟韋嗎？」

「不錯！我就是你的兒子！」對方是一個老人激動得發顫的聲音，顯然並不是方孟韋。方步亭一怔，下意識將震耳欲聾的話筒拿離了耳朵約二寸遠，聽對方劈頭蓋腦把怒聲吼完。

「我現在正帶著員警和軍隊在醫院裡抓受傷的學生呢！請問，我今晚還要抓多少人！」

話筒那邊傳來的聲音確實很響，就連站在幾步外的謝培東都能聽到。他也只能靜靜地望著手拿話筒的方步亭。

「其滄兄呀。」方步亭回復了他一貫低緩的聲調，「不要急，你現在在哪裡？受傷的學生在哪個醫院？我立刻趕來。」

對方那個「其滄兄」的聲調也沒有剛才激動了：「我是燕大的副校長，我還能在哪裡？燕大附屬醫院，坐上你的轎車，二十分鐘內給我趕來！」

「行長，帶上幾個看管金庫的兵吧。外面太不安全。」謝培東遞上禮帽。

方步亭未接禮帽也未接言，已逕自向辦公室門走去，走到門邊，才又站住：「立刻電覆央行總部，我北平分行沒有給任何倒賣物資走帳，無密可洩，願隨時接受調查！南京那邊，繼續打電話，務必找到崔中石，叫他立刻回北平！」這才推開了那道兩扇開的辦公室大門，走了出去。

出二樓這間辦公室門，方知豁然開朗。環二樓四面皆房，環房外皆鑲木走廊，環走廊皆可見一樓大廳，直接中央樓頂。東邊通方步亭辦公室有一道筆直樓梯上下，西邊通臥房有一道彎曲樓梯上下，依然絲毫不礙一樓大廳東面會客、西面聚餐之闊大布局。在北平，也只東交民巷當年的使館區才有幾座這樣的洋樓；抗戰勝利，北平光復，由央行總部直接出款交涉買下這棟洋樓供方步亭辦公住家，可見北平分行這個一等分行之重要。

方步亭的身影還在東邊筆直的樓梯上，客廳那架巨大的座鐘恰在這時響了。

方步亭的腳步悄然停住。

兩聲，三聲，四聲。

夜得深，今夜尤深。夜半鐘鳴後方步亭常常能幻聽到的那個聲音，果然又出現了。

似人聲，又不似人聲；無歌詞，卻知道歌詞：

浮雲散，明月照人來。

團圓美滿今朝醉……

另一個人似乎也能幻聽到這個聲音，謝培東的眼在二樓辦公室大門後深深地望著方步亭凝聽的背影。

幻聽總是無意而來，無故而止。

方步亭的腳步又動了，也只有謝培東才能感受到他腳步中帶出的心裡那聲嘆息。

目送著腳步下樓，目送著背影在客廳大門消失。

無月，戒嚴，又大面積停電。

客廳大門外的黑，卻若有光，若無光。

——這是天快亮了。

＊　＊　＊

燕大附屬醫院的大樓外，這裡，因能額外得到美國方面提供的柴油，自己發電，整個大樓都有燈光，大院也有燈光。

於是赫然能見，距大樓十幾米開外大院裡整齊排列著三個方隊。

中央軍第四兵團一個士兵方隊。

北平警備司令部一個憲兵方隊。

北平警察局一個員警方隊。

中央軍和憲兵方隊一式美軍裝備，鋼盔鋼槍。

員警方隊則是第四代黑色警服，盾牌警棍。

方隊前方，大樓門前，石階上靜靜地坐著幾十位燕大教授。

這種無聲的對峙還能僵持多久，全在方隊和教授之間那個青年警官的一舉手間。這位青年警官便是方步亭的小兒子，北平警察局副局長兼北平警備總司令部偵緝處副處長方孟韋。

背後的方隊代表的是一個政府的機器，面對的教授代表的是這個國家的臉面。方孟韋卻不知道自己代表誰，他只知道，自己的手一旦舉起，背後的國家機器便會踏著國家的臉面碾過去。

背後方隊的目光全在望著他筆直挺立的背影，他卻不敢看前方石階上教授們的眼光，尤其不敢看坐在石階正中那個父輩的眼光——燕京大學副校長、國民政府經濟顧問何其滄。

他們背後緊閉的玻璃大門內低坐的黑壓壓人頭，便是奉命要抓的東北流亡學生。

最讓方孟韋揪心的是，還有三個完全不應該、也完全沒有作用的人，挺身站在教授們的背後、東北流亡學生的身前，隔著那面巨大的玻璃門在望著自己。

燕大的校服，燕大的校徽，左邊的那個女生在望著自己——燕大學生、何其滄女兒何孝鈺。

燕大的校服，燕大的校徽，右邊那個女生也在望著自己——燕大學生、自己的表妹謝木蘭。

至於中間那個年輕男人，方孟韋連他的那身長衫都不願掃看一眼，何況那張貌似倜儻卻總是深沉的臉——燕大教授、何其滄助理梁經綸。

警備司令部和警察局的名單上，這個人的公開身分是燕京大學最年輕的教授，重大嫌疑為中共北平地下黨學委！幾次密捕的名單上有他，每次又都從名單上勾去，就因他還是何副校長的得意門生、重要助手。種種顧忌，使他得以在眾多學生中慷慨倘徉，在眾多女生中故作深沉。像他的名字那樣，梁經綸這三個字，使方孟韋十分反感。

紛紜的念頭在方孟韋的眼中被一絲警覺的光打斷了。

他望向天空，隱約看見了天際破曉的那一線白。

他的右手倏地抬起。
背後的方隊立刻有了反應：
所有的目光一凜，接著是三個方隊同時碰腿，發出一聲響亮的鞋聲！
那隻手卻並未舉起，只抬到腰間，慢慢伸向左手，撩開衣袖，看錶：
——凌晨四點十分了！
「預備！」中央軍第四兵團那個方隊前的特務連長獨自下令了。
中央軍第四兵團那個方隊橫在胸前的卡賓槍整齊地一劃，所有槍口都對向了前方！
中央軍第四兵團特務連長：「齊步，前進！」
中央軍第四兵團特務連方隊整齊的步伐向大樓門前的教授們踏去。
何其滄的目光緊盯著踏步而來的人牆，接著身子一挺。
教授們都緊張了，跟著挺直了身子。
玻璃門內也立刻有了騷動，坐著的學生們都站了起來！
聽不見，卻能看見，玻璃門前的謝木蘭在跳著向方孟韋揮手呼喊。
方孟韋閉上了眼，中央軍那個方隊離教授們坐著的石階不到五米了。
「立正！」方孟韋一聲吼令。
方隊戛然停住。
方孟韋大步走到那個特務連長面前：「來的時候有沒有人告訴你，該聽誰的命令？」
中央軍第四兵團特務連長分庭抗禮了：「有命令，天亮前必須完成抓捕，現在天已經要亮了。方副局長，你們警察局不執行軍令，我們是中央軍，必須執行軍令。」
方孟韋從左邊上衣口袋抽出一本北平警備司令部的身分證：「那我就以軍令管你！憲兵一

班！」

警備司令部憲兵方隊一個班立刻跑了過來。

方孟韋：「看住他，違抗統一行動，立刻逮捕！」

本是來抓學生的，中央軍第四兵團的特務連長這時倒被一個班的憲兵用槍口逼在那裡。

第四兵團那個連都僵在那裡。

方孟韋轉向那個中央軍方隊：「我現在以北平警備總司令部的身分命令你們，統一行動，聽口令，向後轉！」

警備司令部的軍令似乎比第四兵團的軍令更管用，那個方隊像一架標準化的機器，立刻整齊地轉了過去。

方孟韋：「退回原處，齊步走！」

整齊的步伐，丈量著來時的距離，幾乎絲毫不差地回到原地，也不用再聽口令，整齊轉身，將卡賓槍又橫到胸前。

「方副處長！」中央軍那個連長稱著方孟韋警備司令部的職務，「我請求給我們兵團李文司令打電話，他也兼著警備司令部的副總司令！」

方孟韋走近那個特務連長，低聲說道：「打電話？坐在中間那個何副校長隨時都能給司徒雷登大使打電話。你們李文司令能嗎？」

那個連長這才真的怔住了。

方孟韋不再理他，轉身向坐在石階上的何其滄走去。

有意不看玻璃大門後那三雙望著自己的眼，方孟韋徑直走到何其滄面前，雙腿輕碰，敬了個軍禮：「何副校長，我們是在執行軍令。請您和先生們體諒。」

何其滄從他的臉上掃了一眼，接著向他身後的軍警方隊掃了一眼：「娃兒。看看你們，看看裡面那些人，那個不是娃兒？叫一些娃兒來抓另一些娃兒，你也來？帶他們回去，告訴派你來的那些大人，傅作義也好，陳繼承也好，就說我說的，有本事他們自己來，我在這裡等著。」說完，頭一昂，又望向了天空。

方孟韋尷尬了稍頃，蹲了下來，低聲地：「何伯伯，剛才的電話，司徒雷登大使接到了沒有……」

「我還沒有那麼丟人。」何其滄的目光倏地又盯向了方孟韋，「把個國家搞成這個樣子，搞亂了就去求美國人。什麼國民政府，政府不要臉，國民還要臉呢！」

方孟韋低下了頭：「那您說，我現在該怎麼辦？」

「再等十分鐘。」

「您說什麼？」

何其滄提高了聲調：「叫你再等十分鐘！」

方孟韋：「十分鐘是什麼意思？」

何其滄：「再等十分鐘也聽不懂嗎？」

方孟韋眼睛一亮：「李副總統會來？」

何其滄似輕嘆了一聲，又不看他了。

方孟韋倏地站了起來，向身後的方隊大聲說道：「再等十分鐘，等新的命令。」

所有的軍警都在等這十分鐘了。

其實不須再等，通往醫院大門不遠的路上已經射來了兩道車燈。

雖然隱綽，還是能看出那是一輛轎車。此時的北平軍政各界，除了曾任北平行轅主任的李宗仁副總統仍然乘坐美國贈送的別克轎車，傅總司令以降，坐的都是吉普。

「開門！敬禮！」方孟韋一邊大聲下令，一邊穿過方隊行列，向大門迎去。

車燈撲面而來，門已經開了，所有的方隊都碰腿，敬禮！

轎車擦身而過，開進院門，方孟韋卻猛地一怔。

——奧斯汀！

車牌是：「央行　北平Ａ００１」

原以為來的是李宗仁的別克車，萬沒想到竟是父親那輛奧斯汀小轎車！

奧斯汀轎車從大門一直開到三個方隊和教授們中間的院坪中才停了下來。

方孟韋大步跟著，緊跟到車門邊，從右側後座外拉開門：「父親。」

方步亭蕩開了方孟韋來扶自己的手，也不看他，逕自下車，向何其滄走去。

何其滄依然坐著，只是目迎著走到身邊的方步亭。

所有的教授也都望向了方步亭。

方步亭向大家稍稍示意，對向何其滄的目光，輕聲道：「也給我個座吧。」

隔閡是說不清的，默契彼此還是相通，何其滄移了移身子，旁邊一位年老的教授緊跟著也移了移身子，同時讓開了一小塊地方。

方步亭在何其滄身邊的石階上擠著坐下了。

方孟韋不得不走了過來：「父親……」

「住口！」方步亭這才望向了他，「打電話給陳繼承，讓李宗仁來，李宗仁不在，就叫傅作義來。告訴他們，我這個北平分行的經理、何副校長這個國府的經濟顧問，全是共產黨。最好準備一架飛機，立刻把我們押到南京去。」

方孟韋哪裡能去打電話，只好筆直地挺立在那。
所有的軍警方隊都只能靜靜地挺立在那裡。
天已經大白了。
方步亭抬起左手湊近看了一下手錶，問何其滄：「學校的廣播幾點開？」
「五點。」何其滄甕聲地回道。
方步亭這才又望向方孟韋：「讓你後面的隊伍注意聽廣播，你們的傅總司令該要說話了。」
方孟韋歷來就深服這位父親，雙腿一碰，轉身對三個方隊：「全體注意，傅總司令有廣播講話！」
所有的軍警都雙腿一碰，挺直了身子，豎起了耳朵。
其實也就一分多鐘，也許是太寂靜，時間就顯得很長，突然從廣播喇叭中傳來的聲音也就格外空曠，同時驚起了遠近大樹上的宿鳥，撲啦啦鳴叫著飛得滿天都是。
喇叭裡開始傳來的是電台女播音員的聲音：「請各位注意！請各位注意！下面華北剿匪總司令部傅作義總司令有重要講話！傅總司令有重要講話！」
幾秒鐘後，喇叭裡果然傳來了大家都已熟悉的傅作義的山西口音。
——傅作義代表政府，代表軍方發表聲明了：開始向昨天死傷的學生寄予同情並表示安撫，希望學生也理解政府，不要再有過激行為。同時命令北平軍警憲特各部全城戒嚴，停止抓捕傷害學生……
三個軍警方隊，在方孟韋的口令中，唰的一聲，集體後轉。
何其滄和所有坐在石台階上的教授們都站起了。
方步亭隨著站起了，望向何其滄：「接下來就是錢和糧的事了，我得趕回去……那個經濟改革的方案，尤其是美援方面，其滄兄多幫我們北平說幾句話吧。」

「你真相信什麼改革方案？相信我的話那麼管用？嗨！」何其滄揮了一下手，「先去忙你的事吧。」

方步亭還是不失禮數，向眾多教授揮了揮手，才向車門走去。

方孟韋已在車旁拉開了車門。

「去請假，立刻回來見我。」方步亭鑽進轎車，輕輕丟下了這句話。

方孟韋一怔：「現在只怕請不了假……」

方步亭坐在轎車裡，盯著站在車門外的兒子：「崔中石是不是你派去南京活動的？」

方孟韋一愣。

「立刻回來，回來再說。」方步亭從裡面哐地拉了車門。

方孟韋怔怔地望著父親的車從佇列中開出了大門。

＊　＊　＊

北平已連續一月乾旱，南京卻是一連幾天雷陣雨不斷。七月六日黎明時分，南京往杭州筧橋機場的公路上，仍被黑雲和雨幕籠罩得天不見亮。最前面一輛美式吉普，緊跟著兩輛囚車，都打著大燈，罔顧安危，用最快的速度在雷雨中顛簸奔馳。

雷鳴雨注，對於坐在美式吉普副駕駛座上那個少將似乎都沒有聲響，他的耳邊只有一個聲音，蔣經國今年四月，在鐵血救國會成立大會上，帶著濃重浙江奉化口音的聲音：

「親愛的同志們，你們都是我一直最信任、最肯幹、最忠誠於領袖和三民主義偉大事業的骨幹。值此存亡絕續的關頭，生死搏鬥的時刻，我希望大家成為孤臣孽子，忠於領袖！不成功便成仁，至死不渝！當前，國民黨內部嚴重腐化，共產黨日益惡化，我們面臨『一次革命，兩面作戰』！既要反對國民黨的腐化，又要反對共產黨的惡化，兩大革命必須畢其功於一役！」

兩顆少將金星上的臉是如此年輕，又顯出超過實際年齡的幹練和冷峻——他是國防部預備幹部局少將督察，亦是鐵血救國會的核心成員曾可達。

「知道什麼是『孤臣孽子』嗎？」曾可達突然對開車的副官問道。

「將軍，您說什麼？」開車的副官沒聽清楚。

曾可達瞬間反應過來自己不應該跟這樣的下屬問這樣的話，立刻改口問道：「筧橋機場還有多遠？」。

「大約還有十幾公里……」

那副官剛說完這句，隨車帶著的移動報話機響了。

曾可達立刻拿起話筒：「我是曾可達，請報告情況。」

報話機那邊聲音特別響亮：「報告曾將軍，我是筧橋機場憲兵一隊，我是筧橋機場憲兵一隊！一架C-46運輸機罔顧絕對禁飛的天候強行起飛，駕機的就是軍事法庭要逮捕的飛行一大隊大隊長老鷹和他的副駕駛！」

「好啊，殺人滅口了！」曾可達從前排副駕駛座上倏地站起了，望著幾乎就在頭頂的雷雨雲層臉色鐵青，「以國防部的名義嚴令筧橋機場指揮塔，立刻阻止，不許起飛！」

對方：「飛機已經起飛！再報告一次，那架C-46已經起飛！」

「嚴令立刻返航！立刻返航！」曾可達對著話筒大聲喊道。

對方：「機場指揮塔回答，天候太複雜，無法指揮返航！」

曾可達咬緊了牙急劇思索，又拿起了話筒：「立刻通知押送方孟敖和航空實習大隊的憲兵三隊，人犯暫不押送，解開方孟敖的手銬，等在機場，隨時待命！」

對方「明白」兩字剛落，曾可達立刻對駕車的副官：「加速！」

一腳到底的油門，吉普車瘋了似地跳躍著向筧橋機場方向駛去！

後面兩輛憲兵囚車也緊跟著加速向前面的吉普車追去。

* * *

行至杭州筧橋機場指揮塔，曾可達帶著他的副官大步走到了調度指揮室的大門口時，又站住了。他在看，在看這些「行屍走肉」是如何操縱著黨國的機器，碾著黨國的血肉。

裡面的人是一片麻木的死寂，一雙雙空洞的眼都望向彎腰站在指揮台前那個值班空軍上校。尖利的電台調頻聲中，那個上校對著話筒在例行公事地呼喚道：「指揮塔呼叫老鷹！指揮塔呼叫老鷹！老鷹聽到請回答，聽到請回答……」

那架C-46運輸機沒有回應，顯然已經失去了聯繫。

值班指揮的那空軍上校慢慢站起，漠然地對坐在身旁的標圖員：「雷達繼續搜尋。」

「搜尋什麼？」曾可達那比他更漠然的聲音在他背後響起了。

值班上校慢慢轉過身去，發現那些指揮塔的空勤人員都筆直地站立著，接著看見了那兩顆少將金星，看見了曾可達，也只是習慣地兩腿一碰，算是敬禮。

曾可達望著他那副顯然早有準備依然麻木的臉：「誰下達的起飛命令？」

值班上校：「空軍作戰部。」

「哪個空軍作戰部？侯俊堂都已經被抓了，還有哪個作戰部的人給你下達這樣的命令？」

這種問話本就不須對方回答，曾可達緊接著對身後的副官：「下了他的槍。」說著走向了指揮台的話筒邊：「打開機場的擴音器。」

曾可達的副官立刻將值班上校的槍下了。幾乎是同時，一個空勤人員急忙過去插上了直接擴音器的插頭。

指揮塔上高分貝喇叭裡曾可達的緊急命令聲在機場上空響著：「我是曾可達！我是曾可達！憲兵隊！現在緊急命令你們！一隊二隊立刻封鎖機場所有跑道，不許放任何一架飛機起飛！三隊，航校其他人犯繼續拘押，把方孟敖立刻送到指揮塔來！再說一遍，把方孟敖立刻送到指揮塔來！」

一隊憲兵端著槍跑向了一條機場跑道。

另一隊憲兵端著槍跑向了另一條機場跑道。

地面的空軍地勤人員都被喝令抱著頭在原地蹲下了。

＊　＊　＊

曾可達喇叭裡的聲音同時傳到了距離指揮塔約一千米處的一條機場跑道旁的這個飛機維修車間，也就是曾可達所說的拘押航校人犯的地方。

所謂人犯，全是一個個年輕挺拔的航校畢業學員，這時都戴著手銬排列在廠房中央。他們的四周都站著鋼盔卡賓的憲兵。

所有的人都在聽著機場高音喇叭中曾可達的命令聲。話音剛落，三隊的憲兵隊長還沒來得及執行命令，所有的人都感到了一個矯健的身影在眼前一掠，已衝出了大門。

三隊的憲兵隊長這才驚悟，急忙親自追去，一邊喊道：「來兩個人！」

大門邊兩個憲兵立刻緊跟著追去。

＊　＊　＊

一路狂奔，通往指揮塔的機場跑道上，那個矯健的身影將身後三個憲兵拋得更遠了，獵豹般飛快跑到了指揮塔的大門外，緊接著又隱沒在指揮塔的大門裡。

守候大門的衛兵都愣然地望著這道身影閃過，無人攔阻，也來不及攔阻。

＊　＊　＊

指揮塔內，曾可達的眼睛一亮。

那個人影已經奔進指揮室，直奔到指揮台前，對還坐在那裡的標圖員：「讓開。把耳機給我。」一上千米的飛速衝刺奔跑，說話時這個人竟然氣也不喘，他就是今天南京特種刑事法庭涉嫌通共案的要犯方孟敖。在接受審判前，他的身分是國民黨空軍筧橋航校上校教官。

那標圖員雖已站起卻仍在猶豫，徵詢的目光望向曾可達。方孟敖已經一把搶過了他的耳機戴上在指揮台前坐了下來。

曾可達此時大步走了過去，捂住了話筒，盯著方孟敖：「救了老鷹，軍事法庭照樣要審判你！想明白了。」

方孟敖根本不接他的話茬，只對標圖員：「所有的區域都搜索了？」

標圖員：「都搜索了，航跡消失。」

方孟敖：「西南方向一百公里的空域也搜索了？」

「不可能！」一直被副官看押在那裡的值班上校的臉色這時也陡然變了，「那是南京禁飛區……」

曾可達的臉色也劇變了，目光倏地轉向值班上校，終於吼了出來：「飛機要是掉在南京，殺你們全家也交代不了！」吼了這句，他終於換了口氣，急對方孟敖：「全靠你了！不要想軍法審判的事，立刻指揮老鷹返航！」

方孟敖仍然沒有接他的話茬，目光飛快地在玻璃標圖版上搜尋：「立即接通南京衛戍區雷達站，搜尋南京空域。」

那值班上校這時徹底慌了：「南京衛戍區雷達站不會聽我們的指令！」

「接南京衛戍區雷達站！」曾可達大聲下令，接著快步走到話筒前。

南京衛戍區雷達站的專線立刻接進來了，曾可達對著話筒：「南京衛戍區雷達站嗎？我是國防部曾可達！我現在空軍筧橋機場，以國防部預備幹部局蔣經國局長的名義命令你們，立刻啟動雷達搜尋南京空域，發現飛機立刻報告！」

「是！」

「蔣經國」三個字如此管用，對方清晰的回答聲卻只能從方孟敖戴著的耳機中聽到。

「把連線耳機給我。」曾可達連忙接過值班指揮的另一副耳機戴上，同時大聲對指揮塔內所有站著的空勤人員下令：「一切聽方孟敖的指揮，導引老鷹返航！」

所有目光都集中在那個有國軍空軍第一王牌飛行員稱號的方孟敖的背影上。

方孟敖對著話筒：「雷達站，從東北區域向西南區域扇形低空搜索，重點搜索西南方向三十二至三十五度上方空域！」

「是。明白！」對方的聲音在方孟敖和曾可達的耳機裡同時傳來。

指揮塔裡其他人卻聽不到聲音，都靜靜地站在各自的位置上，屋子裡靜得讓人窒息。

「低空搜索，目標出現！——西南方向三十五度！飛機就在南京上空！」耳機對方雷達連接線員聲音驟然加大！

方孟敖對身邊的標圖員：「標航跡，西南方向三十五度！」

「是！」標圖員抓起水筆，緊緊跟隨著玻璃標圖上那條重新出現的紅色航跡疾速精準地勾畫起來！

方孟敖俯下身，貼近呼話筒：「雷達站，接通目標信號！聽我指揮返航！」

「雷達站明白！」

一陣調頻聲，方孟敖知道飛機的信號接上了：「二號！二號！我是一號，收到請回答。」

二號是老鷹當年飛越駝峰時的代號，一號是那時方孟敖的代號。一個是主飛，一個是副手。方孟敖此時用這個代號顯然是告訴對方，自己還是像當年並肩抗日的戰友，讓對方不要有別的雜念。

曾可達也立刻意識到了，一直冷靜審視的目光這時也閃出了難得一見的溫情，可這溫情也就是一瞬間，他也在等對方的回應。

耳機裡，對方老鷹的呼吸聲都已經能聽到了，卻不回話，顯然是沒有回過神來——這邊呼叫怎麼會是方孟敖？

方孟敖當然知道老鷹這時的錯愕，換了調侃的語氣：「老鷹，我就是方孟敖。幫你發財的，利用你發財的，誰也救不了你，只有我現在能指揮你返航。告訴我，你現在飛機和飛行的狀況。」

又是稍頃的沉默，耳機裡終於傳來了老鷹的聲音：「指揮官！現在指揮塔裡哪個王八蛋是指揮官？」

曾可達一把抄起了話筒：「王八蛋！老鷹給我聽著，我是曾可達！現在是我在指揮！這一次走私倒賣北平民生物資案件你只是從犯，你背後那些人現在是要殺你滅口！只要你安全返航據實指認，天大的事經國局長都能替你解脫！現在我命令你，一切聽從方孟敖的指令，操縱好了，立刻返航！」

老鷹耳機裡的聲音：「將軍！我明白！我聽你的！可方孟敖是共黨，我還是國軍軍人……」

——到這個時候還存有這種狡黠的心理，希冀用這種表態邀寵脫罪！曾可達心裡一陣厭惡，卻又不能不示之以撫慰，握緊了話筒：「我知道你是國軍軍人！因此必須聽我的命令！再說一遍，聽清楚了，現在能指揮你安全返航的只有方孟敖！不要管他是不是共黨，就是毛澤東，你現在也必須聽他的！立刻向他報告你的飛機和飛行狀況！」說到這裡才把話筒立刻擺回到方孟敖面前。

「是！」耳機裡老鷹的聲音因這一時刻的複雜心緒顫抖起來，他強烈地克制著，「飛機尾部遭遇雷擊，電路嚴重受損，左舷發動機停車，右側滑狀態難以控制！……現在雲頂高六千米，雲量大於十個，飛行高度兩千兩百米。隨時可能墜落。請指示！」

方孟敖：「老鷹聽明白了，不要管我是不是共產黨，也不要管雷雨雲裡的雷電，只記住你是能夠飛過駝峰的人，沒有你駕不回來的飛機！現在你只要保持最低機動速度，特別注意右側發動機情況，向東北方向穿行，十分鐘後就能到達機場上空！收到回答。」

「收到！右發情況正常。可是右側滑在加大，右側滑在加大！控制不了方向……」老鷹的聲音開始跟著方孟敖的步調冷靜了下來。

值班上校這時突然站了起來衝著曾可達：「將軍，老鷹的飛機不能在本機場降落！」

曾可達冷冷的目光盯著他：「你說什麼？」

值班上校：「左發動機停車，右側滑極有可能使飛機降落時偏離跑道，撞毀停機庫房！機庫裡還停著三架C－46！曾將軍，我們再渾也是黨國的人！他方孟敖可有共黨嫌疑，他是想把那幾架C－46都毀了！」

曾可達看向方孟敖：「方孟敖，他的話你都聽到了？」

方孟敖並沒搭理他，依然對著話筒：「老鷹，蹬住右舵，同時向右邊壓住操縱桿，注意！右側滑是否減輕？」

「回我的話！」曾可達湊近方孟敖：「老鷹能不能正常降落？！」

「我不能保證。」方孟敖取下了耳機，「可他必須在這裡降落。不然，他就會掉在南京市區。出現這種後果，你曾將軍可就不能在軍事法庭審我了。」

曾可達愣了一下，只好手一揮。

方孟敖又戴上了耳機，耳機那邊再次傳來老鷹的聲音：「報告！右側滑狀態減弱，右側滑狀態減弱！飛機飛行坡度為零。我正向東北方向飛行。」

方孟敖：「好！現在報告你的飛行速度。」

「現在是最小機動速度，下滑角為四十度。」曾可達也聽到老鷹那邊的聲音明顯沉穩多了。

方孟敖：「保持速度，將下滑角調整為三十度，收到回答。」

老鷹：「收到，保持速度，下滑角已經調到了三十度。」

方孟敖：「老鷹，看見機場後，馬上報告！」

耳機那邊突然又沒了聲音。

「見到機場了嗎？老鷹回答！」方孟敖的這句問話聲音不大，卻讓曾可達的心裡猛地一沉。

耳機裡仍然無人回答，只有嘈雜的調頻聲音。

又是一片死寂。

「看見機場了！」耳機裡終於又傳出了老鷹略顯激動的聲音！

「好！」方孟敖喝了一聲采，「著陸方向，由南向北，對準跑道，在五百米高度時，放下起落架。聽到請回答！」

耳機裡老鷹的聲音：「聽到了，飛行高度五百米放下起落架。」

「打開襟翼，準備著陸。」方孟敖下了最後一道指令，站了起來，取下耳機放在航標台上。

一個巨大的陰影在機場上空覆蓋過來，透過指揮塔玻璃窗外的雨幕，隱約可見那架C－46安全降落了，就停在指揮塔外的跑道上。

曾可達立刻走到機場擴音器的話筒前，發布他此次前來筧橋機場的根本任務：「各憲兵隊注意！一隊押送方孟敖航校大隊！二隊立刻抓捕空一師走私一案所有涉案人員！」

可接下來在瞬間發生的事讓他又措手不及了。那個涉案空軍走私的值班上校飛快地從指揮塔的一張桌子下抄出了一挺輕機槍，飛快地衝到指揮塔面臨跑道的玻璃窗前，向跑道上剛降落的那架C－46駕駛窗猛烈掃射。

此次直接參與北平民生物資走私倒賣案的兩個空軍人犯在這一刻還是被滅口了！緊接著那個殺人滅口的上校調轉槍口對準了曾可達，滿臉的「成仁」模樣！

「不要開槍！」曾可達話音未落，站在他身後的副官還是下意識地開槍了。

連中兩槍，那個上校抱著輕機槍倒在玻璃窗前。

曾可達轉身猛抽了那副官一記耳光：「說了不要開槍，為什麼還開槍！」

「是！」那副官把槍插進槍套身子一挺，「我必須保護將軍的安全！」

「他敢殺我嗎？混帳！」氣急之下說完這句，曾可達這才看到還有個方孟敖站在那裡，莫名其妙一絲尷尬後，立刻對那副官，「帶他走吧。不用上手銬了。」說完不再逗留，臉色煞白地一個人先走出門去。

方孟敖慢慢走到那個副官跟前，望了一眼仍然抱在那個上校懷裡的機槍，在他耳邊輕聲說道：「跟你們曾將軍好好學吧。那挺機槍裡的子彈早已打光了。」

那副官跟著方孟敖走出去時似乎才有些明白，他們的曾將軍平時那種威嚴為什麼在眼前這個飛行教官面前總會顯得沒有那麼大的底氣。

＊　＊　＊

國軍空一師一大隊大隊長老鷹突然被殺，而殺他的人也同歸於盡，作為經國局長親自點名的公訴人，曾可達深感失責。

原定，今天的特種刑事法庭只是審訊空軍作戰部參謀林大濰共匪間諜案，和筧橋航校飛行大隊違抗軍令拒絕轟炸華野共軍「淪陷」之開封的通共嫌疑案。昨天北平突發「七五事件」，接到美方照會後，當晚就抓捕了參與北平走私的空軍作戰部副部長中將侯俊堂。經國防部預備幹部局蔣經國局長緊急提議，今天改為兩案併審：既殺共產黨，也殺國民黨！藉以實現「一手堅決反共，一手堅決反腐」戰略決策。能否將共產黨打入國軍內部核心的鐵幕以及國民黨從上到下集體貪腐的黑幕鑿出一條縫隙，今天的審判將是一把楔子。而一個方孟敖，一個老鷹，便是鑿開縫隙的鐵錘和鐵鑽。

筧橋機場回南京的公路上，吉普車外暴雨仍然鋪天蓋地。曾可達終於用移動報話機接通了經國局長辦公室：「二號專線嗎？請給我轉建豐同志。」

對方：「是曾可達同志吧？建豐同志不在。」

曾可達：「有重要情況，我必須立刻向建豐同志報告。」

對方：「那我就把電話轉過去。注意了，是一號專線。」

「明白。」曾可達立刻肅然答道。

二號專線轉一號專線還是很快，可電話通了之後，對方的態度卻比二號生硬許多：「經國局長正在開會，過一小時打來。」

曾可達急了：「請你務必進去轉達經國局長，是十分緊要的情況。我必須立刻報告。」

「你到底是誰？懂不懂規矩？這裡可是總統侍從室！」喀地一下，對方大屁股把電話掛斷了。

暴雨聲無邊無際，曾可達眼中立刻浮出了歷來新進們最容易流露的那種委屈。他慢慢掛上了話筒，望向吉普車後視鏡，想看跟在後面的那輛囚車，卻是白茫茫一片。他轉望向身邊開車的副官：

「剛才打了你，對不起了。開慢點吧。」

＊　＊　＊

緊跟在吉普車後面的那輛囚車內，只有兩個鐵絲小窗的悶罐車廂本就昏暗，又被暴雨裹著，囚車裡的人便只能見著模糊的身影。

「啪」地一聲，一只翻蓋汽油打火機打亮了，照出了沉默地坐在囚車裡的方孟敖，和沉默地坐在囚車裡的航空飛行隊員。

接著另一只翻蓋汽油打火機打亮了，前一只打火機便關上了翻蓋。如是，一只只打火機接力輪番地打著。火光在一個個戴著手銬的飛行員手中搖曳。

一個接力打亮火機的飛行員同時啟開了上衣口袋，從裡面掏出一包美國「駱駝」牌香菸，遞給了他身邊的小光頭。

小光頭接過香菸，撕開了封口，抽出一枝銜在嘴裡，打亮火機點燃了，依然燃著火機將菸遞了下去。

香菸盒接著在戴著手銬的飛行員弟兄們手上默契地傳遞著，純粹的接力照明打火卻變成了遞菸點菸打火。

車搖晃著，香菸盒遞到了方孟敖手裡，他也和前面的弟兄們一樣擦亮打火機，抽出一枝菸卻遞向他身旁的那個弟兄。那人低著頭，沒有接菸，更沒有掏出打火機，也看不到他的表情。

火光中方孟敖的眼一直望著那人，昏暗中一雙雙眼都在望著那人，可那人始終沒有將頭抬起。

方孟敖自己點上了那枝香菸，打火機依然亮著，接著他從衣袋裡掏出一只皮夾子，打開來，想從裡面抽出什麼。

一個兄弟立刻擦亮了打火機照了過來，方孟敖這才將手中的火機蓋關了，騰出手從皮夾子裡取出了一張老照片，目光下意識地向那張照片瞥去：

——坐著的母親懷裡擁著漂亮的小女兒，小女兒天真地咬著一把小口琴；母親的身邊站著兩個男孩，孩子們和母親一樣，臉上都掛著那苦難歲月裡難見的笑容，但在父親的位置上，一塊黑色的膠布將那人的面貌遮蓋了，使得這張全家福存有一種怪味的殘缺。

這一瞥其實也就一瞬間，方孟敖將那張照片插進了上衣口袋，手裡仍然拿著那隻皮夾。

「陳長武！」方孟敖用平時呼喚學員的口令望向那個一直低頭沉默不願點菸的飛行員。

幾只打火機同時亮了。

那陳長武這才抬起頭，目光憂鬱地望著將皮夾向他遞來的方孟敖，慢慢站起，沒有接那個皮夾，卻突然問出了這麼多天來大家都想問又都不敢問的一句話：「隊長，你到底是不是共產黨？」

方孟敖那隻遞著皮夾的手停在那裡，發現所有的目光都在等他回答陳長武問的這句話，知道不能不答了：「扯淡！我說是，也得共產黨願意。我說不是，也得曾可達他們相信。都聽明白了，不轟炸開封是我下的命令，殺頭坐牢都不關你們的事。除了我，長武結婚你們都能夠去。」說著將那只皮夾連同裡面的幾張美元塞到陳長武手裡。

這下所有的人都沉默了，剛才還亮著的幾只打火機也都熄滅了，囚車車廂裡一片黑暗。

方孟敖嚓地打燃了自己手中的火機，臉上又露出了隊員們常見的那種笑：「我給長武唱個歌吧。就當是提前參加他的婚禮了。來，捧個場，把打火機都點燃。」沒等那些人把打火機都點燃，方孟敖腳打著拍子，已經哼唱起一段大提琴聲般的過門了。

——隊員們都是一愣，這個他們隊長往常每唱必有滿場喝采的男高音陽剛美聲，竟是那首由周璇首唱風靡了無數小情小我之人的〈月圓花好〉：

浮雲散，明月照人來，
團圓美滿今朝醉……

詫異之後便是感動。這個歌隊長竟也唱得如此地道、深情！幾乎是同時，所有的打火機都亮了。跟著唱了，開始是一個人、兩個人，接著是所有的人：

清淺池塘，鴛鴦戲水，
紅裳翠蓋，並蒂蓮開。
雙雙對對，恩恩愛愛，

這軟風兒向著好花吹，

柔情蜜意滿人間……

大家都激動地唱開了以後，方孟敖早就沒唱了，而是在深情地聽著。

——他們當然不知道，這首歌在他們隊長的內心深處掩藏著多少別人沒有的人生祕密和況味。

而這些都和歌詞裡所表現的男女愛情，道是有關其實無關！

＊　＊　＊

此時，在中央銀行北平分行行長室，一夜未睡的方步亭從燕大醫院回來便端坐在辦公桌前的椅子上，閉著眼，像是在小憩，心事更是紛紜。

謝培東進來了，雖知他閉著眼根本沒睡，還是輕輕地欲從門口退出。

「你對傅作義今天早上的講話有何理解？」方步亭睜開了眼，像望著謝培東又像沒望著謝培東，也不問電文電話的事，冒出這句話來。

「傅作義將軍的講話我沒有聽到。」謝培東收住了腳，走向方步亭，到桌旁習慣地收拾公文帳冊，「擬完給央行的電文，我就一直在給南京打電話，崔中石還是沒有聯繫上。」

方步亭仍然說著自己的話題：「傅作義的聲明全是同情學生的話。美國人的照會昨晚肯定也發給他了。學生是不能抓了，戒嚴又依然不解除。滿城饑荒，商鋪關張，市民不許出戶，家家揭不開鍋。到時候就不止是學生了，加上那麼多百姓，餓極了的人比老虎還猛啊。等吧。等南京方面少的和老的那幾派把被窩踹穿了，民食調配委員會參與走私的軍政各界，總有幾張屁股要露出來。」

「這床被遲早會要踹穿的。只要我們穿著褲子就不怕。」謝培東到底正面回接方步亭的意思了。

「你不怕我怕。」方步亭的目光還是那樣，像望著謝培東又像沒望著謝培東，終於要說到最揪心的事了，「崔中石管的民食調配委員會那本爛帳你最近去看了沒有？」

謝培東：「行長打過招呼，那本帳只讓崔副主任一個人保管。」

「失策呀！」方步亭這一聲是從丹田裡發出來的，「如果美國人的情報是從我們這裡漏出去的，他崔中石到底想幹什麼呢？」

謝培東停下了收拾帳冊的手，卻並不接言。

方步亭也沒想他接言：「只有一個原因，共產黨。不要那樣子看著我。你想想，這三年都是誰打著調和我們父子關係的幌子去跟孟敖聯繫？那個逆子是膽子大，可膽子再大也不至於公開違抗軍令命令一個飛行大隊不炸共軍。除了共黨的指使，他個人不會這麼幹。空軍那邊我花了多少心思，不讓他再駕飛機打仗，安排他到航校任教，就是怕他被共黨看上。中統軍統那邊我都詳細問了，沒有發現任何有共黨嫌疑的人跟他接觸。要說有，那就是我自己安排的，崔中石！」

謝培東非常認真地聽著，又像在非常認真地想著，始終是一臉匪夷所思的神態，不時用幾乎看不出的動作幅度微搖著頭。

方步亭其實也就是自己在跟自己說話罷了。他也知道一直兼自己銀行襄理的這個妹夫，在金融運作上是把好手，但說到政治，此人一直遲鈍。真正能作商量的，便只有等自己那個小兒子方孟韋了。

牆邊的大座鐘敲了十下，方孟韋的聲音這才終於在門外傳來。

「父親。」方孟韋每次到洋樓二層父親起居兼辦公的要室門邊都要先叫了，等父親喚他才能進門。

方步亭立刻對謝培東：「你繼續跟南京方面聯繫，只問崔中石去了哪些地方，見了哪些人，說了什麼，都做了什麼。」這時才對門外的方孟韋說道：「進來吧。」

方孟韋一直等謝培東走了出來，在門邊又禮貌地叫了一聲「姑父」，這才走進房間，順手關上了房門。

七月炎日，望著兒子依然一身筆挺的裝束，滿臉滲汗，方步亭親自走到了一直盛有一盆乾淨清水的洗臉架前，拿起了架上那塊雪白的毛巾在水裡浸濕了又擰乾，這才向兒子遞去：「擦擦汗。」

多少年的默契，每當父親對自己表示關愛時，方孟韋都是默默等著接受，這時快步走了過去雙手接過了毛巾，解開衣領上的風紀扣，認真地把臉上的汗擦了，又把毛巾還給父親。待父親將毛巾在臉盆裡搓洗擰乾搭好的當間，他已經給父親那把紫砂茶壺裡續上了水，雙手遞了過去。

方步亭接過茶壺卻沒喝，走到桌邊坐了下來，卻沉默在那裡沒有說話。

每當這般情景，方孟韋就知道父親有更深的話要對自己說了，而且一定又會像自幼以來一樣，先唸一首古人的詩——「不學詩，無以言」多少代便是方家訓子的方式——方孟韋便輕輕走到父親背後，在他的肩背上按摩起來。

方步亭果然唸著古人的詩句開頭了：「『黑雲壓城城欲摧，甲光向日金鱗開。角聲滿天秋色裡，塞上燕脂凝夜紫。半卷紅旗臨易水，霜重鼓寒聲不起。報君黃金台上意，提攜玉龍為君死。』」

這次唸完這首詩他沒像往常那樣停住，留點時間讓兒子靜靜地琢磨後再說話，而是接著說了：「李賀的這首詩，這幾天我反覆看了好些遍，一千多年了，怎麼看怎麼覺得他像是為今天寫的。尤其那句『半卷紅旗臨易水』，怎麼看怎麼像共產黨的軍隊打到了保定。接下來打哪兒呢？自然是北平。我管著銀行，知道蔣先生築不了黃金台。傅作義會為他死守北平嗎？就是願意死守，又能夠守得住嗎？昨天的事是怎麼鬧起來的？那麼多人真的都是共產黨？沒有飯吃，沒有書讀，貪了的還要貪，窟窿大了補不了了就將東北的學生往外趕還要抓人服兵役，鬧事都是逼出來的。又號稱進入了憲政時期，搞的還是軍政那一套！不要說老百姓了，連你爹我們都不知道怎麼辦才好。國事不堪問了。」說到這裡他停住了。

方孟韋知道，下面父親要說的必是更不堪問的家事了，按摩的手放輕了，靜靜地等聽下文。

方步亭：「你沒有再抓人吧？」

方孟韋答道：「沒有。」

方步亭：「不要再抓人了，不到萬不得已更不能殺人。尤其是對學生，各人的兒女各人疼啊。」

這就是要說到大哥的事了，方孟韋肅穆地答道：「是。」

「你那個大哥，雖不認我這個父親，可別人都知道他是我的兒子。通共嫌疑的大案，你居然也瞞著我，打著我的牌子在背後活動。」果然，方步亭切入了核心話題，語氣也嚴厲了。

「大哥不會是共產黨。」這句話方孟韋是早就想好的，立刻回道，「大哥的為人您知道，我也知道，從來是自己想幹什麼就幹什麼，共產黨不會要他那樣的人。」

「哪個共產黨告訴你不要他那樣的人？」方步亭擺掉方孟韋按肩背的手。

方孟韋：「您既然過問了，兒子全告訴您。南京那邊託的是中統的徐主任。審大哥的案子，中統那邊就是徐主任負責。他把大哥這些年所有的情況都做了調查，沒有任何通共嫌疑。」

「崔中石現在在中統方面活動？」方步亭的語氣更嚴峻了，猛轉過頭抬望向兒子，「崔中石這幾次去南京救你大哥，是你主動託的他，還是他主動找的你，給你出的主意？」

方孟韋一愣。

方步亭：「慢慢想，想清楚了再回答我。在中統幹過那麼多年，我問你一句，共產黨搞策反，都是怎樣發展黨員，怎樣聯繫？」

方孟韋：「多數都是單線。」

方步亭：「如果你大哥是共產黨，而發展他的這個單線又是我身邊的人，中統那邊能查得出來嗎？」

方孟韋這才明白父親眼神和語氣中透出的寒峻：「父親，您懷疑崔副主任是共產黨？」

這倒將方步亭問住了。銀行為走私倒賣物資暗中走帳的事，他是絕不能跟兒子說的。因此懷疑崔中石將經濟情報透露出去的話當然也不能說，可對崔中石的懷疑又不能不給這個小兒子說：「要是忘記了，再回去翻翻你在中統的手冊，上面有沒有一條寫著，『共產黨尤其是周恩來最擅長下閒棋，燒冷灶』！」

方孟韋這才一驚：「爹的意思，崔副主任是共產黨下在您身邊的一著閒棋，大哥又是崔副主任燒的冷灶！」

「我懷疑自有我懷疑的道理，過後再跟你說。」說到這裡，方步亭幾乎是一字一頓，「現在是，寧可信其有，不可信其無！」

方孟韋猛抬起了頭：「真是這樣，就先切斷崔中石跟大哥的聯繫，我們另想辦法救他。救出他後爹再通過何伯伯的關係，請司徒雷登大使幫忙，把大哥送到美國去。我這就給南京徐主任打電話，叫他不要再見崔中石。」

方步亭望向他伸到電話邊的手：「不能打了。崔中石是不是共產黨，眼下也只能我和你還有你姑父三個人知道。這個時候，誰知道了都會當作要脅我們的把柄。」

＊＊＊

南京國民黨中央黨員通訊局大樓內，穿著整齊中山裝的一個青年祕書，領著西裝革履架著金絲眼鏡的一個中年人走過長長的樓道，來到掛著「黨員聯絡處」牌子的門口停住了。

那個西裝革履的中年人靜靜候著，那祕書輕輕敲門：「主任，崔先生來了。」

門內傳來了那位主任的聲音：「請進來吧。」

祕書將門推開一半，另一隻手向那個中年人禮貌地一伸：「崔先生請進。」

——這位中年人便是讓方步亭深疑為臥榻之側中共地下黨的崔中石！而他的公開身分是中央銀行北平分行金庫副主任。

如果他真的是共產黨，現在所來的地方就是名副其實的龍潭虎穴——中文簡稱「中統」，英語簡稱「CC」，原來的全稱是中國國民黨中央執行委員會調查統計局。一九四七年四月，這座大樓外牌子的名稱改成了中國國民黨中央黨員通訊局。可職能、任務、威勢依舊。因為「CC」這個英語簡稱依然未變——直管這個部門的仍然是掌著國民黨中執委和中組部大權的陳果夫、陳立夫！

崔中石卻那樣煦然，面對十分客氣的那個祕書，沒有急著進入原名「中統政治處」，現名「全國黨員聯絡處」的那道門，從西裝上邊口袋扯出了一枝價值不菲的派克金筆，微笑著悄悄向那位祕書一遞：「這個不犯紀律，文化人的事，孫祕書該不會再見外了。」

那孫祕書舉止禮貌臉上卻仍無任何表情，那隻「請進」的手輕輕將崔中石拿著金筆的手一推：「也犯紀律。我心領了，崔先生不要客氣。」

崔中石露出讚賞的神色，將筆爽快地插回了口袋：「難得。我一定跟你們主任說，感謝他培養了這麼好的人才。」

那孫祕書：「謝謝美言。」欠著身子讓崔中石從推開了一半的門裡走了進去，緊接著在外面將門輕輕關上了。

＊　＊　＊

屋內就是國民黨中央黨員通訊局聯絡處辦公室，房子不大，除了一張辦公桌，連一把接待客人的椅子也沒有，牆邊的書架是空的，地上堆著一個個打好了包的紙箱，每個箱子上都貼上了蓋著公章的封條。一看便知，這個房子裡的主人馬上要離開此地了。

桌子的兩側堆著檔，檔上都蓋著紅色的「絕密」字樣的印戳。在檔之間的空檔裡露出一個中年人的腦袋，他正在伏案工作。

沒有椅子，主人也不招呼，崔中石只能站在那裡，靜靜地等他問話。

「中央銀行和財政部的人都見到了？」低頭工作的那人抽空問了一句。

「見到了。他們都說，有主任在，一切沒有問題。」崔中石笑著答道。

「我什麼時候有這麼大本事了？」那人終於從一堆檔案中站起了，也是一身整潔的中山裝，雖在整理行囊，半白的頭髮依然三七分明絲毫不亂，嘴角笑著，眼中卻無笑意，他就是國民黨中央黨員通訊局聯絡處主任——徐鐵英。

崔中石臉上帶著禮貌性的笑容，並不接言，等著徐鐵英下面的話。

「小崔呀，這句話我可得分兩層說，你得理解了，然後電話轉告你們老闆。」徐鐵英說到這裡從辦公桌下拎起了一隻美國造的紋皮箱往辦公桌上一擺，「你不應該給我送這個來。過來看看，我沒有開過箱蓋。」

崔中石顯然這樣的事經慣了，仍然站在那裡笑著：「我相信。主任請說。」

徐鐵英：「裡面是什麼？」

崔中石還是那種程度的笑：「我們行長說了，這裡面的東西不是送給主任的，主任也絕不會要。可為了救我們大少爺，主任調了那麼多人在幫忙出力做調查，局裡也沒有這筆經費，出勤的車馬費我們總該出的。」

徐鐵英也還是那種笑：「你還是沒告訴我，裡面是什麼。」

崔中石：「為了穩妥，昨天我到南京去花旗銀行現提的，也就十萬。今天上海交易所的比價是一元兌換法幣一千兩百萬。」

這指的當然是美金，徐鐵英的笑容慢慢斂了。

第二章

入了中統這座八卦爐，必練幾層功夫：第一層是不露聲色，這是基本功，又稱必修課，為的是使對方看不出你的態度，也摸不著你的底細。第二層是該露則露，這是坐到相當位子的人才能具有的本事，因打交道的對方往往已是高層或高手，該有的態度得有，該露的底細得露，講究的是分寸拿捏，隨時忖度。到了第三層便是隨心所欲不逾矩了，能做到這一層的只有兩種人：一種是從中統還是調查科的時候便開始摸爬滾打一直幹到現在，舉動皆成職業，言行無不中矩，大浪淘沙，走了多少人，卻少他不得，譬如現任局長葉秀峰；還有一種，本是社會名流，又係黨國元老，腹有詩書，因當局倚重而用，時常犯一些「從道不從君」的書生氣，上邊也奈何他不得，譬如曾經當過局長的朱家驊。徐鐵英雖也在中統幹過十多年，手段火候都夠了，卻因走的一直是他那個曾經當過副局長的本家老牌特工徐恩曾的路子，唯上勝過幹事，私念重於職業，便總到不了第三層境界。

此時的國民黨中央黨員通訊局聯絡處辦公室內，崔中石正等待著徐鐵英的態度。眼前的這個崔中石，說白了就是徐鐵英這號人的財神爺，受惠已非一日，作偽便無必要。望著那一箱十萬美金，徐鐵英收了笑卻並不掩飾自己的渴望，十分推心置腹：「要是在昨天以前，這箱東西我一定代弟兄們收下。可今天我不能要了。小崔，問句話，你一定要如實告訴我。」

崔中石也嚴肅了面容：「主任請問，只要我知道的，一定如實相告。」

徐鐵英：「北平民食調配委員會那些人走私倒賣民生物資的事，和你們行長有沒有牽連？」

崔中石：「主任問的是哪方面的牽連？」

徐鐵英：「有哪方面的牽連就說哪方面的牽連。這可對今天下午開庭救你們大少爺至關重要。」

崔中石何等精明，立刻答道：「主任是通人，民食調配委員會的帳肯定要在我們北平分行走。背後牽涉到宋家的棉紗公司和孔家的揚子公司，我們行長也不能不幫他們走帳。但有一點我可向主任保證，走私倒賣民生物資的錢，我們北平分行包括我們行長本人，沒有在裡面拿一分一厘。主任，是不是昨天北平學潮的事，給救我們大少爺添了新的難處？」

「你不瞞我，就算犯紀律我也得給你露點風了。今天下午開庭，你們行長大少爺的案子跟空軍走私的案子併案了。」說到這裡，徐鐵英神態立刻嚴峻起來，「北平民食調配委員會那些人做的也太不像話！前方軍事那麼吃緊，他們還敢在後方這麼緊吃。居然還跟空軍方面聯手，將作戰的飛機調去運輸走私物資！北平昨天一鬧，弄得美國人都發了照會，接班的那位趁機插手了。原定由我們中統調查審理你們大少爺的案子，現在由國防部預備幹部局接手了。他們主訴，我們倒變成了配合。一件空軍走私貪腐案，一件你們大少爺涉嫌通共案，直接間接都牽涉到你們行長。這個忙，我怎麼幫？」

崔中石沒有立刻接言，掏出菸抽出一支遞給徐鐵英，等他似接非接地拿到手裡，立刻又點燃了打火機候著，幫他點上。這時該說的話也已經斟酌好了：「主任，如果不是到這個節骨眼上，有句話我永遠也不會說，只會接下來替主任去做。可現在我必須跟主任說了。」

徐鐵英靜靜地望著他，等他說。

崔中石壓低了聲音：「主任知不知道，空軍作戰部那個侯俊堂在民食調配委員會掛鉤的幾家公司裡有多少股份嗎？」

徐鐵英此時當然不會接言，目光卻望向了辦公桌上那疊空白的公文紙。

崔中石立刻會意，抽出筆筒裡的一枝鉛筆，彎下腰在公文紙上寫下了「20％」幾個大大的阿拉伯數字。

徐鐵英的瞳孔放大了。

崔中石接著說道：「這件事，無論法庭怎麼審，也審不出來。因為他的股份都是記在一些不相干的人的名下。槍斃了，侯俊堂自己也不敢說出來。主任您說，法庭要是判了侯俊堂死刑，這些分子該歸誰？」

徐鐵英定定地望著崔中石。

崔中石用筆在那「20％」後面劃了一條橫線，接著寫了一個大大的「您」字！

「主任能否等我說完。」崔中石爐火純青地把握著節奏，以使徐鐵英能夠舒服地保持沉默。橡皮擦現成擺在公文紙邊，崔中石拿起慢慢擦掉紙上的鉛筆字，一邊接著說道：「我們行長是為了兒子，主任幹了半輩子也應該為兒女們想想了。您的家眷已經去台北，聽說尊夫人帶著四個孩子還是租著兩間民房。往後總得給他們一個住處，還有四個孩子，總不能讓他們輟學。我管著帳，我知道，他們那些人撈的錢可是子孫五輩子也花不完。主任信得過我和我們行長，您就當我剛才說的話從來沒聽到過。事情我們去做，兩個字，穩妥。」

徐鐵英嘆了口氣：「你真不該跟我說這些呀。下午的庭審，侯俊堂如果真判了死刑，我倒變成無私也有私了。再說，殺了侯俊堂也未必能救出你們家大少爺。所謂通共的嫌疑我倒是替他查清楚了，絕對沒有。可就一條『戰場違抗軍令』的罪名，鐵血救國會那個曾可達也不會放過他。」

「就『違抗軍令』這條罪名不能成立！」崔中石緊接著說道：「我們大少爺是筧橋航校的教官，一直只有教學的任務，沒有作戰的任務。尤其這一次，空軍作戰部下達的轟炸任務是給空一師一大隊二大隊的。只是因為侯俊堂將這兩個大隊都調去空運走私物資了，才逼著我們大少爺帶著航校的畢業實習生去轟炸開封。這本就是亂命！主任抓住了這一條，我們大少爺違抗軍令的罪名便自然不能成立。」

徐鐵英的眼神有些陌生了，平時只知道這個文謅謅的上海人是個金融長才，現在才突然發現他對政治也深得肯要。既然如此，任何虛與委蛇都成了多餘：「看來侯俊堂是非死不可了。離開庭還有一個小時，曾可達押著人從杭州也該到了。我得去法庭了。」說著邊埋頭收拾材料往公事包裡裝。開頭說要退還崔中石的那隻裝著十萬美金的箱子，此時也不再看一眼，倒像是忘了。

「一切拜託主任！」崔中石片刻不再延宕，拱了拱手疾步向門口走去。

門從外面開了，那個祕書顯然一直守在門口。崔中石向他一笑，消失在門外。

等祕書把門又關了，徐鐵英已裝好了出庭的材料，接著打開了崔中石送的那隻小皮箱。

——皮箱裡擺在上面的竟是一套質料做工都十分講究的西裝，領帶皮鞋一眼便能看出是法國進口的名牌。拿開那套西服，才露出了一紮整齊的美元！

徐鐵英捧起那一紮美元，看了一眼第一張上的華盛頓頭像和面值「100」的字樣，便知道這厚厚的確是一千張，確是十萬元。出人意料的是接下來他竟將這一紮美元裝進了印有「中國國民黨中央黨員通訊局」文字的一個大封套裡，封了口，又拿起通訊局聯絡處的印章在封口處蓋了一個大大的紅印，拿起筆在封面上寫上了「賄金」兩個大字，一併裝進了他那個大公事包。做完了這一切，他才提著公事包向門口走去。

開了門，那孫祕書已經拿著一把偌大的雨傘低頭候在那裡。

徐鐵英：「下雨了？」

那孫祕書：「報告主任，一直在下。」答著便去接公事包。

「鬼天氣。」徐鐵英把公事包遞給了他，「去法庭吧。」

＊　＊　＊

儘管骨子裡依然是軍法統治，畢竟面子上國民政府已宣告進入「憲政」時期。因此雖是特種刑事法庭，從陳設到程序還得仿照英美法的模式：正中高台上「審判長」牌子後坐著的是最高法院專派的法官；高台左側公訴人席上赫然坐著的是曾可達，身前台子上「公訴官」那塊牌子，標誌著他國防部公訴人的身分；高台的右側台子上擺的兩塊牌子便有些不倫不類了，一塊是「陪審官」，一塊是「辯護人」，二者如何一身？坐在兩塊牌子前的徐鐵英在這場庭審中既是紅臉又是黑臉，身分著實有些曖昧。

被審的人還沒押上法庭，作為國防部預備幹部局公訴方的曾可達和作為中統辯護方的徐鐵英目光就已經對上了。

曾可達的目光明顯是在警示對方自己所代表的鐵血救國會今天殺人的決心，任何的偏袒和包庇都救不了今天軍法審判的人。

徐鐵英卻報以一笑，毫無敵意。接下來便是從公事包中掏出卷宗在桌上慢慢整理。

曾可達還在捉摸徐鐵英這一笑的含義，法官的法槌已經敲響了：「『六一九涉嫌通共案』、『七五空軍走私案』現在開庭！帶被告人上庭！」

兩個戴著鋼盔的法警拉開了步入法庭的兩扇大門。

第一個走進來的是方孟敖，跟在他後面的便是排著整齊佇列的那些飛行員。儘管是上法庭，他們還是邁著標準的軍人步伐，以致那些肅立分布在法庭各個位置頭戴鋼盔的法警和憲兵都一致向他們投來了注目禮。

緊接著，方孟敖和他的飛行員們都被領到了被告席依次坐下。不過是方孟敖的席次單獨在前，飛行員們一排坐在他的後面。

曾可達的目光立刻逼視過來。

剛才還挺直腰板坐著的方孟敖忽然抬起了右腿架在左腿上，回應曾可達逼視的目光。

更可氣的是唰的一聲，方孟敖身後的飛行員們同時都整齊地抬起了右腿架在左腿上。

「徐主任！」曾可達望向了徐鐵英，「你的當事人現在還如此蔑視法庭，對此你有何辯護？」

徐鐵英不得不表態了，望向方孟敖：「本陪審兼辯護提醒當事人應以戒慎之態度接受庭審！」

方孟敖卻並不買他的帳，腿仍然沒有放下來，身後的飛行員們的腿自然都不會放下來。

曾可達和徐鐵英幾乎同時望向了高台上的那位法官。

法官說話了：「被告人，本庭將依照一切法律程序對你進行審理。請你尊重法庭。」

——長年留學英、美專攻法律，使這位法官的語調舉止十分職業，已逾七十的高齡又使他流露的態度十分自然平和。方孟敖的率性從來對兩種人不使，那就是特別講究職業精神的人，還有真誠平等待人的人。面對這位顯然二者兼而有之的老法官，方孟敖剛才還誰都不看的目光禮貌地望向了他，立刻大聲應道：「是！」馬上放下了架著的腿，挺直了腰板。

接著，他背後那排飛行員們架著的腿整齊地跟著放下了。所有人的身板像是給法官一個天大的面子同時挺得筆直。

站在那裡的曾可達，臉更陰沉了。

徐鐵英卻沒有表情低頭默看卷宗。

今天的被告還有兩人，本應在方孟敖一行坐定後接著押送上庭，被方孟敖剛才一個小小的細節耽誤了幾分鐘。現在安定了，法官接著對法庭的大門：「帶被告人林大濰、侯俊堂上庭！」

法庭內，在方孟敖他們被告席的前方，左邊和右邊都還空著兩個單人被告席。

一個鋼盔法警挽著一名四十餘歲半白頭髮的男人從法庭大門出現了，那人的空軍卡其布軍服上已經沒有了領章，慢步走著，幾分儒雅，細看能發現他顯然受過刑，身負病傷。這個將要受審的人，就是國民黨空軍作戰部參謀、中共地下黨員林大潍。

接著從法庭大門走進來的是中將的大蓋帽，那張臉下的軍服領章上四顆中將金星也依然閃著光。押護他的鋼盔法警跟在身後，倒像是他的隨從侍衛。此人的氣場與前一位被押赴法庭的人形成鮮明對比，他便是涉嫌參與民生物資走私案的國民黨空軍作戰部中將副部長侯俊堂。

緊接著法庭大門被關上了。

進來的兩個人，半白頭髮的林大潍被送到了前方右邊的被告席坐下了。戎裝筆挺的侯俊堂被帶到了前方左邊的被告席卻不願坐下，筆直站在那裡。

曾可達的目光立刻盯向了他。

「報告法庭！」侯俊堂沒有等曾可達發難，向法官行了個不碰腿的軍禮，「我抗議！」

法官望向了他：「可以陳訴。」

侯俊堂：「本人係國軍現任中將，空軍作戰部副部長。國防部預備幹部局指控我走私一案，毫無證據，純係誣指。今天又將我和共黨同堂審訊，不唯對本人，亦係對黨國之侮辱。本人嚴重抗議！」

法官的目光慢慢望向了曾可達：「公訴官回答被告人陳訴。」

「好。」曾可達慢慢站起，離開了公訴官席，走向那個侯俊堂。

侯俊堂的目光慢慢移望向走近的曾可達。自己是中將，可此時面對這個少將，滿臉敵意也難掩心中的怯意。怯的當然不是曾可達，而是他背後的「鐵血救國會」這個國民黨的第三種勢力。

曾可達走到他的身側：「你說得對。老鷹死了，殺他的那個上校也死了。國防部預備幹部局指控你走私的案子當然沒有證據了。」

侯俊堂：「你說的這些與本人概無關係。」

「敗類！」曾可達一聲怒吼，猛地一把掀下侯俊堂的中將軍帽，扯掉了軍帽上那塊中將軍徽！

侯俊堂還沒來得及反應，「無恥！」曾可達緊接著唰唰兩下又扯下了他的中將領章！

侯俊堂能坐到今天這個位子，閱歷戰功背景都不容他受這個新進派少將如此羞辱，何況自己比他還高出半頭，立刻便舉起大手去揪曾可達的衣領！

可他的手剛舉起便僵在那裡——曾可達的手槍已經頂住了他的下顎！

法庭上所有的人都被這瞬間發生的一幕懵住了。

法官、徐鐵英和法警們眼睛都睜大了。

就連方孟敖和他的飛行員們的目光都望了過來。

只有一個人靜靜地坐在那裡一動沒動，就是先前押進來坐在右邊被告席上的中共地下黨員林大潍。

曾可達的手槍頂住他後開始一連串怒質：「以空軍作戰部的名義調用國軍的飛機走私民生物資與你無關？美方援助的十架C-46運輸機，有七架被你們的走私物資壓得都無法起飛了也與你無關？六月十九日開封戰役失利，昨天北平發生那麼大學潮都與你無關？以為殺了那幾個執行走私的人證，黨國就治不了你的罪？你也太小看國防部和黨員通訊局了！你還有臉抗議，不願跟共黨同堂受審。本公訴人正式向你宣告，今天的特種刑事法庭，既殺共產黨，也殺貪腐的國民黨！我現在問你。」曾可達的一隻手指向了林大潍：「那個多次向共產黨發送特密情報的共黨諜匪林大潍在國軍哪個部門就職，是誰的部下？」緊接著又望向方孟敖：「六一九戰役，作戰部的方案是叫空一師一大隊二大隊轟炸開封，又是誰擅改作戰方案，叫航校的共黨分子不轟炸開封，貽誤戰機？侯中將，侯副部長，今天一件特大走私貪腐案，一件通共情報案，一件通共違抗軍令案，哪一件都與你有關，哪一件都可以殺你，可以殺你三次！」

侯俊堂的臉上開始流汗了，聲音也失去了洪亮，沙啞地向著法官：「庭、庭上！本人要陳述！」

法官：「准許被告陳述。公訴人不宜在法庭用此等方式質詢被告。請將槍枝呈交法庭暫管。」

曾可達這才鬆開了頂住侯俊堂的槍口，走回公訴席時順手將槍交給了一名憲兵法警。

侯俊堂：「共黨諜匪林大潍已在空軍作戰部供職六年，本人是去年才調任空軍作戰部副部長。公訴人將他牽連本人純係羅織，本人懇請法庭澄清。」

法官：「還有嗎？」

侯俊堂：「還有。六一九開封戰役調筧橋航校方孟敖實習大隊執行轟炸任務，通訊局聯絡處查有本人手令，公訴人竟誣指本人命方孟敖不轟炸開封，亦懇請法庭澄清。」

法官：「同意被告人陳述。請陪審及辯護人出示有關案卷。」

「是。」徐鐵英慢慢站了起來，翻開第一本卷宗，摘要說了起來，「查國軍空軍作戰部作戰參謀林大潍，於民國二十七年隱瞞其共黨身分報考國軍空軍航校，畢業後在國軍服役一年，民國三十一年由國防部保送美國深造，民國三十二年回國混入空軍作戰部任作戰參謀。自民國三十五年國共交戰，該犯利用其作戰部作戰參謀之特殊身分，二十三次向共黨延安及東北共軍華東共軍發送國軍祕密情報。該期間，林犯大潍均係個人作案，空軍作戰部並無同黨。此案當與作戰部副部長侯俊堂無關。」

侯俊堂不能太露感激之色又不能絲毫不露感激之色，只能用含有謝意的目光向徐鐵英投去一瞥。

「反對。」曾可達立刻站起了，面向法官，「徐主任剛才說的『此案當與作戰部副部長侯俊堂無關』。這個『當』字顯係推測之詞。本公訴人要求調查方向法庭作明確表述。」

「反對有效。」法官望向徐鐵英，「調查方應作明確表述。」

徐鐵英：「我沒有更明確的表述了。經過詳細調查並無證據證實侯俊堂知道林大滙是共黨匪諜。如果因林大滙係侯俊堂所管之下級便認定他有包容共黨匪諜罪名，則空軍作戰部六年來歷屆正副部長皆應起訴。」

法官望向了曾可達：「公訴人對此表述是否認可？」

「當然只能認可。」曾可達轉望向徐鐵英，嘴角明顯帶著一絲冷笑，「徐主任接下來是不是還要出具調查材料，證明侯俊堂與方孟敖六一九通共違抗軍令案無關？與北平市民食調配委員會走私倒賣民生物資案也無關？」

法官都對曾可達這樣的態度不以為然了，徐鐵英反倒一臉平和，絲毫不以為忤：「庭上。為了使本陪審兼辯護人所出具之材料公正可信。本人申請先出具一件與本人也與本案至關重要的證據。」

這倒有些出乎曾可達的意料，他緊緊地盯著徐鐵英。

法官端嚴了起來：「同意。可以出示證據。」

徐鐵英從公事包裡拿出了那包裝著十萬美金的公函信封，將寫有「賄金」二字的封面朝上，雙手捧著向法官席走去。

——這可是崔中石送給他的「賄金」！

＊＊＊

此時的秦淮河畔，下了一個上午的大雨漸漸小了，無邊無際的黑雲依然不願散去，低低地壓著整個南京城，就像在人的頭頂。崔中石顯是有意不讓北平分行那邊找到自己，這時既不回自己下榻的金陵飯店，也不再去中央銀行和財政部，而是一個人打著傘在秦淮河邊彳亍而行。看了一下腕上那塊歐米茄手錶，已是下午兩點五十五分，他快步向前方街邊一座電話亭走去。

到了一九四八年，儘管在南京，能在電話亭裡打電話的人也是十分稀少了。原來還只是打電話需要付費，現在是接電話也要付費了，而且投入的只能是硬幣。法幣已形同廢紙，硬幣早成了珍藏，還有幾人願來打接電話？崔中石收了傘，進了電話亭，在那裡靜靜地等著。三點正，電話鈴聲響了，崔中石拿起了話筒。對方卻是一個電話局嗲聲嗲氣的女聲：「對不起，接聽電話請投入硬幣一枚。對不起，接聽電話請投入硬幣一枚。」

崔中石將早已拿在手裡的硬幣投入了收幣口，話筒裡那個女聲：「已給您接通，請接電話。」

「大少爺住進醫院了嗎？」話筒這時才傳來打電話人的聲音，是一個男人的聲音。

「是，老闆。下午兩點進的醫院。」

「徐大夫願意去會診了嗎？禮金收了沒有？」

「都收了，應該會盡力。老闆放心。」

「大少爺的病很複雜，還可能引起很多併發症。等會診的結果吧。還有，聽聲音你也傷風感冒了，不要去探視大少爺，以免交叉感染。」

崔中石拿著話筒的手停在那裡，稍頃回道：「我感覺身體還好，應該不會有傷風感冒吧？」

「等你覺到就已經晚了。」對方的語氣加重了，「家裡那麼多事，都少不了你。你的身體同樣重要。」

「還是大少爺的病情重要。」崔中石答道，「這邊除了我，別人也幫不上忙。」

「相信家裡。除了你，上邊還有人幫忙。」對方嚴肅地說道，「五點前你哪裡也不要去。五點正還來這裡，等我的電話。」

崔中石還想說話，對方已經把電話掛了。

＊　＊　＊

崔中石電話裡所說的醫院——正在開庭的特種刑事法庭，「會診」進入了讓人窒息的緊張階段。

「我抗議！」臉色煞白的侯俊堂這時的聲音已近顫抖，不是對著曾可達，而是對著徐鐵英，「這是徹頭徹尾的誣陷！是他們勾結好了對本人對國軍空軍的誣陷！本人從來就沒有送過什麼錢給徐鐵英！徐鐵英，方家到底給了你多大的好處？為了給方孟敖開罪，你要這樣的害我！」

法庭上所有人都屏息了。徐鐵英突然拿出十萬美金，指控侯俊堂賄賂，這太過出人意料。反應最複雜的當屬兩個人，一個是方孟敖，他也曾想到自己被關押這半個月來，會有人替他活動，會想盡一切辦法救他。但他從來沒有將自己能否被救放在心上。無數次飛越駝峰，無數次跟日本空軍作戰，無數個戰友早都一個個死去。用他自己經常說的話，自己的命是撿來的。生死既已勘破，就不願再殺一個生靈。六月二十一日突然接到命令叫他率航校實習大隊轟炸已被華野解放軍占領的開封，他命令整個大隊沒有扔下一顆炸彈，就已經知道等待他的是軍事法庭的死刑判決。現在聽到侯俊堂一語點破，他心裡還是生起一股溫情，救他的不管是誰，還是讓他想起了十年前被日軍飛機轟炸蒙難的母親。那張一直揣在懷裡照片上的母親。

另一個反應複雜的當然就是曾可達了。從骨子裡他最痛恨的當然是侯俊堂之流，非殺不可。但對方孟敖這樣被共黨利用而使黨國之命運雪上加霜的人，也非殺不可。徐鐵英拋出來的這十萬美金賄證，如果真能坐實是侯俊堂送的，侯俊堂今天就走不出這座法庭了。但方孟敖呢？很可能就因此減輕罪名，因為他本身就沒有轟炸開封的任務，純係侯俊堂個人篡改軍令。

「庭上。」曾可達先是程序性地請示了一下法官，緊接著轉對侯俊堂，「你剛才說徐主任呈堂出具的十萬賄金是誣陷，而且是『他們勾結好了』對你的誣陷。你能不能說清楚這個『他們勾結』指的是誰？他們為什麼要勾結誣陷你？」

這幾句話倒把侯俊堂問住了。

法官：「被告人回答公訴人問話。」

侯俊堂在軍界也算是厲害角色了，可今天面對鐵血救國會的一個菁英，中統的一個老牌，跟他們玩政治立刻便顯出業餘和職業的差別了。剛才情急之下說出了「他們勾結」，這個「他們」最順理成章的潛台詞當然指的是方孟敖的父親方步亭，可方步亭又正是最了解自己參與走私的核心人物，而且是宋家和孔家的背景，這時哪敢說出他來。還有一個「他們」，就是代表公訴方的國防部預備幹部局和代表調查方的中統，說這個「他們」勾結，無異於自絕於黨國！可這時還不能不回話，逼急了，脫口說道：「方孟敖是共黨！誰在這個時候能拿出十萬美金給徐主任來栽我的贓，為的是救誰？本人懇請法庭和公訴人調查徐鐵英。」

這正是曾可達要深究的癥結，當即對法官：「被告的請求，本公訴人希望庭上予以考慮。」

法官的目光望向了徐鐵英。

還有些人的目光先是看著徐鐵英，後來又都轉望向方孟敖。

徐鐵英輕輕嘆了口氣，悲憫地望著侯俊堂：「侯兄，你是黃埔四期的老人，後來又被送到德國空軍深造。總統、黨國對你的栽培不謂不深。當此黨國多難之秋，用人之際，不只是總統和國軍希望保你，就連我這樣在黨部工作的人何嘗不想保你。可你自己走得太遠了。」說到這裡他的語氣陡轉嚴厲：「為了錢，為了你那一大三小幾個女人，還有她們為你生的那一大群兒子女兒，你居然連自己是二十五年黨齡的國民黨員都忘得乾乾淨淨！我是幹黨務工作的，我現在問你，『黨』字怎麼寫？不要你回答，我告訴你，『黨』字底下是個『黑』字，可『黨』字的頭上還有三把刀！誰要敢黑，那三把刀絕不饒你！我再問你，六月二十二日運送走私物資飛往香港在嶺南墜毀的那架C－46是不是你私自調用的？你可以不承認，但你的親筆調令還在，它會幫你承認。六一九開封戰役，前兩天還是空一師空二師的編制大隊執行轟炸。到了六月二十二日，原定執行轟炸任務的空一師一大隊二大隊你調去幹什麼去了？二大隊的隊長墜機死了，一大隊的隊長今天又被殺人滅口了。可你別忘了，身在中央黨部的黨員通訊局，我這裡還有大量的調查證據。」

侯俊堂徹底懵在那裡。

整個法庭都鴉雀無聲。

就連曾可達，一時也被徐鐵英這番慷慨陳詞怔在那裡。可很快，他便敏銳地聽出了徐鐵英這一曲鐵板銅琶所暗藏的金戈錚鳴，是意在震懾侯俊堂，使他不敢再提那十萬美金的來由。心中疑立刻化作眼中意，眼中意接下來當然便要變成口中言了。

「我知道公訴人要問什麼。」徐鐵英緊緊地把住節奏不給曾可達發問的縫隙，接著說道，「我現在就回答侯俊堂所說十萬美金誣陷的問題。」說著又從公事包裡拿出一盒錄音帶：「請法庭播放這段錄音。」

特種刑事法庭當然配有錄音播音設備，錄音帶立刻被書記員裝在了那台美式錄播機上。

徐鐵英打開了播音的按鈕，法庭都靜了下來。

「國防部預備幹部局那些新進這次是要向我們這些老人開刀了。」錄播機上的聲音一聽就是侯俊堂的！

侯俊堂的臉一下子白得像紙。

法庭這時候也靜得像夜。

「把我們這些老的趕盡殺絕了他們好接班嘛。」依然是侯俊堂的聲音，可以想見錄播機裡的徐鐵英只是在靜靜地聽，「這點東西不是給你徐主任的，你徐主任也絕不會要。那麼多弟兄為我們辦案，局裡也沒有這一筆經費開支。就算空軍方面給弟兄們的一點出勤費車馬費吧。」

「侯部長還是沒有告訴我，這裡面裝的是什麼東西。」錄播機裡終於出現了徐鐵英的聲音。

「法幣今天的比值都已經是一千二百萬比一了，這些都是從花旗銀行現提的，一次也就只能提十萬。哪些地方還要打點，案子辦好後兄弟我一定想辦法補上。」

咔的一聲，徐鐵英將按鈕一關：「庭上，這個證據應該能說明問題了吧？」

法官還沒有接言，曾可達立刻說道：「徐主任似乎還沒有把錄音放完。後面是沒有話了，還是被洗掉了？」

徐鐵英無聲地嘆了一息，慢慢地又將按鈕打開，後面果然還有錄音：

「要說缺錢，誰都缺錢。要說困難，黨國現在最困難。」徐鐵英的話飽含著感情，聲音卻十分平靜，「有這些錢真應該用在前方與共軍打仗上哪！侯部長真覺得自己以前錯了，亡羊補牢，猶未晚矣。」

接著錄播機裡傳來重重地將箱子在桌面上往前一推的聲音。

「國軍打仗要花錢，中央黨部那麼重大的工作也要花錢。我侯俊堂也是二十一年黨齡的國民黨員了，這十萬美金就算我交的黨費，這總行吧？」

「侯部長就不怕我把你這個黨費真上交到中央黨部去？」

「徐主任交到哪兒去，侯某人都認了。」

接著是一陣沉默，接著才是徐鐵英深長的一聲嘆息：「那你就留在這裡吧。」

——等錄播機嘶嘶地又空轉了一陣子，顯然後面無話了，徐鐵英望了一眼曾可達。曾可達無語，徐鐵英這才將按鈕關了。

目光於是都轉望向侯俊堂。

侯俊堂這時坐在那裡癡癡地既不說話也不看人，身軀顯得好大一堆。

徐鐵英再不猶豫，開始行使他特種刑事法庭陪審員的權力，向法官提起判決建議：「當前是勘亂救國時期，根據特種刑事法庭《陸海空軍法律條令》第五條第九款，侯俊堂犯利用國家軍隊走私倒賣國家物資罪、因私擅改軍令導致危害國家安全罪，證據確鑿，應判死刑，立即執行。林大潍犯敵軍間諜罪、嚴重危害國家安全罪，證據確鑿，應判死刑，立即執行。請法庭依法判決。」

「反對！」曾可達立刻站了起來，「陪審員好像忘了，你還是他們的辯護人。根據法庭程序，你就一句也不為他們辯護？」

徐鐵英：「我也想為他們辯護，可實在找不出為他們辯護的理由。根據特種刑事法庭辯護人條例，罪犯危害國家安全罪名成立，辯護人可放棄辯護權。庭上，我申請放棄辯護權。」

法官：「反對無效。辯護人可以放棄辯護權。」

曾可達：「那空軍筧橋航校方孟敖及其實習飛行大隊違抗軍令涉嫌通共，徐主任是否也要放棄辯護權？」

「庭上！」一直挺坐在那裡的方孟敖倏地站起了，「本人及其實習飛行大隊不須什麼辯護人，我做的事，我自己會向法庭說清楚。」

曾可達：「你背後那麼多人花了那麼大工夫為你活動，你就一點也不領他們的情？」

「反對！」徐鐵英語氣也十分強硬了，「公訴人的言詞已涉嫌汙衊，請法庭責令公訴人明確表述。」

法官沒有說「反對有效」之類的話，望向曾可達：「公訴人剛才所指，有無證據？」

曾可達：「殺了侯俊堂，尤其是殺了林大潍，證據自然沒有了。」

法官：「公訴人的意思，是不是說，侯俊堂、林大潍和方孟敖違抗軍令涉嫌通共有證據連結。請表述清楚。」

「回庭上，是。」曾可達開始了直擊要害的表述，「今天是三案併案審判，這是中央軍事委員會和中央黨部聯席會議昨晚的決定。作為黨部的代表，徐主任像是忘記了這一點。方孟敖違抗軍令涉嫌通共的案子尚未進入審訊程序，為什麼就提前要求法庭將侯俊堂、林大潍兩案結審？而且還要立即執行死刑。方孟敖公然違抗軍令率隊不轟炸開封共軍，既不是侯俊堂的指令，那麼是誰的指令？除了共產黨，還有誰會給他下這樣的指令？空軍作戰部直接負責傳達指令的就是這個共軍匪諜林大潍！徐主任就不想問清楚，林大潍有沒有暗中給方孟敖下達不炸開封的指令？」

法官：「對公訴人之提問，陪審方兼辯護方需作正面回答。」

徐鐵英：「我只能用調查證據回答。從六月二十三日到七月五日，本人代表全國黨員通訊局並聯繫了保密局和空軍有關部門，調閱了大量檔案材料，並未發現方孟敖與共黨有任何聯繫，更未發現方孟敖與林大潍有任何接觸。公訴人如果懷疑方孟敖與林大潍係共黨同黨，現在可以當庭質詢。」

法官：「同意。被告人林大潍起立接受公訴人質詢。」

一直靜靜坐著的林大潍慢慢站起了。

曾可達走到林大潍身邊，既沒有像對方孟敖那種逼視，更沒有像對侯俊堂那般強悍，語調十分平和：「談主義，各為其主，我理解你。可我現在不跟你談主義，只跟你談做人。你既然信奉了共產黨，就該在共產黨那裡拿薪水養自己、養家人。一邊接受黨國的培養，拿著黨國給你的生活保障包括醫療保障，一邊為並沒有給你一分錢給養的共產黨幹事。端黨國的碗砸黨國的鍋，這樣做人你內心就從來沒有愧疚過嗎？」

林大潍開口了，聲音很虛弱，但是比曾可達那種平和更顯淡定：「既然你不談主義，我也不談主義。國民黨和共產黨，誰的主義是真理，歷史很快就會作出結論。我回答你關於做人的兩個問題吧。第一，你說是國民黨給了我生活保障，請問國民黨給我的這些生活保障都是哪裡來的？你無非是想說食君之祿忠君之事那套封建倫理，不要忘了，中國最後一個封建王朝已經在辛亥革命被推翻了。孫中山先生說過自己是君了嗎？說過大家都是拿他的俸祿了嗎？你問我，我這就告訴你，你們包括你們的蔣總統所拿的俸祿都是人民的。」

曾可達明白這個時候任何動怒都會在氣勢上先落了下風，強忍著以冷靜對冷靜：「你這是在迴避我的質問。沒有政府哪來的人民？你的哪一分錢是哪一個人民親手給你的？」

林大潍：「是。每一分錢都是通過政府從人民那裡拿來的。可你們的現行政府拿了人民的錢又為人民想過什麼，做過什麼？侯俊堂就站在這裡，難得你們今天也知道要審他了，可還有千千萬萬個侯俊堂，你們都會去審嗎？」

曾可達：「我就想聽你這句話，尤其想讓你活著，讓你看我們是怎麼樣把一個一個侯俊堂都抓出來受審。《陸海空軍刑法》特赦條例，凡國軍人員通共者只要幡然悔悟，自首反正，可行特赦。你的案子是經國局長親自過問的，經國局長有交代，只要你自首反正，我們可以立刻讓你和你的家人到國外去，一切生活政府提供保障。也不要你再為哪個黨幹任何事。看看你的這頭白髮，看看你的這個身子，才四十幾歲的人，你已經夠對得起共產黨了。」

林大濰微微笑了：「你們的調查也太不認真了。我林大濰曾經有一個妻子，早在十年前就被軍統殺了。這十年我連婚都沒結過，哪來的家人。至於我個人，我也不想說自己多高尚的話。這次受了刑怕我死去，中統方面給我做了治療檢查，問問你們的徐主任，他會告訴你。我這樣的人還值不值得你們送到國外去，接受你們的安排。」

曾可達望向了徐鐵英。

徐鐵英翻開了林大濰那件卷宗：「據七月二日空軍第一醫院出具之病歷診斷，林犯大濰患有多種疾病：一、十二指腸潰瘍兼糜爛性胃炎病史五年；二、長年神經官能症導致重度抑鬱症，失眠史已有三年；三、初步透視，肺部有大面積陰影，疑為肺結核晚期。判斷，該病人生命期在三到六月。」

曾可達臉色變了，語氣也變了，對著林大濰：「因此你連共黨地下工作條例也不顧了，公然利用國軍空軍作戰部電台直接向華野共軍發送軍事情報！自己要死了還拉上了方孟敖這個你們發展的無知黨員，公然違抗軍令坐視國軍大片傷亡，就是不向共軍投放一枚炸彈！回答我，是不是？」

方孟敖倏地站起了，雙腿一碰，挺得筆直，望著前方被告席上那個頭髮花白、背影羸弱的林大濰，儼然是在行注目禮。

他身後的飛行員們緊跟著倏地站起了，雙腿同時一碰，挺得筆直，所有的目光也都隨著他們的教官向那個林大濰行注目禮。

曾可達眼睛一亮：「敢作敢當，好。方孟敖，有什麼就承認什麼。說吧。」

方孟敖卻一聲不答又坐下了。

飛行員們緊跟著也都又整齊地坐下了。

曾可達氣得望向法官。

法官：「方孟敖，對你剛才的行為作出解釋。」

方孟敖獨自站起，答道：「報告法官，坐久了，就是想站一下。」答完又坐下。

那法官其實早已看出了，方孟敖和他的飛行員們這是在通過對那個共黨林大潍示敬，故意給曾可達又一個難堪。審案就怕這樣的糾纏，法官也無可奈何，冷靜地提醒曾可達：「公訴人，讓被告人林大潍回答你剛才的質詢吧。」

曾可達只好把目光又轉望向了林大潍。

林大潍顯然也被剛才背後那些人的反應觸動了，盡力調起體內殘存的那點精力，提高聲調，下面這番對話一定要讓那些不炸開封的飛行員們聽到：「我前面已經說了，自己並沒有那麼高尚，可也沒有你說的那麼不堪。我現在回答你：第一，本人長年患病，為什麼直到三天前你們才知道呢？這是因為本人沒有一次享受你所說的國軍醫療保障。每次我都是拿自己的錢到民間的診所看病。第二，自知生命不長，因此鋌而走險，違背了我黨的地下工作保密規定，公開發報，因而暴露。這些天我也想過，要是自己還能好好活著，會去冒這個險嗎？未必。由此可見我還是個有私心的人。第三，我再有私心，也不會因為自己生命不長拉別人一起去死。無論是自己的同志，還是空軍作戰部共過事的那些人。我在進入你們內部以前，曾經跟隨我黨的周恩來副主席工作，他對我們的要求很明確，除了完成組織的任務，絕對不許犯任何違背道德、有損形象的事情。這一條，是順便回答你關於我黨和我個人做人的問題。」

整個法庭，真正認識共產黨員的人少之又少，這時都用十分複雜的目光望著林大潍，許多人第一次在心裡問道，原來這就是共產黨！

尤其是挺立在方孟敖身後的那排飛行員們，看完林大濰又望向高大背影的方孟敖，一個個都在心裡問道，我們的教官會是共產黨嗎？有點像，可又不太像。

曾可達這時腦子裡冒出來的竟是經國局長要求他們必看的《曾文正公全集》，想起了曾國藩臨死前常說的那句話「心力交瘁，但求速死」！莫名其妙地向林大濰突然問了最後一句話：「你是不是湖南人？」

林大濰淡然一笑：「我是浙江奉化人，你們蔣總統的同鄉。」

曾可達再也無語，沉默了片刻，把目光慢慢轉向了依然挺立在那裡的方孟敖和那些飛行員們，接著大步向方孟敖走去。

「佩服是嗎？」曾可達望著依然並不看他的方孟敖，「我也佩服。佩服他，卻不佩服你。想知道為什麼嗎？」

「不想知道。」方孟敖還是望著前方。

「你必須知道！」曾可達終於發怒了，「率領一個飛行大隊奉命轟炸敵軍，所有飛機上掛的炸彈一顆不少全部帶了回來。為共產黨幹事，卻讓國民黨的人救你！你現在還想說『不想知道』嗎！」

方孟敖終於慢慢把目光望向他了：「想知道，說吧。」

曾可達：「你有個當中央銀行北平分行行長的父親嘛，就這一點我不佩服。和那個林大濰比一比，你不慚愧嗎？」

方孟敖：「庭上，我要求公訴人現在退到席上去。」

曾可達：「你說什麼？」

方孟敖：「請法庭接受我的要求。」

法官不得不說話了：「說明要求的理由。」

方孟敖：「本人的檔案就擺在他的席上，請公訴人去看清楚了。我的檔案上寫的很清楚：母親，亡故；父親，空白。本人並沒有什麼當行長的父親。」

曾可達：「可笑。你說沒有就沒有了？我告訴你，從六月二十三日到今天，你父親在北平分行的副手已經四次飛抵南京，中央銀行、財政部，甚至連負責調查你案子的黨員通訊局都去過了。就在幾個小時前，那個崔副主任還去拜見過我們的徐主任。徐主任，這你不會否認吧？」

徐鐵英定定地坐在那裡，並不接言。不是那種被問倒了的神態，而是那種對曾可達這突然一擊並不在意的樣子。

法官：「陪審人兼辯護人回答公訴人問話。」

「是。」徐鐵英這才慢慢站起，「中央銀行北平分行金庫的副主任崔中石，今天中午一點確實來過我的辦公室。」

＊　＊　＊

南京秦淮河的熱鬧就在晚上。厚厚地積了一天的雷雨雲這時竟慢慢散了，吹來的風便涼涼地帶著難遇的清爽，今晚的夜市必定紅火。也才下午四點多，沿岸一下子就冒出了好些小吃攤販的食車吃擔，河面也傳來了船戶酒家的槳聲欸乃一片。岸上的、河上的都搶著準備晚上的生意了。國統區的經濟雖已萬戶蕭條，秦淮河還是「後庭」依舊。

崔中石中午為趕見徐鐵英就沒有吃飯，下午徘徊在秦淮河邊因一直下著雨也沒有見著一個吃處，這時飢腸轆轆，一眼就看中了一個賣黑芝麻餡湯圓的擔子。人家還在生火，便準備過去。收著傘徐徐走著，眼中的餘光發現早就停在不遠處的一輛黃包車隨著也站起了，隔有四五十步，慢慢拉著，跟在身後。

警覺總在心裡，一身的西服革履，堂堂北平金庫的副主任再想吃那一口湯圓，這時也得忍住了。崔中石走過湯圓擔，走過一個一個正在準備的小吃攤，向夫子廟方向一家大酒店走去。那個電話亭卻離他越來越遠了。

＊　＊　＊

特種刑事法庭上，徐鐵英在繼續做出陳述。

「事關保密條例，我只能說到這裡。」徐鐵英望著法官，「北平昨天的事件，本人代表全國黨員通訊局不止今天要傳問崔中石，還將繼續調查北平民食調配委員會所有有關人員。崔中石見我，與方孟敖一案毫無關係。」

曾可達心裡好一陣淒涼，從一個徐鐵英身上他就深深領教到了，單憑經國局長，和經國局長組織的鐵血救國會這二百多個同志，能對付得了黨國這架完全銹蝕的機器嗎？既無法深究，便只能快刀斬亂麻了。

他倏地轉對方孟敖：「徐主任既說你家裡並沒有活動救你，你也不認自己有個當行長的父親。可見你跟那個有黨國上層背景的家是沒有關係了。當然，你也不會供出你的共黨背景。可你注意了，你的行為要是共黨指使，追究的就是你個人。如果不是共黨指使，你的行為就牽連到你的整個實習飛行大隊！根據《陸海空軍刑法》，六月二十二日案方孟敖及其飛行大隊屬於集體違抗軍令罪、危害國家安全罪。所有人犯都應判處死刑，立即執行。本公訴人請求法庭，命方孟敖代表其飛行大隊作最後陳述。」

整個法庭一片窒息。

法官望向方孟敖：「被告人方孟敖願否作最後陳述？」

這次是方孟敖一個人慢慢站起了：「沒有什麼最後陳述，我就是共產黨。」

第一個猛地抬頭望向方孟敖的是徐鐵英。

一直蔫在那裡的侯俊堂也似乎醒了過來，回頭望向方孟敖。

那個林大濰也慢慢轉過頭望向方孟敖。

曾可達的目光，背後飛行員們的目光都怔怔地望著方孟敖。

秦淮河畔，坐在秦淮酒家臨窗靠街雅座上的崔中石突覺一陣心慌，擺在面前的一屜小籠湯包和一碗桂圓紅棗湯在冒著熱氣。他沒有去拿筷子，將手按向了胸口。

眼睛的餘光，窗外街對面那輛黃包車又拒載了一位客人，那客人嘮叨著走向另一輛黃包車。

崔中石按著胸口的手，掏出了西服裡那塊懷錶，慢慢打開了錶蓋。

——短針指向了5，長針指向了12，已經是五點了！

秦淮河畔的電話亭裡，崔中石三點打過的那部電話準時響了。一遍，兩遍，三遍！

三遍一過，電話鈴聲戛然停了。

＊　＊　＊

這個時候法庭上法官席的電話卻響了。
法官立刻拿起了話筒：「是。是特種刑事法庭。我就是。請說。請稍等。」接著拿起了筆，攤開了公文箋，對著話筒：「請說，我詳細記錄。」
別的人當然聽不見話筒裡的聲音，只能看見那個老法官在十分流利地記錄。
對方的指示簡明扼要，那法官很快放下了筆，對著話筒：「記錄完畢。是。加快審訊，今日六點前完成審判。」
擱好了話筒，那法官一改只聽少說的態度，直接問向徐鐵英：「六月二十二日方孟敖及其實習飛行大隊不轟炸開封一案的調查案卷，黨員通訊局是否調查完畢？」
徐鐵英站了起來：「回庭上，已經調查完畢。」
法官：「方孟敖是不是共產黨，經你們調查能否作出明確結論？」
徐鐵英：「回庭上，經詳細調查，方孟敖自民國二十七年加入國軍空軍服役，民國三十五年轉入筧橋航校任教至今，沒有跟共產黨有任何聯繫。可以作出明確結論。」
「反對！」曾可達立刻喊道。
「反對無效！」法官這次絲毫不給曾可達再說話的機會，轉對方孟敖，「被告人方孟敖，身為國軍現役軍人，六月十九日率航校實習飛行大隊轟炸開封共軍，為什麼不投一彈，原隊返回？現在作最後陳述。」
方孟敖又站起了。他背後的飛行員們緊跟著也都整齊地站起了，一個個臉上全是「風蕭水寒，一去不還」的神態。
方孟敖大聲喝道：「不關你們的事，統統坐下！」
這一次所有的飛行員都沒有聽他的命令，一動不動挺立在那裡。

方孟敖心裡一陣溫暖，也不再強令他們，對法官說道：「庭上。六月十九日不轟炸開封的案子，原來是國民黨黨員通訊局審理。我有兩件重要證據在通訊局徐主任手中。請法庭調取，我向法庭說明不轟炸開封的原由。」

法官立刻望向徐鐵英，徐鐵英連忙拿起了公事包：「哪兩件證據？」

方孟敖：「照片。」

徐鐵英從公事包裡翻出了兩個信封套。法庭書記員走了過去接過，立刻又走過去遞給方孟敖。

方孟敖從第一個封套裡抽出一疊照片：「這是六月十九日我在開封城上空一千米、八百米和五百米航拍的照片，請法官、公訴人、陪審人共同驗看。」說完，便遞給了那個書記員。

書記員拿著那疊照片走到法官席邊雙手遞給法官。

法官：「同意被告請求，公訴人、陪審人共同驗看。」

徐鐵英和曾可達都站起了，一個情願，一個不情願，都走到了法官席邊。三雙眼睛同時望向那些照片。

——開封的全景圖，到處是古蹟民居，多處砲火。

——開封城的局部區域圖，開封鐵塔已清晰可見。

——開封城的幾條街道，到處是驚慌湧動的人群。非常清楚，全是百姓。

方孟敖：「請問庭上是否看完？」

法官：「被告人，你呈堂這張照片試圖說明什麼問題？」

方孟敖：「說明我為什麼下令不許轟炸開封。民國二十七年六月五日，日本侵略軍出動飛機二十三架次對我開封實施無分別轟炸。炸死炸傷我中國同胞一千多人。開封城百姓房屋毀於彈火一片焦土，數十萬同胞流離失所無家可歸。請你們再看看那座鐵塔。那是建於宋仁宗時期的古塔，當日遭受日軍炮彈轟擊六十二發，中部損毀十餘丈！抗戰勝利也才三年，竟是我們的國軍空軍作戰部下達跟日本侵略軍同樣的命令。名曰轟炸共軍，實為聯合國早已明令禁止的無分別轟炸！我現在倒要問，這個命令是誰下的？我們不對自己的城市、自己的同胞施行轟炸倒成了危害國家安全罪！請問公訴人，《陸海空軍刑法》哪一條能夠給我們定危害國家安全罪！請你現在就回答我！」

曾可達懵在那裡，嘴唇微微顫抖。

法官適時地接著問道：「被告人第二份證據！」

方孟敖這時眼眶已微微濕潤，從第二個封套裡抽出一張照片。

書記員已是小跑著過來連忙接過照片又小跑著踅回法官席，直接擺在桌上。

三雙眼睛同時望去——太熟悉，這是那張世界各大報紙都刊載過的一九三七年八月十三日日軍空軍轟炸上海外灘，到處廢墟、到處死屍的照片！

方孟敖不待發問，望著法庭的上方：「一九三七年八月十三日，日軍空軍轟炸我中國上海。我母親、我妹妹，同日遇難……」

法庭上一片沉默。

方孟敖望向法官席，大聲說道：「這就是六月二十二日我命令大隊不轟炸開封城的理由。你們可以判我任何罪。但是不可以判我身後任何一名飛行員的罪。他們都是中國的兒子，他們不殺自己的父老同胞沒有任何罪！陳述完畢。」

嚎啕一聲，是那個陳長武哭出聲來。

緊接著所有的飛行員們都哭了，有些帶著聲，有些是在吞淚。

「肅靜！肅靜！」法官的法槌敲得如此無力。

「不要哭！」方孟敖第一次向飛行員們喝道，接著放低了語氣，「值嗎？弟兄們！」

哭聲漸漸收了。

那法官這時重敲了一下法槌：「中華民國特種刑事法庭，六月十九日方孟敖違抗軍令案，共黨林犯大潍間諜危害國家安全罪案，侯犯俊堂特大走私貪腐案現在宣判。全體肅立！」

曾可達和徐鐵英都回到了自己的席位，站在那裡。

侯俊堂強撐著站起了，林大潍也慢慢站起了。

法官手捧判決書，大聲宣判：「茲判決林犯大潍死刑，立即執行槍決！茲判決侯犯俊堂死刑，立即執行槍決！茲判決方孟敖及其實習飛行大隊即日解除現役軍職，集體發交國防部預備幹部局另行處置！」

這太出人意外！法庭上寂靜得像一片荒野。

法官：「執行！」

兩名法警挽起了侯俊堂向庭外走去。

兩名法警剛過來要挽林大潍，林大潍向他們作了個請暫緩的手勢，慢慢轉過身，向著站在那裡的方孟敖和那排飛行員們行了個標準的軍禮。這才讓法警挽著向庭外走去。

「反對！堅決反對！」曾可達終於醒過神來，對法官大聲喊道，「法庭如此判決顯係枉法！本公訴人代表國防部表示強烈反對！」

法官拿起了剛才接電話的記錄遞給書記員，小聲道：「給他看看。」

書記員拿著記錄走到曾可達身邊遞了過去。

曾可達接過記錄，看了幾行，臉色立刻凝重了。

一個聲音，是那個他無限崇敬的聲音在耳邊響起：「今日之判決，是我的意見。請轉告曾可達同志，希望他不要反對。蔣經國。」

第三章

用兵之要在如臂使手如手使指，國防部為用兵中樞，因此各部各局都集中在一棟大樓裡，便於電訊密文能盡快在各個部門之間傳遞銜接，呈交籌畫。

唯一的例外是這個南京國防部預備幹部局，不在大樓，不與其他部局直接往來，單獨設在大樓後院綠蔭掩蓋的一棟二層小洋樓裡。僅此也能看出，它雖然名義上仍屬國防部之下轄局，而且還是「預備幹部」局，其地位卻令其他部局側目而視。

曾可達把車停在國防部大樓前院，徒步繞過大樓，便看到了後面這片院子。每到此處，他和他的同志們都會自覺地輕身疾步走過那一段只有經國局長的專車可以使用的水泥車道，去往那棟小樓。這不只是發自內心的尊敬，還有由衷的體諒。經國局長在工作，而且往往是在同一時間處理完全不同的幾件工作，他需要安靜。

大樓距小樓約二百米，沿那條水泥車道，每五十米路旁豎一傘亭，每傘亭下站著一個身著無領章無軍帽卡其布軍服的青年軍人，四個口袋的軍服和腰間別著的手槍能看出他們皆非士兵，卻看不出他們的官階職銜。

曾可達輕身快步，每遇傘亭都是互相注目，同時行禮，匆匆而過。

來到樓前，登上五級石階，門口的青年無聲地引著曾可達進入一層門廳。

門廳約一百平方，無任何裝飾，一左一右只有兩條各長五米的木條靠背坐凳對面擺著。最為醒目的是坐凳背後同樣長的兩排衣架，上面整齊地掛著一套套無領章的卡其布軍服，下面擺著一雙雙黑色淺口布鞋，牆上釘著一個個帽鉤。曾可達很熟悉地走到貼有他姓名的一套軍服前，先取下軍帽掛上帽鉤，接著脫自己的少將官服。引他進門的青年接過他的少將服，曾可達輕聲說了一句：「謝謝。」換上了自己那套無領章卡其布軍服，彎腰解了皮鞋上的鞋帶，換上了自己的那雙布鞋。這才獨自走向門廳裡端的樓梯，輕步而快速地拾級而上。

樓梯盡頭上了走廊，正對便是雙扇大門，敞開著，一眼便能看到門內和一層相等是一百平方左右的大廳。與一樓不同，這裡只三面挨牆的窗前擺有長條靠背木凳，廳中更顯空闊，而正對走廊這兩扇大門的大廳內室那兩扇虛掩的大門便赫然在目，以致內室大門邊的一張值班桌和桌前的值班祕書更顯醒目。

看到站在大廳門口的曾可達，值班祕書便在桌前一笑站起，點了下頭。

曾可達輕步走進大廳，走到值班桌前默以目詢。

那值班祕書示以稍候，桌上有一電話不用，卻走到內室大門那一側小几上的另一部電話前，拿起了話筒：「報告經國局長，曾可達同志到了。」

稍頃，他將電話向候在那裡的曾可達一伸，曾可達輕步走了過去，接過了電話，放到耳邊，習慣地往電話機上方貼在牆上的一張白紙望去。

白紙上是經國局長親筆書寫的顏體。上方橫排寫著「我們都是同志」，下方左邊豎行寫著「事忙恕不見面」，下方右邊豎行寫著「務急請打電話」。

「曾可達同志嗎？」話筒裡的聲音是一個人，傳到曾可達耳邊卻像有兩個聲音——原來比話筒的聲音稍慢半拍，說話人的真聲透過虛掩的大門隱約也能聽到。

曾可達的目光不禁向虛掩的門縫裡望去，恰恰能看到那個背影，左手握著話筒，右手還在什麼檔上批字，心裡不知是一酸還是一暖，肅然答道：「是我。經國局長。」

「對方孟敖及其大隊的判決，不理解吧？」

「我能夠理解。經國局長。」

「是『理解的要執行，不理解的也要執行』，還是真正理解了？」

曾可達沉默了，他們回答經國局長問話允許沉默，允許思考。

就在這短暫的沉默間話筒裡傳來了紙張翻動的聲音，曾可達不禁又向門縫望去，背影的右手在堆積的檔翻著，抽出了另外一份，拿到面前，認真閱看。

「報告經國局長。有些理解，有些不理解。」曾可達由衷地說真話。

「說說哪些不理解。」那背影左手拿著話筒，頭仍然低著，在看檔。

「是。應不應該炸開封是一回事，方孟敖不炸開封是另外一個性質。」

「什麼性質？」

「至少有傾向共產黨的性質。」

「還有哪些不理解？」

「中統徐鐵英那些人明顯是受了方步亭的影響，他們背後有交易。」

「還有嗎？」

「涉嫌通共的案子，又摻入了腐化的背景，這都是我們要堅決打擊的。」

「還有嗎？」

「報告經國局長，暫時沒有了。」

這回是話筒那邊沉默了。曾可達從門縫望去，背影用鉛筆飛快地在檔上寫字，接著把鉛筆擱在了檔上。這是要專心對自己說話了。曾可達收回了目光，所有的精力都專注在話筒上。

「一個問題，從兩面看，你是對的。關鍵是什麼才是問題真正的兩面。《曾文正公全集》最近溫習到哪一段了？」

「最近主要在讀曾文正公咸豐四年至咸豐六年給朝廷上的奏摺。」

「還是多看看他的日記，重點看看他讀《中庸》時候的日記。很重要。曾文正一生的功夫都化在『執兩用中』上。任何事物都有兩個極端，走哪個極端都會犯錯誤。執兩端用中間，才能夠盡量避免錯誤，最接近正確。」

「是。校長的字諱就叫『中正』，學生明白。」

「說方孟敖吧，如果從左端看他，是共產黨；如果從右端看他，是方步亭的兒子。能不能不看兩端，從中間客觀地看他？既然黨員通訊局和保密局的調查結論能證實他沒有通共嫌疑，就不應該主觀地說他是共產黨。在這方面還是要相信黨通局和保密局。如果真調查出他是共產黨，因為拿了他家的錢說他不是共產黨，徐鐵英不會幹這樣的事，黨通局和保密局也沒有人敢幹這樣的事。當然，經過調查他並不是共產黨，徐鐵英還有好些人就會收他家的錢。但這些都和方孟敖本人無關。」

「經國局長，會不會有這種情況？那就是方孟敖確實是共產黨發展的特別黨員，只是由於共黨有意長期不跟他聯繫，不給他交任務，而是到最要緊的時候讓他駕機叛飛？當然，這只是我的直覺，也是我的擔心。」

「任何直覺都能找到產生這個直覺的原點。你這個直覺的原點是什麼？」

「報告經國局長，我這個直覺的原點就是方步亭身邊那個副手，央行北平金庫的副主任崔中石。因為這三年來外界跟方孟敖有直接聯繫的只有這個人。三年多了，他一直藉著修好方家父子關係的名義跟方孟敖來往，可方家父子的關係並沒有緩和，崔中石卻成了方孟敖的好朋友，這很像共產黨敵工部的做法。我建議對崔中石的真實身分進行詳細調查。」

＊　＊　＊

七月傍晚的六點多，天還大亮著，崔中石所坐的這處酒家和窗外秦淮河就都已霓虹閃爍，燈籠燃燭了。已無太平可飾，只為招攬生意。

正是晚餐時，崔中石在下午四點多又已經吃過了，便還是那一盞茶，占著一處雅座，夥計都已經在身邊往返數次了，皮笑眼冷，大有催客之意，也是礙於他金絲眼鏡西裝革履，只望他好馬不用鞭催，自己離開。

歌台上一男一女已經唱了好幾段蘇州評彈，已到了豪客點唱之時，那夥計見崔中石又不點餐，還不離開，聽評彈倒是入神，再也忍他不住，佯笑著站在他身邊：「先生賞臉，是不是點一曲？」

崔中石眼中的餘光其實一直注意著窗外那輛黃包車，這時那輛黃包車已從街對面移到了這處酒家前，隔窗五步，顯然是在就近盯梢了。

崔中石從公事包裡先是掏出了一疊法幣，還在手中，那夥計便立刻說道：「請先生原諒，鄙店不收法幣。」

崔中石像是根本就沒有付法幣之意，只是將那法幣往桌上一擺，又從公事包裡掏出了一疊美金。

那夥計眼睛亮了。

崔中石抽出一張面值十元的美金：「點一曲〈月圓花好〉，要周璇原唱的味道。」

那夥計立刻接了美金：「先生好耳力，鄙店請的這位外號就叫金嗓子，唱出來不說比周璇的好，準保不比周璇的差。」立刻拿著美金奔到櫃檯交了錢，櫃檯立刻有人走到唱台，打了招呼。

彈三弦那位長衫男人立刻彈起了〈月圓花好〉的過門，那女的還真有些本事，把一副唱評彈的嗓子立刻換作了唱流行的歌喉：

浮雲散，明月照人來，

團圓美滿今朝醉……

崔中石顯然是真喜歡這首歌，目光中立刻閃出了憂鬱的光來。

＊　＊　＊

國防部預備幹部局二樓，曾可達所站的大廳和內室門縫裡的燈這時也都扯亮了。本應是晚餐的時間，經國局長的電話指示正到了緊要時，曾可達一邊禮貌地嗯答著，以示專注，目光卻看見值班桌前那祕書又看了一次錶，向他做了一個虛拿筷子吃飯的手勢，示意該提醒經國局長用餐了。曾可達嚴肅地輕搖了搖頭，那祕書無法，只好埋頭仍做他的公文。

「黨國的局勢糟到今天這種地步，關鍵不在共產黨，而在我們國民黨。從上到下，幾人為黨？幾人為國？幾人不是為己？共產黨沒有空軍，我們有空軍，可我們的空軍竟在忙著空運走私物資！能夠用的竟沒有幾個大隊。像方孟敖這樣的人，以及他培養的實習航空大隊，材料我全看了。無論是飛行空戰技術，還是紀律作風，在空軍都找不出第二個。這樣的人、這樣的大隊卻被侯俊堂之流一直壓著，要不是開封戰役一時無人可調了，方孟敖和他的大隊還在閒置著。要說共產黨不看上他那反而是不正常的，看上他才是正常的。優秀的人才我們自己不用嘛？」

「是。像方孟敖和他的大隊沒有及時發現、及時發展，我們也有責任。可現在要重用他們隱患太大。請經國局長考慮。」

「什麼隱患？就你剛才的那些懷疑？」

曾可達一怔，還在等著連續的發問，話筒裡卻靜默了，便趕緊回道：「我剛才的懷疑只是原因之一。」

「原因之二呢？」這次蔣經國緊問道。

曾可達有些猶疑。

「有什麼就說什麼，不要有顧忌。」

「是，經國局長。方孟敖和他的大隊顯然不宜派作空戰了。現在派他們去北平調查走私貪腐並負責運輸物資，肯定不會出現其他空軍走私的現象。可北平民食調配委員會的貪腐，方步亭才是幕後的關鍵人物。方孟敖再不認父親，以他的為人會不會查他的父親，我有疑問。還有，校長和經國局長都教導我們，看一個人忠不忠首先要看他孝不孝。天下無不是的父親，我們可以查方步亭，他方孟敖不能查自己的父親。我承認這個人是空軍王牌，也敢作敢當，才堪大用。但對他十年不認父親的行為我不欣賞。」

話筒那邊沉默了。

曾可達似乎想起了什麼，立刻抑制住了剛才激動的情緒，小聲地說道：「我說的不對，請經國局長批評。」

「你說的很對，年輕人總有任性的毛病，我就曾經反對過自己的父親嘛。」

「對不起，經國局長，我不是這個意思。」

「你應該是這個意思。」

曾可達額頭上的汗終於冒出來了。

「人孰能無過，過則無憚改。我當時不認父親是真正的少不更事。方孟敖不同，他不認父親是是非分明。八一三日軍轟炸我上海，方步亭拋妻棄子，一心用在巴結宋、孔兩個靠山上，把他們的財產安全運到了重慶，讓自己的妻子和女兒死於轟炸。方孟敖親眼看著母親和妹妹炸死，那時也就十七歲，還要帶著一個十三歲不到的弟弟，流落於難民之中。換上你，會認這個父親嗎？」

曾可達一邊流著汗，一邊是被真正震動了。經國局長這樣動情已是難見，這樣詳細去了解一個空軍上校的身世更顯用心之深。這讓他著實沒有想到，嚥了一口唾沫，答道：「對方孟敖的調查我很不深入，我有責任。」

「我說過，很多地方我們確實應該向共產黨學習。譬如他們提出的『批評與自我批評』。我同意你的自我批評。從早上到現在你一直都還沒吃飯，先去吃飯吧。吃了飯好好想一想，方孟敖和他的大隊應不應該用，怎麼用。」

曾可達兩腿一碰：「經國局長，我現在就想聽您的指示。立刻著手安排方孟敖和他的飛行大隊的改編，部署他們去北平的工作。」

「也好。我沒有更多的指示。記住兩句話：用人要疑，疑人也要用，關鍵是要用好。昨天北平的學潮還只是一個開始，局勢很可能進一步惡化，甚至影響全國。聯席會議已經決定，要成立調查組，去北平深入調查。成員裡你是一個，還有徐鐵英。你們能夠對付共產黨，可都對付不了方步亭。他的背後是中央銀行，是財政部。因此，用好方孟敖是關鍵。」

「是！」曾可達兩腿又一碰。

「還有，我同意你的建議，對那個崔中石做深入調查。」

＊　＊　＊

秦淮酒家，崔中石依然靜靜聆聽著重複的旋律。按當時點歌的價位，一美金可點一曲評彈。崔中石給的是十美金，卻只點那首〈月圓花好〉，同一首歌得唱上十遍，別的食客如何耐煩？眼下已不知是唱到第幾遍的結尾了：

柔情蜜意滿人間……
這暖風兒向著好花吹，
雙雙對對，恩恩愛愛，

各處已有煩言嘖嘖，崔中石依然端坐，那夥計不得已趨了過來：「這首歌已經唱了三遍了。先生可否換聽別的曲子？拜託拜託……」

崔中石拿著公事包站起了：「不點了，還有七美金也不用退了。」說著就向門外走去。

那夥計鶩趨般跟著：「先生走好，我替先生叫車。」

崔中石在門口站住了：「是不是還想要小費？」

那夥計只得站住了：「不敢。」

崔中石：「那就忙你的去。」走出門去。

秦淮酒家門外，那輛黃包車居然拉起了，站在那裡望著出現在門口的崔中石。

崔中石坦步向那輛黃包車走去：「去金陵飯店，多少錢？」

那黃包車：「先生上車就是，錢是小事。」

這是直接交上鋒了。

崔中石：「你一個拉車的，錢是小事，什麼是大事？」

那黃包車毫不示弱，也並無不恭：「您坐車，我拉車，準定將您先生拉到想去的地方就是。」

「好，那我不去金陵飯店了。」崔中石坦然上車，「去國民黨中央通訊局。」

「聽您的，請坐穩了。」那車伕還真不像業餘的，腿一邁，輕盈地便掉了頭，跑起來不疾不徐，又輕又穩。

「我說了去中央通訊局，你這是去哪裡？」崔中石在車上問道。

那車伕腳不停氣不喘：「中央通訊局這時候也沒人了，我還是拉您先生去金陵飯店吧。」

崔中石不再接言，身子往後背上一靠，閉上了眼睛，急劇思索。

那車伕又說話了：「您先生放心好了，大少爺的病全好了，下午六點就出了院，過幾天可能還會去北平，家裡人可以見面了。」

崔中石的眼睛開了，望著前面這個背影：「你認錯人了吧？」

那車伕：「我認錯人沒有關係，您先生不認錯人才要緊。」加快了步子，將崔中石拉得飛跑。

＊　＊　＊

國防部榮軍招待所。

所謂榮軍招待所是蔣介石籠絡嫡系以示榮寵的重要所在，一般都是中央軍派往各地作戰的黃埔將校入京述職才能入住。當然，像國民黨後來成立的空軍航校畢業而升為將校的軍官也能入住。

一個多小時前還是階下囚，一個多小時後便成了座上賓。方孟敖及其飛行大隊這時就被安排住進了這裡。

都洗了澡，按各人的號碼發換了嶄新的襯衣短褲，只是外面那套飛行員服裝現成沒有，依然髒舊在身。一個個白領白袖，容光煥發，外衣便更加顯得十分不配。

有一個軍官領著，將他們帶到吃中灶的食堂門口了。那個領隊軍官喊著佇列行進的口號，方孟敖和飛行員們卻三兩一撥散著，你喊你的口號，我走我的亂步，不倫不類進了食堂。

中灶是四人一席，飛行隊二十人便是五席，一席四椅，四菜一湯，還有一瓶紅酒，都已擺好。卻另有一席只在上方和下方擺著兩把椅子，顯然是給方孟敖和另外一個人準備的。

那軍官接有明確指示，儘管對這群不聽口令的飛行官心中不悅，臉上還得裝出熱情：「大家都餓了。這裡就是我們革命榮軍自己的家。上面有指示，你們一律按校級接待。中灶，四人一桌，請隨便坐。」

二十雙眼睛依然聚在門口，同時望著方孟敖。

那軍官：「方大隊長是單獨一桌，等一下有專人來陪。同志們，大家都坐吧！方大隊長請。」

方孟敖望著那軍官：「軍事法庭已經判決，我們都解除了軍職。你剛才說按校級接待，一定是聽錯指示了。麻煩，再去問清楚。免得我們吃了這頓飯，你過後受處分。」

那軍官依然陪著笑：「不會錯，是國防部預備幹部局的指示。」

方孟敖：「國防部預備幹部局說他們都是校級軍官？」

那軍官一愣：「這倒沒說。方大隊長……」

方孟敖不再為難他，立刻轉對飛行員們：「都解了軍職了，就當是預備幹部局請客。吃！」一哄而散，各自搶桌，亂了好一陣子，才分別坐好。

方孟敖走到自己那張桌前，卻沒坐下。手大，伸出左手拿起了桌上的碗筷杯子勺，同時還夾起那瓶紅酒；右手抄起那把椅子，向陳長武這桌走來：「讓個位。」

高興！陳長武立刻搬起自己的椅子，準備移向左邊與另一個飛行員並坐，給方孟敖單獨留下一方。

方孟敖一隻腳勾住了陳長武椅子下的橫樑：「不願跟我坐呀？」

一天之間，由死到生，原就準備當新郎的陳長武這時更是將這位隊長兼教官視為嫡親的兄長，放開隨意才是真正的親切，當即答道：「我也不跟你結婚，坐一起誰是誰呀？」

哄堂笑了起來。

「Shit!」方孟敖十多天沒用的「專罵」這一刻脫口而出。

飛行員們更高興了。誰都知道自己的教官隊長當年跟陳納德飛虎隊的美國飛行員們都是英語對話，都是互相罵著這個單詞。平時上課或實習飛行，方孟敖對他們總是在批評和表揚之間才用這個專罵。今日聽來，份外親切。

「那麼多漂亮大學生追我，我還得挨個挑呢。輪得上你陳長武？給我坐下吧。」方孟敖腳往下一勾，陳長武那把椅子被踏在地上，接著對飛行員們，「那張桌上的菜，誰搶著歸誰。」

五張桌子都去「搶菜」了，其實是一桌去了一人，方孟敖那張桌子上四菜一湯剛好五樣，那四張桌子都「搶」到了一個菜，反倒是陳長武這張桌子只端回了一碗湯。

有「專人來陪」的那張桌子只剩下了一套餐具和一把空椅子。

剛才還亂，坐定後，用餐時，這些飛行員們立刻又顯示出了國民黨軍任何部隊都沒有的素質來。

——開紅酒，熟練而安靜。

——倒紅酒，每個杯子都只倒到五分之一的位置。

——喝紅酒，每隻手都握在杯子的標準部位，輕輕晃著。每雙眼睛都在驗看著杯子裡紅酒掛杯的品質。接著是幾乎同步的輕輕碰杯聲，每人都是抿一小口。

放下杯子，大口吃菜了，還是沒有一張嘴發出難聽的吞嚥聲。

那個引他們來的招待所軍官被這些人熱一陣冷一陣地晾在一邊，好生尷尬。再也不願伺候他們，向門口走去。剛走到門口便是一愣，接著迎了過去。

儘管未著將服，還是一身凜然——曾可達上穿那件沒有領章的卡其布軍服，腳穿淺口黑色布鞋大步來了。

在門外，曾可達和那軍官都站住了。

裡面竟如此安靜，曾可達望向那軍官，低聲問道：「情緒怎麼樣？」

那軍官可以發牢騷了，也壓低著聲音：「一上來就較勁，把為您安排的那桌菜給分了。這下又都在裝什麼美國人。不就是一些開飛機的嘛，尾巴還真翹到天上去了。曾將軍，我們榮軍招待所什麼高級將領沒接待過，就是從來沒有見過這樣的『夾生飯』。」

曾可達苦笑了一下：「我也沒見過。把這裡所有的人都撤走，在外面布崗，任何人不許接近。」

「是。」那軍官立刻應了，同時揮手，把站在門口的幾個軍人帶著飛快離去。

剛才還是那個招待所的軍官尷尬，這下要輪到曾可達尷尬了。

他一個人走進那門，站住了，身上穿著不是軍服的軍服，臉上帶著不笑之笑，再無法庭上那種居高臨下盛氣凌人，十分平和地掃望著各張桌子正在用餐的飛行員們。

飛行員們卻像約好了，無一人看他，各自喝酒吃飯。

曾可達最後把目光望向了方孟敖。

只有方孟敖的眼在看著站在門口的曾可達，可望向他的那雙眼立刻讓曾可達感覺到了對方眼神中的目空一切！那雙眼望著的是自己，而輻射出來的目光包含的卻是自己這個方向背後的一切，自己只不過是這目光包含中的一顆沙粒或是一片樹葉。

——這是無數次飛越過喜馬拉雅山脈，能從毫無能見度的天候中找出駝峰峽谷的眼；這是能從幾千米高空分清哪是軍隊哪是百姓的眼；這是能對一切女人和孩子都真誠溫和，對一切自以為是巧取豪奪的男人都睥睨不屑的眼。因此這雙眼透出的是那種獨一無二的真空，空得像他超萬時飛行的天空。

剛才還都在低頭喝酒吃飯的飛行員們也都感覺到了，所有的目光都悄悄地望向方孟敖，又開始悄悄地望向曾可達。大家都在等著，自己的教官隊長又在咬著一架敵機，準備開火了。

那架敵機顯然不願交火。曾可達信步走到原來為他和方孟敖安排的那張桌子邊，搬起了那把空椅，順手又把桌上的碗筷杯子拿了，接著向方孟敖這桌走來。

走到方孟敖對面的方向，也就是這一桌的下席，曾可達對坐在那裡的飛行員說道：「辛苦了一天，我也沒吃飯。勞駕，加個座，好嗎？」

居然如此客氣，而且甘願坐在下席，這些漢子們的剛氣立刻被曾可達化軟了不少。那個飛行員也立刻搬起自己的椅子跟左邊的併坐，把自己的位置給曾可達讓了出來。

「看起來這頓飯是吃不好了。」方孟敖把筷子往桌面上輕輕一擱，「預備幹部局準備怎麼處置我們，請說吧。」

白開水。

「沒有處置，但有新的安排。」曾可達立刻答道，接著是對所有的飛行員，「大家接著吃飯，吃飯的時候什麼也不說，我一句話也不說。」說到這裡拿著手裡的空杯準備到一旁的開水桶中去接白開水。

斜著的紅酒瓶突然伸到了剛站起的曾可達面前，瓶口對著杯口。

端著空杯的曾可達站在那裡，望著瓶口。

握著酒瓶的方孟敖站在那裡，望著杯口。

所有的目光都望向這二人，望向兩手接近處的瓶口和杯口。

那個聲音，從電話裡和門縫裡先後傳出的聲音又在曾可達耳邊響起：「用人要疑，疑人也要用，關鍵是要用好……用好方孟敖才是關鍵……」

曾可達把杯口向瓶口迎去，方孟敖倒得很慢，五分之一，三分之一，三分之二，慢慢滿了！

曾可達端著滿滿的那杯酒，露出一絲為難的神色，搖了搖頭。

方孟敖把自己的酒杯立刻倒滿，一口喝乾，又將自己的酒杯倒滿了，放在桌面，坐下去，不看曾可達，只看著自己面前那杯酒。

其他目光都望著曾可達。

曾可達不再猶豫，端起杯子喝了一大口，又喝了一大口，第三口才將一杯酒喝完，臉立刻就紅了。

方孟敖這才又望向曾可達，目光也實了——這不是裝的，此人酒量不行，氣量比酒量大些，至少比自己想像的要大些。

因此待曾可達再將酒杯伸過來時，方孟敖接過了酒杯：「對不起，剛才是忘了，壞了你們的規矩。長武，曾將軍要遵守『新生活運動』，不抽菸，不喝酒。幫忙倒杯水去。」將空杯遞給陳長武。

陳長武接過杯子立刻向一旁的開水桶走去。

曾可達說了自己一句話也不說的，還真信守言諾，不說話，只看著方孟敖。

陳長武端著白開水來了，竟是將杯子洗乾淨後盛的白開水，用雙手遞給曾可達。

曾可達接水的時候，望陳長武的眼光立刻顯露出賞識，是那種對可以造就的青年人的賞識，就像賞識手中那杯沒有雜質的白開水。

＊　＊　＊

金陵飯店２０９房間。

這裡也有兩杯白開水，兩個青年人。一杯白開水擺在一個坐著的青年人面前的桌子上，一杯白開水拿在一個站在臨街靠窗邊青年人的手裡。兩人都穿著白色的長袖襯衣，頭上都戴著耳機。

一台新型美式的竊聽器赫然擺在隔壁靠牆的大桌上。

曾可達安排的兩個青年特工已經安排就緒，等著監聽隔壁房間崔中石的一舉一動。

「來了。」窗前那個青年人輕聲說道。

「ＯＫ！」坐在竊聽器前的青年人輕聲答著，熟練地輕輕一點，點開了竊聽器的按鈕開關。

竊聽器上方兩個平行轉盤同時轉動了。竊聽器前那個青年同時拿起了速記筆，擺好了速記本。

隔壁２１０房間，裡邊的門鎖自己轉動了，顯然有人在外面拿鑰匙開門。門輕輕推開了，崔中石走了進來。

沒有任何進門後的刻意觀察，也沒有任何在外面經歷過緊張後長鬆一口氣的做作。崔中石先是開了壁櫥櫃門，放好了公事包，接著是脫下西裝整齊地套在掛衣架上掛回到壁櫥中，再取下領帶，搭到西裝掛衣架的橫槓上，把兩端拉齊了。關上壁櫥門，走進洗手間。

209房間，竊聽錄音的那個青年人耳機聲裡傳來的是間歇的流水聲，很快又沒了，顯然隔壁只是洗了個臉。果然，接下來便是房間腳步聲。

突然，這個青年一振，站著的青年也是一振。他們的耳機裡同時傳來隔壁房間撥電話的聲音。竊聽的青年立刻拿起了速記筆。

「碧玉呀。」隔壁房間崔中石說的竟是一口帶著濃重上海口音的國語。

「儂個死鬼還記得有個家呀？」對方儼然是一個上海女人。

速記的那枝筆飛快地在速記本上現出以下字樣：

晚8：15 崔給北平老婆電話。

而此時的隔壁210房間內，崔中石像是完全變了個人，其實是完全變回了崔中石自己，一個上海老婆的上海男人，十分耐煩在聽著對方輕機槍般的嘮叨：

「三天兩頭往南京跑，養了個小的乾脆就帶回北平來好了。」

「公事啦。你還好吧？兩個小孩聽話吧？」

「好什麼好啦。米都快沒了，拎個鈔票買不到菜，今天去交學費了，學校還不收法幣，屜子裡都找了，儂把美金都撤到哪去了？」

崔中石一愣，目光望向連接隔壁房間的牆，像是透過那道牆能看見那架碩大的竊聽器。

「都告訴你了嘛，就那些美金，投資了嘛。」

「人家投資都住洋樓坐小車，儂個金庫副主任投資都投到哪裡去了……」

「我明天就回北平了。」崔中石打斷了她的話，「有話家裡說吧。」立刻把電話掛了。

209房中，速記筆在速記本上現出以下字樣：

北平金庫副主任 家境拮据？

＊　＊　＊

國防部榮軍招待所食堂裡，依然在進行著氣氛微妙的飯局。

一張上面印有「國防部預備幹部局」紅頭，下面蓋有「國防部預備幹部局」紅印的檔擺在那張鋪有白布的空桌面上，十分醒目。

方孟敖和曾可達不知什麼時候已經坐到了這張空桌前。方孟敖依然坐在上席，身子依然靠在椅背上，目光只是遠遠地望著桌面上那份檔；坐在他對面下席的曾可達一直盯著他的面容，忍受著他這種「目無黨國」。因為檔下方赫然有「蔣經國」的親筆簽名！

那五桌，杯盤早已乾淨，仍然擺在桌上，飛行員們都坐在原位鴉雀無聲，遠遠地望著方孟敖和曾可達那張空桌，望著對坐在空桌前的方孟敖和曾可達。

「你的母親死於日軍轟炸，經國局長的母親也死於日軍的轟炸。他非常理解你，託我向你問好。」曾可達從這個話題切進來了。

方孟敖的眼中立刻流露出只有孩童才有的那種目光，望了一眼曾可達，又移望向檔下方「蔣經國」兩個字上。

有效果了。曾可達用動情的聲調輕聲念道：「『誰言寸草心，報得三春暉』……經國局長還說了，對你不原諒父親他也能理解。」

＊　＊　＊

央行北平分行行長辦公室的座椅上，方步亭的眼中一片迷惘。

謝培東在接著唸完南京央行總部剛發來的密電：「……該調查組由國民政府財政部總稽核杜萬乘、國民政府中央銀行主任祕書王賁泉、國民政府中央民食調配委員會副主任馬臨深、國防部預備幹部局少將督察曾可達、新任北平警察局局長兼北平警備司令部偵緝處長徐鐵英五人組成。具體稽查任務及此後北平物資運輸皆由國防部預備幹部局所派之青年航空服務隊執行。隊長特簡空軍筧橋航校原上校教官方孟敖當任。央行北平分行午魚北平覆電稱其與七五事件並無關聯，便當密切配合，接受調查，勿稍懈怠。方經理步亭覽電即覆。央行午魚南京。」

謝培東拿著電文深深地望著方步亭。

方步亭的椅子本就坐北朝南，這時深深地望著窗外黑暗中的南方。

謝培東把電文輕輕擺到方步亭桌前，說道：「踹被窩還是踹到我們身上了。可叫兒子來踹老子，那些人也太不厚道了……」

方步亭本是看著窗外，突然掉頭望著謝培東：「你不見孟敖也有五年了吧？」

謝培東望著方步亭怪怪的目光：「五年多了。」

「終於能見面了嘛，大不了死在一堆。」方步亭竟淺然一笑，「這個高興的消息，先不要讓木蘭他們知道。看看，孟韋吃完飯沒有？叫他上來。」

＊　＊　＊

國防部榮軍招待所食堂裡，曾可達依然在傳達著經國局長的指示：

「一，這是叫你們去反貪懲腐；二，除了運輸物資不給你們派作戰任務；三，牽涉到你父親，對事不對人。經國局長這三條指示你沒有理由拒絕。」曾可達盡量態度誠懇但語氣已經透著嚴肅，「還有，你不是十分關心你一手帶出來的這些學生嗎？他們報考航校，三年學習，三年訓練，總不成叫他們就這樣回家吧。這麼多青年的前途，你絲毫不替他們考慮？」

方孟敖：「這個檔你可以宣布，他們都應該有前途，只請宣布的時候，先不要唸關於我的任命。」

曾可達終於有些急了：「你不當隊長就沒有必要成立這個大隊，他們也就不可能有這麼好的安排，特種刑事法庭的判決可是等候處置。」

方孟敖只望著他。

曾可達又緩和了語氣：「我知道，經國局長也知道，上面都知道。你是抗日的功臣，飛駝峰死了那麼多人，你的命是撿回來的。越是過來人，越該多為他們這些青年想想嘛。」

方孟敖：「你讓我想了嗎？」

曾可達這才醒悟到自己又犯了性急的毛病，同時也看到了轉圜的餘地，當即說道：「好。我先向他們宣布。對了，你的家人還是關心你的，那個崔副主任就一直在為你的事說情。他住在金陵飯店，還沒有走，於情於理你都該去看看他。」

方孟敖站起了：「曾將軍，打了十幾天交道，我還一直沒給你行過禮呢。」說著雙腿一碰，向曾可達行了個標準的軍禮。

曾可達一是沒有想到，二是便服在身，回禮的時候便大大地沒有方孟敖標準。

所有的飛行員們眼睛都亮了。

方孟敖卻已經大步向門口走去。

飛行員們的目光又都迷惘了。

＊　＊　＊

金陵飯店209房間裡。

「來了。」臨街窗口那個青年人向桌前監聽那青年輕輕喚道。

從209房的窗口向下望去，一輛軍用吉普停在金陵飯店大門口，方孟敖從後座車門下來，向大門走進。

＊　＊　＊

央行北平分行行長辦公室。

走進這道門的是方孟韋。

脫了警服，換了便服，方孟韋便顯出了二十三歲的實際年齡，在父親面前也就更像兒子。

方步亭這時已經坐到辦公桌對面牆邊兩個單人沙發的裡座，對站著的方孟韋：「坐下。」

方孟韋在靠門的單人沙發上斜著身子面對父親坐下了。

這回是方步亭端起紫砂壺給兒子面前的杯子裡倒了茶。方孟韋雙手端起杯子喝了一口，發現父親又給另外一個空杯也倒了茶，便說道：「我叫姑父上來？」

方步亭：「他忙行裡的事情去了。」

方孟韋：「另有客人來？」

方步亭望著兒子：「是呀，我們方家的祖宗要回來了。」

方孟韋倏地站起，睜大了眼望著父親：「大哥要回來了？」

方步亭：「今天還回不來，不是明天就是後天吧。」

「崔叔辦事就是得力！」方孟韋由衷地激動，「爹，我看他還是自己人。」

「我也願意這樣想啊。」方步亭沉重的語調立刻讓方孟韋的激動冷卻了好些，「崔中石是自己人，又把你大哥救出來了，你大哥還能回心轉意認我這個父親。快六十了，部下又忠實，兩個兒子又都能在身邊盡孝，你爹有這樣的福氣嗎？」

方孟韋挨著沙發邊慢慢坐下了，等著父親說出他不可能知道的真相。

方步亭：「想知道救你大哥的貴人是誰嗎？」

方孟韋：「不是徐主任？」

方步亭：「小了些。」

方孟韋：「通訊局葉局長？」

方步亭：「葉秀峰如果管這樣的事能當上中統的局長嗎？」

方孟韋：「宋先生或者孔先生親自出面了？」

方步亭：「你爹還沒有這麼大的面子。在別人眼裡我是宋先生、孔先生看重的人，究竟有多重，我自己心裡明白。不要猜了，真能救你大哥的只有兩種人，一種是共產黨，還有一種就是國民黨裡專跟老一派過不去的人。」

方孟韋臉色慢慢變了，問話也沉重起來：「爹，救大哥的到底是誰？」

「國防部預備幹部局！」方步亭一字一頓說出了這個名字，「不只是救，而且是重用。對外稱北平航空青年服務隊隊長，實職是國防部預備幹部局駐北平經濟稽查大隊大隊長。北平民食調配委員會的物資還有帳目他都能稽查，而這個帳目就是崔中石在管。你現在應該明白，你爹為什麼懷疑崔中石了吧？」

涼水澆頭，方孟韋坐在那裡好一陣想，卻總是理不出頭緒。

方步亭：「崔中石住在南京哪個飯店，哪個房間？」

方孟韋：「金陵飯店210房間。」

方步亭：「你先給徐主任去個電話，讓他從側面問問金陵飯店總機，崔中石回房沒有，關鍵是你大哥現在去沒去金陵飯店。記住，問話前先代我向徐主任道謝。」

方孟韋立刻站起了。

＊　＊　＊

金陵飯店209房間，竊聽器桌前戴著耳機的青年人一邊高度專注聽著隔壁房間傳來的對話，一邊在速記本上飛快地記錄下幾行文字：

9：05方孟敖至

崔鷺喜 沉默（似有疑慮目光交流？）

9：06方唱〈月圓花好〉兩句（不正常 疑被崔制止？）

而在隔壁，210房間的桌上也擺有一疊紙，崔中石坐在桌前用鉛筆飛快地寫著，同時嘴裡說著其他的話：「你願不願意再幹是你的事，誰也強迫不了你。但既然你問到我，我就再勸你一次，十年了，一直不理自己的親生父親，現在你又辭去職務不幹，下面怎麼辦？沒有了家，又沒有了單位，除了開飛機，別的事你也不會幹。總不成到黃浦江去扛包吧。別的不說，一天不讓你喝紅酒，不讓你抽雪茄，你就受不了。」

方孟敖站在崔中石身側，一邊聽他說話，一邊看著紙上的字；這時，面前的崔中石沉默了，他的內心獨白卻隨著文字出現了：

以你的性格不會接受預備幹部局的任命。

請示組織以前，你先接受這個任命。

用你自己的風格，接受任命。至關重要！

——質問我剛才的話，問我以往給你的錢是父親的還是弟弟的！

方孟敖眉頭蹙了起來，從來不願說假話的人，這時被逼要說假話，他沉默了。

崔中石抬頭望他，眼中是理解的鼓勵。

與此同時，209房間內坐在桌前監聽的青年的筆也停了，高度專注聽著無聲的耳機。

「我知道你每次帶給我的紅酒雪茄都是你們方行長掏的錢！」方孟敖還是假話全不說。

崔中石心中暗驚，臉上卻不露聲色，這個時候只能讓方孟敖「保持自己的風格」！

方孟敖接著說道：「我不會認他，可我喝你送的酒、抽你送的菸。美國人給的嘛，我不喝不抽也到不了老百姓手裡。」

「那我這三年多每次都來錯了？」崔中石很自然地生氣了，「事情過去十年了，抗戰勝利也三年了。讓夫人和小妹遇難的是日本人，畢竟不是行長。現在我們連日本人都原諒了，你連父親都還不能原諒？」

「日本人現在在受審判。可他呢？還有你們中央銀行，在幹什麼？崔副主任，我們原來是朋友。如果我到了北平，不要說什麼父子關係，只怕連朋友也沒得做。你們真想我去？」方孟敖這話說得已經有些不像他平時的風格了，可此時說出來還真是真話。

崔中石立刻在紙上寫了三個字：

說得好！

方孟敖偏在這個時候又沉默了，好在他拿出了雪茄，擦燃了火柴，點著菸。火柴棍是那種飯店專有的加長特用火柴，方孟敖拿在手裡，示意崔中石是否燒掉寫有字跡的紙。

崔中石搖了一下頭，示意方孟敖吹熄火柴。

209房間桌前的速記筆寫出以下字樣：

方生氣　說到去北平事又止（似非作假）沉默　擦火柴（抽菸？焚物？）

＊＊＊

中央銀行北平分行行長辦公室。

方步亭臉色十分嚴峻，眼睛已經盯住了桌上的專用電話：「不能讓他們再待在一起！你立刻給金陵飯店崔中石房間打電話。」

方孟韋：「用這裡的電話打？」

方步亭：「我說話，當然用這裡的電話。」

方孟韋立刻過去拿起話筒，撥號碼。

金陵飯店209房間，耳機裡一陣電話鈴聲響起，桌前監聽那青年立刻興奮緊張起來。那枝速記筆的筆尖已經等在速記本上。

隔壁房間內，崔中石目視著方孟敖，慢慢拿起話筒。

「是行長啊。」崔中石這一聲使得坐在窗前的方孟敖手中的菸停住了。

方孟敖接著把頭轉向了窗外。

「是的。應該的。」崔中石接著捂住話筒壓低聲音，「他來看我了。是，在這裡。我試試，叫他接電話？」

209房間，速記本上飛快顯出以下字樣：

9：38 方步亭來電話 謝崔 崔欲父子通話 方步亭沉默

接著那個監聽青年耳機裡傳來「砰」的一聲，一震，立刻對窗邊那青年：「注意，方孟敖是不是走了？」接著凝神專注耳機裡下面傳來的聲音。

耳機裡，隔壁房間的電話顯然並未掛上，卻長時期沉默。

* * *

中央銀行北平分行行長辦公室。

電話筒沒有在方步亭的耳邊，也沒有擱回電話架，而是拿在他的手裡，那隻手卻僵停在半空——方孟敖的摔門聲他剛才也聽到了！

十年了，兒子對自己的深拒，自己對父道的尊嚴，致使二人無任何往來，甚至養成了旁人在他面前對這層關係皆諱莫如深。像今天打這樣的電話實出無奈，亦屬首次。雖遠隔千里，畢竟知道那個兒子就在電話機旁。打電話前，打電話時，方步亭閃電般掠過種種猜想，就是沒有想到，聽說是自己的電話，這個兒子竟以這種方式離去。這一記摔門聲，不啻在方步亭的心窩搗了一拳！

方孟韋的記憶裡，從來沒有見過父親這樣的失態！他想走過去，卻又不敢過去，只聽見父親手中話筒裡崔中石那上海口音的國語依然在講著話。

他忽然覺得，崔中石電話裡的聲音是如此不祥！

＊　＊　＊

崔中石一個人仍然對著電話：「行長不要多心。沒有的，不會的。接您電話的時候，孟敖已經在門邊了。正要走，他早就說要走了……」

話筒那邊還是沒有接言。

崔中石只好說道：「行長，您要是沒有別的吩咐，我就掛電話了。我明天的火車，後天能回北平，見面後詳細向您彙報。」

那邊的電話這時掛了。

輪到電話僵在崔中石手裡了，也就瞬間，他輕輕地把話筒擱回去。望了望臨街的窗戶，沒有過去。無聲地輕拿起桌上寫有字跡的紙，走向了衛生間。

＊　＊　＊

209房間內，站在窗邊那青年：「方孟敖上車了。」

速記筆寫下了以下一行字樣：

9：46方孟敖摔門離去　崔未送（電話中勸方步亭方父子隔閡甚深！）

樓下傳來了吉普車開走的聲音，窗口那青年放下了撩起一角的窗簾，回頭見桌前的青年正指著竊聽器上的轉盤。

轉盤上的磁帶剩下不多了。

窗口那青年輕步走到一個鐵盒前拿出一盒滿滿的空白磁帶，向竊聽器走去。

＊　＊　＊

國防部榮軍招待所食堂外，跟隨方孟敖的軍人在院門外便站住了。

方孟敖一人走進中灶食堂的門，一怔。

他的二十名飛行員都換上了嶄新的沒佩領章的飛行服，戴著沒有帽徽的飛行員帽，每人左胸都佩著一枚圓形徽章，分兩排整齊地站在食堂中央，見他進來同時舉手行禮！

方孟敖望著這些十分熟悉卻又有些陌生的面孔。

所有的手還五指齊併在右側帽檐邊，所有的目光都期待地望著方孟敖！

方孟敖不忍再看這些目光，眼睛往一旁移去，發現桌椅都已收拾乾淨，排在牆邊。自己原來那張乾淨的桌布上，整齊地疊有一套飛行夾克服，一頂沒有帽徽的飛行官帽！

曾可達還是那套裝束，這時只靜靜地站在一旁。

——就在剛才的一個小時，他傳達了國防部預備幹部局對這個飛行大隊的信任，感動了這些青年。他給每個飛行員都親手分發了軍服，給每個飛行員都親手佩戴了徽章。只是還沒有宣讀任命檔，必須等方孟敖回來。

但現在，他不能也不敢去碰桌上那套軍服，他在等方孟敖自己過去，自己穿上。經國局長的殷殷期待，這時全在曾可達的眼中，又通過曾可達分傳在二十名飛行員的眼中。

方孟敖這時竟有些像前不久進門時的曾可達，孑然門邊！

方孟敖的腳邁動了，牽著二十一雙眼睛，走到那套軍服邊。

所有的空氣都凝固了。

在一雙雙眼睛中，可以看見：

——方孟敖在穿軍服。

——方孟敖在戴軍帽。

——方孟敖在別徽章！

「敬禮！」本就一直行著軍禮，陳長武這聲口令，使兩排舉著手的佇列整齊地向左轉了四十五度角，全都正面對著新裝在身的方孟敖。

方孟敖兩腳原地輕輕一碰，也只好向他們舉手還禮。

「現在我宣布！」曾可達盡量用既平和又不失嚴肅的語調，捧起了任命檔，開始宣讀，「原國軍空軍筧橋航校第十一屆第一航空實習大隊，於民國三十七年七月六日改編為『國防部北平運輸飛行大隊兼經濟稽查大隊』，對外稱『中華航空公司駐北平青年服務隊』，直接隸屬國防部預備幹部局。特簡任方孟敖為該大隊上校大隊長。所有隊員一律授予空軍上尉軍銜。具體任務，由國防部預備幹部局少將督察曾可達向方孟敖傳達。國防部預備幹部局　民國三十七年七月六日。」

* * *

南京京郊軍用機場。

在當時，C－46運輸機停在機場還是顯得身影碩大。因此警戒在飛機旁的衛兵便顯得身影略小。

一行車過來了，第一輛是軍用小吉普，第二輛是黑色奧斯汀小轎車，第三輛是前嘴突出的大型客車。

三輛車併排在C–46的舷梯邊停下了。

一個衛兵打開了小吉普的前門，身著飛行服的方孟敖出來了。

兩個衛兵打開了小吉普的後門，左邊曾可達，右邊徐鐵英，一個是少將軍服，一個是北平警察局長的官服，同時出來了。

接著是大型客車的門開了，方孟敖大隊的二十名飛行員下車列隊，整齊地先行登上了舷梯，走進了飛機。

最後才有衛兵打開了小轎車的門，從前座出來的是國民政府財政部總稽核杜萬乘，三十多歲，西裝革履，卻戴著厚厚的深度近視眼鏡，有書生氣，也有洋派氣。

小轎車後座左邊出來的是國民政府中央銀行主任祕書王賁泉，也一副西裝革履，四十餘歲，也戴著眼鏡，卻是墨鏡，也有洋派氣，卻無書生氣。

最後從小轎車後座右邊出來的卻是一身中山裝，五十有餘，六十不到，領扣繫著，滿臉油汗，手中的摺扇不停搧著。此人是國民政府中央民食調配委員會副主任馬臨深。

北平七五民生物資調查組五人小組全體成員同機要飛往北平了。

曾可達顯然不願搭理那三個乘轎車者，跟方孟敖站在一起，雖不說話，陣營已然分明。

徐鐵英倒是笑著迎前幾步打了聲招呼。

那三人也不知是因天熱還是因心亂，一個個端嚴著臉，都只是客氣地點了下頭，便被衛兵先行引上了舷梯。

徐鐵英踅回到曾可達和方孟敖身邊，卻犀利望了一眼熾白的太陽：「怎一個熱字了得。」

曾可達：「放心，北平比南京涼快。警察局長也比聯絡處主任有風。」

徐鐵英絕不與他較勁，轉望向方孟敖：「孟敖啊，今天是你駕機，徐叔這條老命可交給你了。」

方孟敖有時也露出皮裡陽秋的一笑：「徐局長是要我報答你的救命之恩？」

一句就把徐鐵英頂在那裡，何況曾可達那張臉立刻更難看了。

「我可不是這個意思。」徐鐵英轉圜的本事還是有的，「幹了十幾年了，就是怕坐飛機。」

方孟敖還是忠厚，確切說還是禮貌：「那徐局長就盡量往前面坐，後面暈機。」

徐鐵英：「暈機倒不怕，就怕飛機掉下來。」

方孟敖那股不能忍受虛偽的氣又冒出來了：「那就等著飛機掉吧，反正我能夠跳傘！」說完逕自走向舷梯。

曾可達這時望向了徐鐵英：「怕也得走啊，徐局長請。」

直到這時，徐鐵英才望向站在一邊約五米處的青年祕書，是他在聯絡處的那個孫祕書，也換上了警服，提著一大一小兩口皮箱走了過來。

曾可達在前，徐鐵英在中，孫祕書提著皮箱在後，這才登上了舷梯。

一陣氣流襲來，巨大的螺旋槳轉動了。

曾可達穩步走進了機艙。

徐鐵英卻被氣流颳得一歪，趕忙扶住舷梯的欄杆。

在他這個位置恰恰能看到駕駛艙裡方孟敖駕機的側影——他會跳傘嗎！

第四章

在北平，像方步亭宅內那樣的小洋樓屈指可數。真正氣派排場舒適的住處便是清朝王公貴族遺存下來的府邸。一九四五年抗戰勝利國民黨接管北平，各軍政機關第一件大事便是爭占保存完好的府邸。和敬公主府就是當時北平保留完好的王府之一，被蔣介石嫡系的第十一集團軍爭到了，做了軍部辦公用地。

今天七月七日，恰好是日本侵略軍發動盧溝橋事變全面侵華十一周年紀念日，國民黨北平當局卻不敢在這一天舉行任何紀念活動。兩天前鎮壓東北學生的戒嚴尚未完全解除，傅作義又公開聲明不得再抓學生，這種半戒嚴狀態便弄得軍警憲特部門有些尷尬，學生們小群的集會抗議此起彼伏，而且都是和平集會，市民也都出來支持，北平警備司令部和北平市警察局只得各處設置路障，調一些消防車，把住重要的軍政機關大門。

地處張自忠路的和敬公主府大門外便是這般狀況。

一早，許多無處可歸的東北流亡學生就來到了這條街上。上午，北平大學、清華大學、燕京大學等學生自治會都組織了好些學生前來聲援。

警備司令部和警察局十分緊張，調了好些人來守大門。

有些奇怪的是，這些學生人群全是靜靜地被阻在大門東大街方向一百米處的鐵絲柵欄外。大門西大街道路卻空空蕩蕩，未設路障，然而安排了重崗，路人不得通行。這顯然是清道，一定是有重要人物的車要從西邊過來。

邸的大門上赫然掛著一塊「北平青年航空服務隊」的大牌，原來，今天入住這裡的重要人物便是方孟敖的飛行大隊。

如此尊榮的一座府邸，被北平市官員們安排給了方孟敖大隊，規格之高，前所未有，與其說是巴結，不如說是害怕。

路障這邊，軍警們只是執著盾牌警棍，顯然傅作義已經嚴令不許用槍械對付學生了。

路障那邊，許多學生還紗布包頭，綳帶吊臂，這都是東北的學生。在他們身邊、在他們身後則是佩著各大學徽章的北平學生。全都靜默著，於無聲處，不知何時乍起驚雷。

在燕京大學人群裡，謝木蘭那張臉格外興奮，她身邊的女同學、男同學，也都顯得比別處的學生興奮激動。

「待會兒車一到，你敢不敢跳過去見你大哥？」一個女學生低聲地問謝木蘭。

附近的幾雙眼都望向謝木蘭。

謝木蘭心中有無數雀躍，偏要裝作沉著，輕聲說道：「到時候你們幾個就把我舉起來，我跳過去！」

商量時她們的目光閃爍著後視，聲音壓得這麼輕顯然不是怕路障那邊的軍警，而是怕站在她們後面的人聽見。

幾個女孩的身後，那雙我們曾經見過的深邃的眼又出現了，就是七月五日夜晚在燕大附屬醫院玻璃大門後的梁經綸，他的身旁此刻還站著何孝鈺，而謝木蘭卻只能站在前邊的學生隊伍裡。

他顯然看出了前邊女學生們的傾向，側頭低聲對身邊的何孝鈺說道：「告訴謝木蘭她們，今天是和平抗議，不許跟軍警發生衝突。不要在這裡去認她大哥。」

何孝鈺點了下頭，好幾個強壯的男學生立刻伸手撥開前面的人群，讓她向謝木蘭她們擠去。

梁經綸的眼隨著何孝鈺移去，那幾個強壯的男學生又立刻向他靠緊，顯然是在保護他。

謝木蘭還在輕聲給身邊的女同學許著願：「包在我身上，一定讓我大哥給你們簽名。」立刻，她定住了，何孝鈺已經擠到了她的身旁，輕輕推了她一下：「梁先生說了，你不能在這裡認你大哥。聽見沒有？」

「好掃興。」謝木蘭眼一閃，「是你說的，還是梁先生說的？」

何孝鈺看出了她的壞，拉住她：「你自己去問吧。」

謝木蘭立刻賴了：「我相信啦。待會兒我一定不去認，讓你去認，好嗎？」

何孝鈺臉一下子紅了，轉身就要擠開。

謝木蘭立刻又拉住了她：「我可什麼也沒說啊。好了，你守著我，我聽話，還不行嗎？」

何孝鈺：「那就再不許說話。」

謝木蘭使勁點著頭，偏在這時一個軍警隔著柵欄走到她們對面了，兩眼逼視，警棍也指向了謝木蘭她們。

「指什麼指？有本事過來抓我啊！」謝木蘭剛講的不說話，這時又嚷了起來。立刻好幾個軍警過來了。

何孝鈺輕輕一拉謝木蘭，自己擋在了她的前面。

謝木蘭在她身後著急：「他們不敢抓我，讓我到前面去。」

何孝鈺仍然緊緊地擋著她。

那幾個軍警看見何孝鈺立刻態度緩和了許多。這年頭早就亂了，許多軍政要員的子女偏也跟政府過不去，每次學生鬧事，都少不了他們。眼前這女孩胸佩燕京大學徽章，清秀大氣，誰知她會是哪位大人物的閨女？一個顯然是帶隊的軍警頭目便不失禮貌地說了一句：「小姐，請叫大家遵守秩序。」

「怎麼還不來呀！」謝木蘭越過攢攢的人頭，望向那條被軍警隔離的馬路前方。

＊　＊　＊

南苑機場進入北平城區的路上，兩輛軍用邊三輪摩托開道。後面的黑色小轎車裡卻只有司機，沒有坐人，空空地跟著。轎車後面那輛大客車裡則坐滿了人，而且還站著人。

大客車二十座，剛好能乘坐青年服務隊的飛行員。可方孟敖不願坐前面的轎車，便少了一座，一個隊員擠到了前排副駕駛座上，讓方孟敖坐在了大客車進門處的位子上。

可進門處還是握著扶手站著一個人，中山裝穿得筆挺，滿臉乾瘦，眼袋是青的，牙齒是黑的，褶子裡的笑全是官場的。這位就是北平民食調配委員會副主任——北平市民政局長馬漢山。

戰火壓城，市政早就荒廢，一條路破爛不堪，也不維修，馬漢山站在車內飽受起伏顛簸，還一臉的心甘情願。方孟敖不願坐小車，他便陪著上了大車。沒有人讓座，他更願意站著。此人半生鑽營官場，從不願燒冷灶；每遇麻煩，便拚命補火，熱灶燒得比誰都熱，偏讓他屢試屢靈，總能化險為夷。形成了習慣，再也不改，這次又是如此。

方孟敖的眼一直望著窗外，這時才轉向了他：「馬副主任、馬局長，我們這些當兵的沒必要讓你這樣陪著。還是坐到你的車上去吧。」

「鄙人是專門來接方大隊長的。你不坐，打死了我也不會去坐的。」馬漢山一臉的誠懇。

「要不馬局長坐我的位子，讓我站站？」方孟敖作起身狀。

「可別！」馬漢山慌忙伸出一手，「方大隊長要這樣，鄙人就下車走路了。」

「停車！」方孟敖喊了一聲。

那司機也不知何事，猛地踩剎車。

馬漢山一個趔趄，車驟然停了。

方孟敖：「開車門，馬局長要下車走路。」

飛行員們都笑了，只是沒笑出聲來。

馬漢山只是愣了一下，此人臉上無肉，臉皮倒是真厚，居然也跟著笑：「真是聞名不如見面。方大隊長真是個樂天人。開車吧，方大隊長開玩笑的。」

那司機臉上的汗也出來了，踩動油門，輕輕啟動——馬局長坐自己這輛大車還是頭一回，何況站著？剛才那一腳剎車差點將局長閃倒，從後視鏡裡看見他雖然還在笑著，可回去後飯碗是否還能保住，心中著實忐忑。

*　*　*

車開到了和敬公主府大門西邊約一百米處。

「停車！」這回是馬漢山叫停車了。

司機吸取了上次的教訓，輕踩剎車，那車便往前又滑行了幾米才停住。

馬漢山湊到司機靠椅後彎腰往前望去。

遠遠的，大門東邊路障的集會學生人群中突然打出了兩條大橫幅。

一條橫幅上寫著：「歡迎不轟炸開封的愛國空軍！」

一條橫幅上寫著：「歡迎反貪腐的青年（清廉）服務隊！」

馬漢山眼珠子急速地轉著，低聲對那司機：「倒車，從後門進去。」

「馬局長。」方孟敖已經站在他背後了，「我們可是從來不走後門的。怎麼，怕那些學生？」

馬漢山站起了，一臉的關心：「都是些東北鬧事的學生，擺明了這是衝著你們來的。你們有任何閃失，都是我的失職。再說，方大隊長和弟兄們都辛苦了，不管走哪個門，都得讓你們趕緊洗了澡吃了飯先休息。」

方孟敖又彎下腰細看了一下遠處的人群，笑了一笑：「還真是衝著我們來的。不過橫幅上明明寫著『歡迎』嘛。開過去。」

那司機好生為難，回頭望向馬漢山。

方孟敖不再搭理他們，逕自去開了車門，向飛行員們：「起立！列隊下車！」

他率先下了車。

飛行員們在車上就一邊走著一邊列隊，跟著下了車。

方孟敖走在一邊，二十人排成兩行，一色的飛行夾克，閱兵式的步伐，青年航空服務隊整齊地走過大門，向東邊學生人群走來。

打著橫幅的學生人群靜悄悄地，一雙雙滄桑渴望的眼遠遠地望著這支沒有帽徽領章的隊伍向他們走來。

「敬禮！」方孟敖一聲口令，二十一人同時舉起右手，步列依舊，向漸行漸近的學生人群致敬。

軍警們都閃到了兩邊，詫異而緊張地望著這支隊伍。

學生人群激動起來了。

謝木蘭跳了起來，幾個女同學跟著跳了起來。

「木蘭！」何孝鈺立刻喊住了她。

謝木蘭只得站住了，周圍的同學也都站住了。

她們的眼睛比任何時候都亮！

其實何孝鈺的眼也比剛才亮了許多。

一個女同學還是忍不住，湊在謝木蘭耳邊：「是領隊的那個嗎？」

謝木蘭目光看著越走越近的大哥已經激動得答不出話了。

「是。」何孝鈺輕聲接言了，「不要再說話。」她的目光也早已定在方孟敖身上，像是在努力尋找自己兒時那個大哥哥的身影。

「立正！」方孟敖一聲口令。

前行的隊伍在路障前整齊地站定了。

「列成橫隊！」兩行縱隊很快地轉列成了橫隊，依然兩排，挺得筆直，面對黑壓壓的學生人群。

「敬禮！」方孟敖又是一聲口令，和飛行員們同時向學生人群又行了個舉手禮。

首先是女學生們，再也抑制不住，全都激動地鼓起掌來！

接著男生們反應過來了，一些人跟著拚命鼓起掌來！

方孟敖滿臉流露出來的不是同情，而是同心，彷彿自己就是他們，大步向前邁了一步，腳前已是柵欄。

學生人群掌聲慢慢停了，全都安靜了下來。

方孟敖：「報告同學們！我們是北平航空青年服務隊，是來調查『七五事件』民生物資案的。我本人叫方孟敖，是青年服務隊隊長。他們，都是青年服務隊隊員。請認清我們胸前的徽章。凡是有情況反映的，可以找我們每一個人。」

路障對面學生人群中擠出一個高大身形的學生代表，濃厚的東北口音：「請問方大隊長，你們會住進這座和敬公主府嗎？」

方孟敖看著他：「你能不能告訴我，為什麼提這個問題？」

那個學生代表：「這裡原來住的是十一集團軍的高官。今年四月以後改作了北平市民食調配委員會，就是他們，在這裡面名曰辦公，暗中貪腐！昨晚才為你們騰出來的。你們住嗎？」

學生們顯然有組織，很成熟，就一個人提問，所有人都只用目光等待方孟敖回答。這陣勢更顯出無形的力量。

有幾雙眼更是十分關注地在等著方孟敖回答。

一雙當然是謝木蘭的眼。

一雙是何孝鈺的眼。

她們的身後，是梁經綸那雙深邃的眼。

方孟敖沒有急於回答，回過頭望向身後，高聲喊道：「馬局長呢？」

馬漢山也是見過大陣仗的，知道今天躲不了了，也早已下了車，不近不遠地跟在方孟敖隊伍後邊，這時正一個人站在路邊軍警們的旁邊。

方孟敖叫了，馬漢山只好故作鎮靜地走了過來，先對方孟敖笑了一下，接著主動地對學生們大聲說了起來：「同學們！同學們！你們都是有知識有文化的人，人家方隊長他們從南京開飛機過來，他們太辛苦了！所有的事情，不只是他們，鄙人，還有北平市民食調配委員會都會給你們一個交代。請你們體諒，讓方隊長他們好好休息吧！大家先回去吧，回去吧！」

那個學生代表立刻激憤起來：「我們連住的地方都沒有，馬局長叫我們回哪裡去？」

「不要跟他說話！」學生中另有人高聲喊道，「我們只跟方隊長說話！」

很多學生同時喊了起來：「貪官走開！貪官走開！」

馬漢山那張乾瘦的黑臉更黑了。

軍警們立刻緊張了，舉著盾牌從兩旁奔了過來。

那個為頭的軍警帶著幾個站在馬漢山身邊。

方孟敖回頭看著馬漢山，又掃視了一眼那些軍警：「現在是我在跟學生說話，你們能不能後退些。」

那些軍警還真怕這位方大隊長，面朝著學生人群真是退著，往後邁了幾大步，拉開了距離。

馬漢山便又只一個人站在方孟敖身邊了。

知道方孟敖有話要說，學生們也慢慢又安靜了下來。

方孟敖對馬漢山：「馬局長，這個院子是不是都是給我們住的？」

馬漢山嚥了口唾沫：「是的，整個院子就一塊牌子，全是你們青年服務隊的。當然，還有我們調派來為你們服務的後勤人員……」

方孟敖笑了：「這麼大一座公主府，就住我們二十一個人，太冷清了吧。還有，我們也不需要你們派什麼後勤人員。也好，既然北平市把這個院子劃歸我們住了，我們就有權安排了。」

說到這裡他又轉身望向了學生人群。

一個個頭上還包著傷布的臉。

一個個手臂上還吊著繃帶的臉。

一雙雙審視、期待、渴望當然也還有些懷疑的眼。

突然，方孟敖的心震動了一下！

他看見了一雙似曾相識的眼，那雙眼閃耀著親情激動和無比的熱烈——謝木蘭的眼！

接著方孟敖又看見了另一雙似曾相識的眼，也有親情只是更含蓄些，也有激動只是更收斂些——何孝鈺的眼！

兩雙美麗的大眼！

方孟敖已經猜著了幾分，這就是十一年前自己的親表妹和形同妹妹的那兩個小姑娘！

方孟敖的眼中立刻閃出了只有他這個王牌飛行員和真男人才有的目光，就像在萬里夜空飛行看見閃亮的星星那般的目光！

但他沒有注意到，另有一雙在更遠夜空暗星般隱藏的眼，特別專注地捕捉到了他剛才流露的眼神——這便是梁經綸。

畢竟不是交流的時候，方孟敖向謝木蘭、何孝鈺眨了下眼，轉望向了那個學生代表：「你們估算一下，這裡可以住多少人。安排你們沒有住處的東北同學住進去，盡量多住些人。」

「這可不合適！」馬漢山急著嚷了起來，「北平市政府不會答應。」

方孟敖只斜了他一眼，一個人向和敬公主府大門走去，對站在那裡的持槍衛兵：「這裡我接管了。聽口令，立正！跑步走！」

那幾個衛兵是警備司令部派的，不歸馬漢山管，但都知道方孟敖的來頭，這時見他威風凜凜，竟十分聽從口令，併腿敬禮，整隊跑離了大門。

方孟敖又大步走到了東邊的路障旁，對著學生們：「同學們，剛才你們問我，我們會不會住這個公主府。現在我正式回答你們，不住！剛才我也聽到了，東北來的同學們還沒有住處，現在我代表青年服務隊，把這個院子讓給東北的同學們住！」

學生人群立刻沸騰了！

太激動了，便有學生不再守紀律，帶頭喊起了口號：

「進步青年萬歲！」

「青年（清廉）服務隊萬歲！」

方孟敖已經走到帶隊的軍警頭目面前：「搬開路障，讓學生住進去。」

那軍警頭目好生為難：「方大隊長……」

方孟敖：「你們的徐局長跟我同機來的，有事我擔著。搬路障！」

「是！」那軍警頭目雙腿一碰，「報告方大隊長，方副局長也是我的上級……」

這就是想套近乎了，方孟敖打斷了他：「搬吧。」

那軍警頭目又答了一聲，立刻指揮軍警們去搬路障。

人聲鼎沸，方孟敖也立刻轉過身向隊員們：「跑步上車！」

兩列隊伍同時後轉，橫隊變成了直隊，整齊地向西邊停著的大車跑去。

馬漢山身材精瘦，立刻跟著跑去。

口號聲在他們身後喊得更響了。

「大哥萬歲！」

雖然人聲鼎沸，方孟敖還是聽到了這一聲無比激動的呼喊，跑步中側過身子，立刻搜尋到了在人群中跳躍的謝木蘭，拋去一個美國式的揮手禮。

更多的女生同聲喊道：「大哥萬歲！」

路障搬開了，許多學生，尤其是女生，激動地喊著，試圖追上方孟敖大隊。

方孟敖及其大隊還有那個馬漢山都上了大車。

「開車！開車！」馬漢山對司機吼著。

那司機踩油門掉頭，飛快將車向西邊方向開去。

謝木蘭那些女生還有好多學生還是遠遠跟著，跑了好長一段路程。

更多的東北學生已經湧向和敬公主府大門。

剩在原地的學生不多了。何孝鈺還有幾個燕大的學生圍在梁經綸身邊。

一個學生：「梁先生，東北的同學們這樣住進去不行，要組織。」

梁經綸輕聲說道：「要組織好。你們幾個去，叫他們以學校為單位，有秩序地分開住。每個學校都要將每個同學登記名字，不能讓一個人被抓。」

「好。」那幾個學生立刻向大門人群走去。

梁經綸身邊只剩下何孝鈺了。

梁經綸轉對何孝鈺：「你去找著謝木蘭，陪她一起到方家去等方孟敖。」

何孝鈺沒有接言，也沒有動步，只是望著梁經綸。

梁經綸輕聲地：「接觸他，這個人可以爭取。」

何孝鈺這才向謝木蘭她們跑去的方向跑去。

梁經綸望著何孝鈺的背影，望著擁向和敬公主府的學生人群，深邃的目光似乎更深邃了。

*　*　*

在北平，燕京大學外文書店是國民黨特務最少光顧的地方。一是這兒賣的都是外文書籍，二是這裡賣書的店主原是老燕京教神學的一位美國籍女士。不會外語，不是燕京大學的人，很難在這位美籍女士店主面前不露馬腳。

因此，這裡就成了梁經綸常來的地方，確切說，成了他與組織的人祕密接頭的地方。

「上午好，索菲亞女士。」梁經綸和她太熟了，一邊打著招呼，一邊捧著她伸過來的手，輕吻了一下手背。

「上午好，梁教授。」那女士有六十出頭了，熱情卻不失雍容，「你的書都找出來了，在二樓，沒有安排別人，很安靜。」

「非常感謝。」梁經綸微微向她又行了個點頭禮，「圖書館嚴先生可能給我送資料來，麻煩您讓他到樓上找我。」

索菲亞女士：「好，沒問題。」

「非常感謝。」梁經綸再次禮貌地致謝，很熟悉地走向裡屋的那道門，上了樓梯。

* * *

二樓是一間閱讀室，書桌上全是外文的經濟學書籍，有英文的，有德文的，也有法文的。

梁經綸在認真地閱覽，並且對比著做筆記，做卡片。

樓梯輕輕響了，梁經綸慢慢站了起來。

來人手裡夾著一包資料，向梁經綸輕輕按了按手，梁經綸坐下了。

來人在他桌子的對面坐下了。

來人：「梁教授，這是你要的國外最新關於金融方面的論文資料彙編。」

梁經綸隔著桌子雙手接了過來：「謝謝嚴先生。」

梁經綸打開了資料包，一份一份開始翻閱，抬起了頭，輕聲地：「上級指示還沒有傳達？」

那嚴先生很嚴肅，聲音也極輕：「是昨天傳達的。有嚴格要求，只限於口頭傳達要點。」

嚴先生全名嚴春明，是中共北平地下黨燕大學委的負責人。

梁經綸嚴肅地點了下頭，接著閉上了眼，開始用他超凡的記憶力聆聽嚴春明口頭傳達的指示要點。

以下畫面如超現實影像呈現：

嚴春明的嘴。

梁經綸的耳朵。

一切都在寂靜中傳達。

嚴春明目光正對著的窗外，天上的流雲在超速地飛過。

嚴春明的嘴輕輕地閉上了。

梁經綸的眼慢慢睜開了。

「英明。」梁經綸用兩個字概括了他領會的指示精神，「春明同志，我能結合我們當前的學運工作，談談我對上級這個指示精神的理解嗎？」

嚴春明點了下頭。

梁經綸：「上級指示說『現在北平學生工作較好，波浪式的發動鬥爭影響大。但總的方針是隱蔽精幹，積蓄力量，不是以鬥爭為主。』能不能理解為廣大學生由於對國民黨反動派倒行逆施的不滿，自發地發起波浪式的鬥爭，我們既不要強行推動，也不要干預阻止？」

嚴春明：「可以這樣理解。但黨對學生運動的領導還是核心。不能消極地理解上級的指示精神。我的理解，既不能無視廣大學生的革命熱情，也不能讓廣大青年學生做無謂的犧牲。『七五事件』就是教訓。反動當局現在還抓捕了大量學生，我們必須做工作，發動全社會的力量，包括國民黨內反對派的力量，讓他們釋放學生。」

梁經綸似乎要的就是這個導向，當即重重地點了下頭：「那麼重要的就是發動能發動的所有力量，首先要給『七五事件』定性。『七五事件』就是以北平市民食調配委員會貪汙民生物資引發的學生抗議事件！國民黨當局迫於全國人民的抗議呼聲，包括美國的干預，已經對該事件進行調查。我認為，有一個人我們可以爭取。」

嚴春明：「誰？」

梁經綸：「國民黨派駐北平的青年航空服務隊隊長方孟敖。」說出這個名字他緊緊地望著嚴春明。

嚴春明聽到這個名字顯然也十分重視，卻同時顯出猶豫。

梁經綸接著說道：「我知道春明同志的顧慮。」說到這裡，他接著流利地複述：「剛才上級的指示第二條關於統戰工作說『對互相利用及政治情況特別複雜的對象，可以由其他方面去做工作，城工部門一般的不搞這些工作為好，即使搞也要用特別的人去搞，不要發展特別黨員，如有人要求入黨，要向他講明我們的黨章，老老實實說明入黨條件，不要亂吸收特別黨員或者欺騙人家。』」

嚴春明對這個下級的才華能力歷來就十分欣賞，這時聽他一字不差地將自己傳達的上級指示如此清晰地背誦出來，首先便毫不掩飾地流露出讚賞，接著鼓勵地說道：「談談你的想法。」

梁經綸：「方孟敖顯然屬於上級指示中所指的『政治情況特別複雜的對象』。因此不應該由我們城工部門去做工作。但是，具體情況具體對待。那個方孟敖和我們發展的進步學生有十分特別的關係。這層關係我們黨組織的其他部門沒有。如果根據剛才上級指示第一條所說的『要在一定的組織形式內做一定的活動，即做情況允許下的活動。』這一精神，我認為，我們可以利用學運部所特有的特殊關係去接觸方孟敖。」

嚴春明顯然被他的建議打動了，想了稍頃，答道：「這恐怕要請示上級。」

「春明同志。」梁經綸緊接著說道，「當然要請示上級，但眼下還沒有必要。因為我們只是派人接觸了解方孟敖，還沒有到要發展他為特別黨員的程度。中央一貫的指示精神要求我們，任何時候都不應該失去深入調查國民黨內部最核心情況的有利時機。這一條，並不與上級新的指示精神相悖。」

嚴春明非常嚴肅了：「你準備派誰去接觸方孟敖？」

梁經綸：「何孝鈺。」

* * *

方邸洋樓二樓謝木蘭房間，一台一九四八年最新款式的台式小風扇。風扇調的是最大一檔，轉得飛快，風便很大。

「吹死了！」謝木蘭在家裡總是將平時標準的北平話說得帶上江南口音，因為舅舅方步亭是無錫人，當然也就是說她媽是無錫人。

她一邊嚷著，一邊搖著端坐受風的方步亭：「大爸，怕熱就別穿這麼多嘛！我可要把風扇關小了。」

方步亭的慈笑只有在這個視同己出的甥女面前才如此自然，如此由衷。長袍馬褂，正襟危坐，任她搖著，只笑不動。

「我真去關小了啊！」謝木蘭迎風拂裙走去。

坐在床邊的何孝鈺顯出來了，謝木蘭向她笑著遞去一個眼色。

方家是大戶，住的又是洋樓，當時便有淋浴抽水馬桶裝置的衛生間。謝木蘭和何孝鈺從和敬公主府回來，第一件事便是二人都去洗了澡。

何孝鈺顯然常在謝木蘭家小住，因此這裡便有自己的換洗衣服。

這時兩人都換上了乾淨的學生夏裝。

一樣的學生衣裙，何孝鈺坐在床邊雙腿微夾著，兩隻手安放在膝上，她的裙便不飄，她的神態便文靜，只微笑著，任謝木蘭鬧騰。

謝木蘭越走近風扇，裙子飄得越高，連忙扯住了，蹲在風扇一邊，望著何孝鈺：「孝鈺，你說關小還是不關小？」

何孝鈺還是微笑著：「那就看你是真疼你大爸還是假疼你大爸了。」

「就你狡猾。」謝木蘭握住轉鈕的手停住了，「專會討老頭子喜歡。」

何孝鈺還是微笑。

方步亭還是慈笑。

謝木蘭手把著轉鈕，直望著方步亭：「大爸，你是不是更喜歡孝鈺一些？說！」

方步亭還是慈笑。

方步亭答話了：「都喜歡。」

謝木蘭：「說呀！」

謝木蘭跳起了，一任風吹裙亂，跑到方步亭身邊：「她是你什麼人？你為什麼也喜歡她？說真話，不許說假話。」

方步亭：「凡是好女孩，大爸都喜歡。」

「假話！」謝木蘭高聲打斷了他，「我那麼多同學都是好女孩，你這樣喜歡過嗎？」

何孝鈺望向了謝木蘭，知道她要說不正經的話了，收了微笑，正經了眼神，制止她往下說。

謝木蘭才不理她，挨在方步亭耳邊：「我就說三個字，說對了，你就點頭。」

何孝鈺：「木蘭，你要說不正經的話，我可要走了。」

「心裡有鬼才走。」謝木蘭開始說那三個字了，「娃、娃、親！」

何孝鈺扶著裙子站起了，卻沒有邁出腳步。

——方步亭不但沒有點頭，一直掛在臉上的慈笑也消失了，憂鬱從眼中浮了出來。

謝木蘭有些慌了，輕輕湊到方步亭耳邊：「大爸，我們同學今天都看到大哥了。你猜大家怎麼說他？」

方步亭這時連眼中的憂鬱也收斂了，毫無表情，但也未表示不聽的意思。

謝木蘭大起膽子說道：「大家都說，大哥是真正的男子漢！你猜我說什麼？我說當然了，我大爸就是真正的男子漢。我大哥特像我大爸。」說到這裡她偷偷地觀察方步亭的反應。

方步亭嘴角浮出一絲苦笑，這是他必須有的反應，因為這兩個女孩在他心目中位置都太重要。尤其是何孝鈺，他不能讓她太尷尬。

「我說的是真的嘛。」謝木蘭又輕搖著方步亭的肩，「真正的男子漢遇到了真正的男子漢，兩個人才較勁嘛。在街上我叫他了，他還向我敬了禮。我猜呀，他回到家第一件事就是給您敬禮。要是他還敢較勁，孝鈺也來了，我們一起幫您對付他，一定要他向您敬了禮，然後您再理他。啊？」

方步亭站起了，對著何孝鈺，臉上強露出笑容：「你爸那裡我打電話告訴他，留你在這裡一起吃飯，好不好？」

何孝鈺的頭點得好輕，看不出願意，也看不出不願意，能看出的是真純的善解人意——好像她這時候來與梁經綸給她交的任務毫無關係。

＊　＊　＊

國事家事，剪不斷，理更亂。

方步亭即將面對的還不只是難以面對的大兒子，這時坐到甥女房間，是為了躲避在警察局剛接完徐鐵英回家的小兒子。

因為一直避住在外面的後妻恰恰也是這個時候要趕來完成他安排的一件事。

方孟韋事事順父，唯獨將後媽視若仇讎。方步亭左右不能偏袒，只能迴避。

當然他這時見謝木蘭和何孝鈺還有就是聽她們說說剛見過的大兒子。想聽，又不能多聽。估計這時候後妻做完那件事也走了，方步亭便離開謝木蘭房間，準備下樓。

剛走到接近一層客廳的過道，不料不願聽見的聲音還是出現了，是方孟韋在樓下的發脾氣聲：

「下人呢？都睡著了嗎！」

方步亭一愣，在過道中停了腳站住了。

方邸洋樓一樓大客廳中。

方孟韋背對客廳站在門口，要不是還穿著夏季警官服，此時神態完全像一個大家少爺。

兩個潔白細洋布斜襟短褂的中年傭婦就站在客廳門外，一邊一個，看著方孟韋生氣，不吭聲，卻也不像怕他。

「蔡媽、王媽，我說話你們都沒聽見？」方孟韋直接對她們的時候語氣便緩和一些，顯然剛才的脾氣並非衝著二人來的。

「孟韋。」那蔡媽居然直呼其名，而不是稱他小少爺。這是方家的規矩，下人對晚一輩一律直呼其名，「老爺招呼過了，這些照片只能夫人擺。」

方孟韋聽到這句話臉色更難看了，更難聽的話眼看要爆發出來。「小少爺用不著生氣，我擺好這些照片立刻離開。」另一個女人的聲音搶在方孟韋再次發脾氣前從客廳方向傳來了。

方步亭聽到這個聲音神情份外複雜，愛憐、漠然、無奈俱有。

方家洋樓一樓客廳中。接言的那個女人正在北牆櫃子上擺一幅照片，從背影看，頭髮梳得乾乾淨淨，衣服穿得乾乾淨淨，長得更是乾乾淨淨，也就三十出頭。

她便是方步亭的後妻程小雲。

「方家有少爺嗎？」方孟韋那句難聽的話終於出口了，「這個家的太太十年前就故去了，哪來的少爺！」

程小雲不接言了，白手絹擦著鏡框玻璃的手也停了，慢慢放下來。

——那幅照片一個女人的眼正望著她，她也望著那雙眼。

——照片的全景出來了，那個女人身邊就坐著十一年前的方步亭，身前摟著一個笑著正在吹口琴的小女孩，她的身邊站著一個約十六、七歲卻已身高一米七幾的男孩，方步亭身邊站著一個約十一、二歲身高一米五幾的男孩。高男孩顯然是方孟敖，矮男孩顯然是方孟韋，都是背帶洋服，青春洋溢。

這就是方孟敖在四車裡從皮夾中抽出的同樣一幅照片，只不過這幅照片是放大了的，還有就是方步亭的臉並沒有用膠布貼住，黑髮側分，神采飛揚。

這種沉默更使方孟韋不能接受，他轉身走到客廳大桌前，望也不望裡面還裝著好些鏡框的大皮箱，用力將打開著的皮箱蓋一關。

這一聲好響，站在二樓過道間的方步亭微怔了一下，欲步又止，等著該出面的人替他解難。

方孟韋已經提起了皮箱，裡面還有幾幅照片，就向客廳門走。

「孟韋！」該出面的人出面了，謝培東的聲音從客廳左側傳來。

方孟韋停了步。

謝培東走了過來：「過分了。」從他手裡拿過皮箱。

程小雲眼中有了一星淚花。

謝培東把皮箱擺回桌面，走到她身後，輕聲說道：「小嫂，我來擺吧，你先回去。」

程小雲點了下頭。

謝培東高聲對客廳外：「備車，送夫人！」

程小雲轉身大大方方向外走去，走到方孟韋身邊又停住了：「有句話請你轉告大少爺，我是在你們母親遇難以後嫁給你父親的。」

方孟韋不看她也不接言。

程小雲走了一小步又停住了，沒有回頭：「當年去重慶的路上，你們父親對我很禮貌，我們是邂逅相逢。這句話也請你轉告大少爺。」說完這句快步出門向院外走去。

王媽立刻跟去了。

謝培東接著擺照片，全是與方孟敖、方孟韋兄弟以及母親、妹妹有關的照片，整個客廳顯眼的位置都次第擺上了。

方孟韋這才走到桌邊坐下：「我也不知道爹是怎麼想的，傷心往事偏要在這個時候都擺了出來，這不是故意讓大哥看了，剜他的心嗎？」

方步亭站在了二樓過道的窗邊，望著窗外。誰能知道他此時的心事，此時的心情？

「你大哥未必像你想的那樣。」謝培東的聲音從一樓客廳傳來，「倒是你，不要再讓行長為難了。怕你跟小媽吵架，他一早都躲到木蘭房裡去了。唉！孝悌兩個字，孟韋，今天都要看你了。」

方步亭面朝窗口的背影感動地晃了一下。

「是。」方孟韋在姑父面前還是十分恭敬地答著，立刻走到客廳的電話邊，撥了號：「李科長嗎？北平航空青年服務隊安排住在哪裡，你調查清楚了嗎？」

對方在答著他的話。

方孟韋：「好，很好。你們辛苦了。徐局長那裡我已經說好了，今天晚上我就不陪他吃飯了。你們好好巴結去吧，一定要陪好了。」

方步亭獨自向窗外的北平城移望，滿眼屋頂。

他望向了處於寬街方向那座和敬公主府，也只能望見樹木蔥蘢間的屋頂。哪裡能看見國防部預備幹部局派來的那支青年航空服務隊？哪裡能看見那個前來查腐懲貪的經濟稽查大隊大隊長兒子！

接著遠方的一聲火車鳴笛讓他又是一驚！

一列噴著黑煙的載客列車遠遠地馳進了北平火車站。

他的兩眼立刻又露出了寒峻！

南京火車站月台，吐著白煙待發的客車。

車廂中部，標牌上赫然印著「南京—北平」。

人流中也有兩雙眼微露著寒光，不遠不近地望著手提皮箱登上臥鋪車廂的崔中石！

這兩個人也提著皮箱，身穿質料很好的學生服，儼然在讀的富家子弟，跟著也走向了崔中石的那列臥鋪車廂。

兩人向列車員換票牌——原來就是在金陵飯店209房間監視崔中石的那兩個青年！

旅客都上完了。

列車員也上車了。

車門關了。

一聲汽笛長鳴，巨大的車輪轉動了。

央行北平分行行長辦公室。

「崔中石坐的哪趟車？」方步亭還是長袍馬褂端坐在辦公桌前。

「是1次車，今天下午兩點三十分南京發站，明天晚上五點三十分到北平。」單獨跟父親在一起，方孟韋又像那個孝順的兒子了，不過今天總是有些「色難」。

「唉！」方步亭一聲長嘆，望向窗外，突然說道：「孔子的弟子向他問孝，孔子答曰『色難』。意思就是要以發自內心的順從態度面對父母，此謂之色難。你既然心裡不痛快，大可不必在我面前裝作孝順的樣子。」

「爹。」方孟韋的委屈再也不忍了，這一聲叫得便露出了負氣，「十年了，親兒子不能見父親，親弟弟不能見哥哥。還要弄出個共黨嫌疑，又扯出個鐵血救國會！兒子在軍警幹的就是這一行，可您把事弄得也忒複雜了吧？擱上誰，誰心裡也裝不了。您今天還要叫那個女人把媽和妹妹的照片搬回家來，還要擺在客廳裡。您這是跟共產黨鬥氣、跟鐵血救國會鬥氣，還是跟大哥鬥氣？您教訓得對，兒子是不孝順，可擱上誰，也都會『色難』！」

方步亭有些陌生地望著這個小兒子，態度卻出奇地平和：「是啊，我又要跟共產黨鬥，又要跟國民黨鬥，在家裡還要跟兒子鬥。你爹在哈佛大學讀經濟博士寫的論文就是《論馬克思的經濟基礎決定上層建築》。誰叫我學經濟學到了鬥爭哲學上去了呢？」

方孟韋低下了頭，不再頂嘴。

方步亭：「我也愛我的國，我也戀我無錫的老家。這幾晚做夢，都在太湖上釣魚。但那都是夢了。孟韋，這個國、這個家都容不下我們了。去美國吧。那裡畢竟有我的母校，有我的同學。我擺上這些照片沒有想跟誰鬥，只是想告訴你大哥還有你，我這一生最大的願望就是能讓你們平安地去美國，我這一生最大的遺憾就是不能帶著你媽和你妹妹一起去美國，如此而已。」說到這裡，這個內心比海還深的人，眼中竟浮出了淚花。

方孟韋撲通一聲跪在了樓板上，把湧出來的眼淚吞嚥了，說道：「只要爹能夠安享晚年，兒子們的事您就不要再操心了！好嗎？」

方步亭望著這個最心疼的兒子：「我已經失去你媽、失去你妹了。要是沒有你們這兩個兒子，我還有什麼晚年？為了你，你後媽就一直搬在外面住。為了你們兄弟，你後媽給我懷的兩個孩子都流了。你不該那樣對她。你大哥到北平了，明天崔中石也會回北平了。下面我還有沒有晚年也只有天知道了……」

方孟韋倏地站起：「爹，我這就去軍營。今天怎麼也得把大哥接回來，我們一家人吃飯！」說完這句話方孟韋拿起茶几上的帽子大步走了出去。

「小哥！」謝木蘭看見下樓的方孟韋立刻奔了上去，「是不是去接大哥？」

方孟韋看見了站在客廳桌旁的何孝鈺，也不理謝木蘭，快步下了樓，禮貌地打了聲招呼：「何小姐。」接著便向客廳門快步走去。

「我們也要去！」謝木蘭追了過來。

方孟韋在客廳門邊站住了：「什麼事都要摻和，你什麼時候不再給我找麻煩？」

謝木蘭：「你想見大哥，我也想見大哥，怎麼是給你找麻煩了？」

方孟韋：「我再給你打一次招呼，不要以為平時跟著學生鬧事，別人因為我不敢管你，現在就又想打出大哥的牌子鬧事。事情真鬧大了，誰也救不了你！」撂下謝木蘭大步向院外走去。

「我們是代表正義！」謝木蘭被他氣得好久才嚷出這一句，望著小哥走向院外大門的背影高聲喊道，「那不叫鬧事，叫發出正義的呼聲！」

可這呼聲立刻隨著方孟韋消失的背影停住了，謝木蘭氣得跺腳。

「木蘭。」何孝鈺已經在她背後輕聲喚道，「在家裡他是你小哥，不是警察局長，我們不跟他鬥氣。好好幫大爸想想，怎麼等你大哥回來，好好見面。」說到這裡她把聲音壓得更輕了：「我們也有好些話要問呢。」

大客廳西側通往廚房的條桌邊，謝培東依然在靜靜地擦著鏡框，女兒和內侄剛才爭吵他連背都沒轉過來一下。這時拿著那塊擦髒了的白手帕靜靜地向廚房方向走去，似乎一切都與他無關。

＊　＊　＊

北平西北郊一處舊兵營。

馬漢山從來沒有被自己燒的熱灶這樣烤過。

方孟敖把和敬公主府讓給了東北流亡學生，馬漢山又領著車隊去了兩家不錯的院落，方孟敖車也不下，點名要住到燕京大學清華大學附近的倉庫去。

總算讓他想起了這一片有一座國軍第四兵團一個營曾住過的兵營，前不久那個營開出去了，正閒置著，不得已馬漢山把方孟敖青年服務隊領到了這裡。

方孟敖站在門口，隊員們站在他背後，望著那座縱深有一百多米的營房，外間很大，一張張兵床左右擺著，外間裡端能看見還有一個單間，這裡住他們這個服務隊倒是挺合適也挺現成。

「馬局長。」方孟敖問身邊的馬漢山，「不是說住你們民食調配委員會的物資倉庫嗎？怎麼把我們領到這裡來了？」

這附近倒是有一座倉庫，正是北平市民食調配委員會儲存供應大學民生物資的分庫，裡邊全是貓膩，馬漢山怎敢讓他們入住？

這時見方孟敖如此較勁，馬漢山裝出十分有罪的樣子：「不要說倉庫不能住人，就是讓方大隊長你們住這個軍營，鄙人已經十分慚愧了。你們一個個都是民族英雄，黨國的功臣，上頭再三說要好好接待。住這裡我都不知該怎麼樣向上頭交代了，倉庫那是萬萬住不得的！」

這回是那個剃著小光頭叫郭晉陽的隊員接言了：「馬局長這話太離譜了吧。我們都是抗日勝利後報考的航校，怎麼都成了民族英雄了。」

馬漢山立刻接道：「你們方大隊長總是真正的民族英雄吧！你們跟了他自然也就是民族英雄青

年服務隊了嘛。」

方孟敖不讓他再扯了：「日本人都投降三年了，哪還有什麼民族英雄？再說昨天我們還在軍事法庭受審，今天馬局長就把我們封了黨國功臣，你權力也太大了。」說到這裡他轉向隊員們：「就這裡吧。離清華大學燕京大學近，離民食調配委員會的倉庫應該也不遠。自己的住處自己收拾，進去吧。」

方孟敖率先走了進去。

隊員們都跟著走了進去。

馬漢山在門口又跺腳了，對跟著他的那個司機：「後勤人員呢？鋪的蓋的用的，還有方大隊長辦公的用品，對了，還有吃的，怎麼還沒送來！」

那個小車司機，其實就是他的貼身隨從立刻答道：「已經給調撥科打了電話了，馬上送到。」

＊　＊　＊

幸虧這個兵營大門崗衛室的電話還沒有撤，馬漢山拿起電話立刻撥通了一個要緊的電話。

對方便是北平民食調配委員會的直接上司，中央民食調配委員會副主任兼五人小組成員馬臨深。因此馬漢山半天的窩囊現在化作了一陣牢騷：「什麼國防部！什麼鐵血救國會！蔣夫人、戴局長我都打過交道，都沒有這麼牛皮！看他今天在大街上的行為，那不只是衝著我們民食調配委員會來的，簡直就是衝著黨國來的。我看他方孟敖就是個共產黨！國防部連共產黨都用了，你們得說話，向宋先生報告，向孔先生……」

「住口！閉上你的臭嘴！」對方的聲音在話筒裡很響，顯然是被馬漢山剛才的話惹急了。

馬漢山一愣，反正對方看不見，瞪圓了眼，無聲地向話筒啐了一口，還得接著聽。

話筒裡對方的聲音：「一群娃娃都擺不平，還宋先生孔先生。宋先生孔先生會來管這樣的事嗎？擺不平就把帳交出來，這個副主任和局長有的是人來當！」

對方把電話生氣地掛了。

馬漢山也生氣地把話筒往話機上使勁一擱，站在那裡想著找誰來撒氣。

碰巧門外一輛吉普，跟著兩輛加篷的軍用卡車從牆外開來，正好轉彎進門。

馬漢山大步走出了崗衛室，在大門正中的路上一站。

吉普吱的一聲停了。跟著的兩輛軍用卡車也急剎車停了。

馬漢山站在路中就罵：「養著你們這幫混帳王八蛋！送個東西送這麼久！喝酒逛窯子也遲到嗎！」

吉普車裡的人沒有反應。

倒是後面兩輛軍用卡車的駕駛室裡跳下兩個民食調配委員會的科長，疾步向他走來。

其中一個科長：「局長，您這個氣生得沒道理。臨時找個地，臨時來電話，還要臨時湊東西。一個小時我們就趕來了，耽誤什麼了？」

看起來這個民食調配委員會規矩本就是亂的，上級對下級可以亂罵，下級對上級也可以頂嘴。

馬漢山被他頂得又是一愣，琢磨著該怎麼罵了。

另一個科長扯了前一個科長一下：「李科長你就少說兩句。局長一大早到現在可是飯也沒吃。」

「到明天你們就都別吃飯了！」馬漢山橫豎要撒氣，「整個北平兩百萬人在挨餓呢！輪也輪到你們家餓幾頓了。媽個巴子的，還頂我的嘴。李吾志，你個調撥科科長不想當現在就給我寫辭呈！

我他媽的還有好些人排隊想當呢。」

那個李科長居然還敢頂嘴：「馬局長你是民政局局長，我是社會局調過來的。雖說在調撥委員會你是副主任，我可是主任任命的。」

「好！頂得好！」馬漢山氣得那張臉更黑了，「中央調撥委員會馬副主任今天已經到了，待會兒我就去找他。看是你那個主任靠山大，還是中央的馬副主任大。不撤了你，我就不姓馬！」

那李科長這下真有些害怕了，憋著氣，不敢再頂嘴，可一下子認錯又轉不過彎來。

另外那個科長必須打圓場了：「我說李科長，馬局長批評我們幾句，你這個同志怎麼就這麼不能接受上級的批評呢？認個錯吧，青年服務隊還在等著安排呢。」

那李科長對馬漢山：「局長，是我的錯，您要撤我總得讓我先執行好您的指示吧。」

馬漢山一頓亂罵，現在對方又伏了小，氣消了一半：「還不把車開進去，趕緊安排！」眼睛這時望向了擋著兩輛卡車的那輛吉普，剩下的一半氣又向還坐在吉普裡的人要撒了。

馬漢山幾步走到吉普車車前：「混帳王八蛋！不下車現在還擋著道，滾出來，立刻把車開一邊去！」

吉普車後座的車門開了，一個人下了車，兩步便邁到馬漢山面前：「馬局長，你剛才罵誰混帳王八蛋？」

馬漢山有些傻眼了，他哪兒想到，和軍用卡車同來的這輛吉普裡的人竟是方孟韋！

第五章

馬漢山之所以沒想到自己最後潑口錯罵的人會是方孟韋，還有一個原因，就是方孟韋沒有穿警服，在路上換穿了他當北平三青團書記長時那身青年服，隔著車窗便以為也是民食調配委員會的人。

方孟韋雖年輕，身世閱歷卻非同齡人可比，最早入的便是國民黨中央三青團，到北平調入三青團直做到書記長，一九四七年三青團撤團併黨，他才調到警察局當副局長，同時身兼警備司令部偵緝處副處長。這時往馬漢山面前一站，且不論一米八幾的的青年身軀，就那雙集黨政軍警閱歷於一臉的眼睛，也足以讓馬漢山心生寒意，好久回不過神來。何況他還是方步亭的兒子，方孟敖的弟弟！

「真、真正是混帳王八蛋！」找台階確是馬漢山的強項，立刻轉臉又罵那兩個科長，「一下車就跟我吵，方副局長來了也不報告，我看你們根本就幹不了這個工作！完事了回去趕緊寫辭職報告吧！」

這回另外那個姓王的科長也叫起撞天屈了：「局長，您這個批評連我也不能接受了。下了車您就是一頓嚴厲的批評，我們哪有插嘴報告的時間？」

「好，好，全是我的錯。你們都是有功之臣。回去好好給你們獎勵！」馬漢山喘著粗氣說了這幾句，跟上來便是一聲吼，「還不把車開進去安排方大隊長他們，等著我現在就獎勵你們嗎！」

兩個科長一臉汗水，一頭霧水，一肚子怨水，也只好向那幾輛車走去。

王科長走到方孟韋吉普車邊跟司機說好話，讓他把車先開到一邊。

李科長走到兩輛軍用卡車前一聲吆喝。

軍用卡車開動了，那李科長也不再坐到駕駛室去，而是縱身一躍，跳到駕駛室門邊的鐵踏板上站著，手抓反視鏡，也不知是還在鬥氣或是不如此不足以表現自己盡忠盡職，車風吹面，短髮直立，押著第一輛卡車向裡邊營房壯烈開去。

那個王科長太胖，且沒有李科長的身手，只好擺著手讓第二輛卡車停住，苦著臉，一條眉毛高一條眉毛低，爬進了駕駛室。

第二輛車猛踩油門追第一輛車去了。

沒有了下級在身邊，馬漢山也才好向方孟韋來緩釋因唐突造成的「誤會」。其實剛才對兩個下級的又一頓臭罵已經完成了任務的一半多，剩下來便是化消極因素為積極因素，如何通過方孟韋幫自己的忙了。

馬漢山從鼓鼓囊囊的中山裝下邊大口袋裡掏出了一盒古巴雪茄，打開蓋子，是一枝裝的極品，打聽好了知道方孟敖好抽雪茄，原是準備見面敬獻給他的，一路上就愣沒敢拿出來，這時正好連盒子一起遞給方孟韋：「我這腦子被事情攪得成一盆漿糊了。親兄熱弟，我怎麼能不想到方副局長會趕來見大哥呢？你看，原本是見面要給方大隊長敬的菸，都給忘了。拜託方副局長見面時替我敬給方大隊長吧。」

方孟韋平生敬父敬母，無論何人張嘴罵到了他的父母那是立馬要翻臉的。剛才馬漢山那一句「混帳王八蛋」就牽涉到父母，儘管他一番做戲，解釋並非罵的自己，可畢竟當時罵的是自己，這個勁必須得較。任他那隻手捧著菸盒遞在自己面前好久了，瞧也不瞧，仍然盯著他的眼：「馬局長，你是不是父母所生？」

馬漢山沒想到方步亭這個小兒子比那個大兒子還較勁，一時又被頂在那裡。

方孟韋：「開口混帳王八蛋，閉口混帳王八蛋，人家的父母都是王八，你的父母是什麼？」

馬漢山這才琢磨到了，其實早就應該明白，方孟韋在官場是出了名的孝子，既然如此較勁非為別事，便知道該如何讓他消氣了：「我就是這個臭毛病。父母死得早，缺教訓，方副局長別放在心上。」

「父母死得早就沒有父母嗎！」誰料這句話又觸到了方孟韋的疼處，「我的母親就死得早，我也缺教訓？」

馬漢山跺腳了：「方副局長，有什麼氣你全發出來好了。今年初一算命的就給我算過，流年不利，這一年走的都是背字。你怎麼發氣我都認命好吧。」

方孟韋畢竟還有教養，在國民黨幹事什麼人也都見過，人家話說到這個份上，也就不好真的再發氣了。可心中的憎惡還得表露出來：「你剛才還有句話我得說明白了。我來這裡是公事，不是什麼親兄熱弟。你們民食調配委員會那些髒事，我們也有調查的義務。順便提醒你一句，我們新上任的徐局長就是五人調查小組的成員之一。我來，是他交的任務。收起菸，自己抽吧。」說完轉身向吉普車走去。

吉普車發動了，朝著剛才軍用卡車的方向開去。

馬漢山站在大日頭底下又懵了好一陣子，突然想起了什麼，連忙又向大門崗位房奔去，直奔那部電話，一陣撥號，拿著聽筒也就等了不到七八秒鐘，對方便有人接電話了，他仍大罵：「混帳王八蛋！電話也沒人守嗎？立刻給我去打聽清楚，新上任的北平警察局徐局長今天晚上是誰接風，在哪個酒樓，立刻告訴我！」

＊　＊　＊

青年服務隊營房裡，這時也是一片尷尬局面。

八年抗戰，接著又三年內戰，國民政府不搞建設，物資奇缺可想而知。到了一九四八年真的是許多城市連糧食都沒有了，於是成立了這個民食調配委員會。說是「民食」，其實其他生活物資，尤其是給軍公政教配給的特供物資都歸這個委員會調撥。馬漢山電話所催的物資，在這兩卡車裡裝著便十分富足，不只是鋪的蓋的，日常必須用的，包括菸酒咖啡，甚至連收音機、電唱機還有當時十分罕見的外國男人才使的香水都運來了，因為他們打聽了方大隊長喜歡過西洋生活。

這就註定兩個科長在這裡又要碰釘子了。

方孟敖此時在營房盡頭的單間裡，兩個科長帶了好些科員滿頭大汗將大箱小箱搬了進來，卻受到了陳長武、郭晉陽他們的檢查，絕大多數的物品被拒收了。

「除了睡覺洗澡和打掃衛生的物品，其他的請你們都帶回去。」陳長武語氣十分堅定。

那個李科長知道，要是把這些物品原封帶回，撤不撤職不說，馬漢山的臭罵著實是逃不過的，一急，脫口說道：「這些都是按規定按計畫必須給兄弟們配給的！我們是執行上級的指示！兄弟們不要，我們走後你們可以扔出去。讓我們帶回，那是絕不可以的。」

飛行員們互相對著眼色，那眼神都透著壞，顯然都在琢磨該如何捉弄一下這些貪瀆的人。

「這還真作難了。」郭晉陽率先過來了，對著那李科長，「先生，請你看看我的手。」說著將十指伸了過去。

李科長不知他何意，望著他的兩隻手。

郭晉陽：「你看我的十根指頭乾淨不乾淨？」

李科長以為他要說到是否貪汙的話題上，連忙答道：「咱們青年航空服務隊那是出了名的紀律嚴明，從來都是乾乾淨淨。」

郭晉陽：「看你想到哪兒去了。我就是問你我的手指乾不乾淨，可沒別的意思。乾淨你就說乾淨，不乾淨你就說不乾淨。」

那李科長被逼又去看他的十指，發現他的左手食指和中指前端都有些發黃，卻不好說，只好說道：「當然乾淨了。」

「弟兄們，都把手給這位先生看看！」郭晉陽招呼所有的隊員們。

大家也配合，遠遠近近地都伸出了兩手。

郭晉陽又問那李科長：「我們弟兄們的手乾不乾淨？」

那李科長望向了王科長，在琢磨這群惹不起的主究竟是何用意，便不願立即回答。

「我們的手髒嗎！」一個平時就沒有什麼表情的飛行員這回開口了，聲如洪鐘，臉若冷鐵。

那李科長望著王科長，王科長笑著回答：「哪兒的話。兄弟們的手都乾乾淨淨。」

那個問話的飛行員仍然盯著李科長：「你說呢？」

李科長只好答道：「當然乾淨。」

隊員們都望向了郭晉陽，郭晉陽點了下頭，大家把手都收回去了。

郭晉陽這才又對那李科長：「我再看看您的手指。」

那李科長猶豫著將手伸了出來，兩隻手的食、中二指全是黃裡帶黑。

郭晉陽：「你看是吧。我們的十根指頭都是乾淨的，你先生兩隻手有四根指頭都被菸燻得又黑又黃。您抽菸對吧？」

李科長有點明白他在繞自己了，答道：「雖然習慣不好，男人嘛，也就這點嗜好了。兄弟們不也都抽菸嗎？」

「你這話我們可不接受了！」郭晉陽立刻拉下了臉，「我們弟兄們的手都乾乾淨淨，可沒有一個抽菸的。你剛才說這些東西都是按規定按計畫配給給我們的，還說我們不用可以扔出去。你先生對民生物資也忒大方了，這我們也就不說你了。現在物資供應這麼緊張，你先生只怕養家都有些困難吧。菸癮又這麼大，肯定缺菸抽，這幾箱菸，我們也沒有一個會抽的，送給你，這總不會壞規定吧？」

「好。」那李科長知道鬥不過他們，「這幾箱菸兄弟我帶回去上交。」

「我說了，除了睡覺洗澡、打掃衛生的用品，其他的東西你們統統帶回去！」陳長武不耐煩了，「哪有那麼多囉嗦的！」

郭晉陽緊接著又望著那李科長：「是不是要弟兄們把衣服都脫了，別的地方全讓你看上一遍，才肯把那些東西帶走？」說著自己已經脫掉了上衣，露出了半身的腱子肉。

其他的隊員站在各處，手雖未動，也都配合著做準備脫衣狀。

李科長、王科長四眼相對，那王科長是絕對不會先開口的。

「大不了回去又挨他一頓臭罵。」李科長也是有些脾氣的人，這時候露出了殺伐決斷，對那些科員們，「還待在那裡幹什麼？聽他們的，其他的物品全搬上車，帶回去！」

方孟敖這時候就坐在營房的單間抽著菸，本在想著心事，被外邊這些隊員們一鬧，也笑了。這支菸還沒抽完，又掏出了一支，對著火抽起了另一支。一邊抽，一邊聽著外邊的動靜，笑著。笑，是他的帥氣招牌，帶得他的隊員們紛紛仿效，以笑為帥。

果然，外邊傳來了各有特色的笑聲。方孟敖倏地站起，便準備向外邊走去。

突然，外邊的笑聲戛然而止，方孟敖立住了。

青年服務隊營房內。

隊員們的目光又望向了營房門口，神態各異，心情皆一，那就是厭惡。

門口那人，隊員們認定還是調撥委員會的人，公然左手拎著一隻大箱，右手拎著一隻大箱，標識皆是英文，他們卻認得出，一箱是紅酒，一箱是雪茄。

「請問方孟敖方大隊長在嗎？」那個青年人唯一不同的是，身上沒有剛才那撥人的俗氣，可一開口竟點著名要把這些賄物送給隊長。

隊員們又互相對望了，這個北平可真邪門了！

站在房內的方孟敖眼光往上一閃，這也是他的標誌性動作，只是在內心極其激動興奮的時候，才有此即閃即收的目光。他聽到了外面那句問話，儘管聲音已經完全不是十年前那個十三歲弟弟的童稚聲，但他完全能肯定這就是弟弟的聲音，目光慢慢移向了門外。

從他手腿肌腱一收間，讓人立刻想到了他在杭州筧橋機場奔往指揮塔時那一掠的身影！可這次他的發力都集中在右手的大拇指和食指之間——那支燃著的菸被捏熄了，接著是菸灰菸絲紛紛撒落在地。

他沒有急著出去，而是在聽。他要看這個弟弟如何跟隊員們接觸對話，畢竟十年未見了。

方孟韋在營房門口也站了有兩三分鐘了。問了話，一營房的人都冷看著他；知道大哥就在裡面房間也未見露面。莫非大哥打了招呼，連自己都不見？他拎著兩隻箱子，轉了半個身，想回去。接著，猛轉回來，大步走進營房。
立刻，他被三四個隊員的身子擋住了。
接著，又是那個郭晉陽向他伸出了雙手十指。
接著，擋他的其他幾個隊員也伸出了雙手十指。
方孟韋當然不知何意，詫異地望向那些冷冷的目光。
「是真不明白，還是以為你比他們有本事？」郭晉陽一句逼問。
方孟韋把兩隻箱子放在了地上：「我是真不明白。要是我大哥真不願意見我，請你們直言相告。」
輪到郭晉陽他們面面相覷了。這才想起，隊長有個在北平警察局當副局長的親弟弟，而且偶爾聽隊長提及，兄弟之情手足難忘。
像被電了一下，郭晉陽的手率先縮回去了。
接著所有的手立刻縮回去了。
陳長武望著方孟韋，打量著：「請問，你是方孟韋方副局長？」
方孟韋：「我是方孟韋，你們隊長的弟弟。」
郭晉陽早就滴溜著眼在想辦法找補了，這時立刻喊道：「敬禮！」率先向他舉手行禮。
其他隊員站在原地，同時舉起了手，向他行禮。
就這一個舉動，方孟韋突然心裡一酸，眼睛慢慢濕了。
就這短暫的沉默間，方孟敖的身影從單間門口出現了，讓人心緊！
也就二十米的距離，走了十年，方孟敖望著弟弟那雙熱淚盈眶的眼，越走越近。
走到離方孟韋還有三米左右，方孟敖站住了，轉望向那些仍然把手舉在頭側行禮的隊員們：

「一個小孩，敬什麼禮？放下。」

「是！」只有郭晉陽一個人大聲應答，所有的手在同時唰地放下了。

方孟敖這才又向方孟韋走去，走到面前，從他的臉一直望到他的腳，又從他的腳望回到他的臉。眼睛慢慢瞇細了，從心裡湧出隊員們從未見過的笑：「你們看看，我們弟兄倆誰高些？」

沒有一個人應聲，有幾個感情豐富的隊員，眼中已經有了淚花。

方孟敖立刻彎腰，扯開了一隻紙箱，裡面四六排著二十四瓶紅酒。他提出了一瓶，舉在眼前看著：「不錯，真正的法國貨。」

接著，他又撕開了另一隻箱子，露出了一隻隻鐵盒，都是雪茄菸盒。

方孟敖一手兩瓶提出四瓶紅酒，向方孟韋一遞：「幫我拿著。」

方孟韋下意識接過四瓶紅酒。

方孟敖又從另一隻箱子裡拿出四盒雪茄：「酒每人一瓶，菸每人一盒，分了。」說著自己掐著四盒菸，順手又拎起了一包軍毯墊被蓆子向裡面單間走去。

方孟韋還愣愣地提著酒站在那裡，陳長武向他笑著擺了一下頭，方孟韋才省過來，提著酒跟著大哥的背影向裡面單間走去。

隊員們都望向了那打開的兩箱菸酒。

又是郭晉陽，第一個衝了上去，搶菸拿酒。

所有的人都蜂擁而上，搶成一團，鬧聲頓起。

*　*　*

方孟敖將那包鋪蓋往床上一扔，便打開了一盒雪茄，拿出一支點著了深吸一口。接著拿出另外一支，遞向方孟韋。

「哥。」叫了這一聲，便是不知多久的停頓，方孟韋許多的話變成了一句話，「我不抽菸，也不喝酒。」

「新生活運動？」方孟敖望著他問道。

方孟韋：「我不趕那風潮。開始是爹不許我抽菸喝酒。後來是我自己受不了，一喝就難受，一抽就咳嗽。」

「那你還老是叫崔叔給我帶菸帶酒？」方孟敖接著問。

方孟韋沉默了，再望向大哥時便動了情：「哥一個人在外面，除了喝點酒抽點菸，剩下的就是孤單。尤其這三年，飛機也不讓你開了。有些事，爹雖然也有苦衷，畢竟對不起你。」

一提到共同的父親，方孟敖立刻冷了臉。

方孟韋嚥回了想往下說的話題。

方孟敖大步走到單間門口，向那些隊員們：「收拾床鋪，打掃衛生！今天晚上就著涼水吃餅乾！」

方孟韋心涼了一下，等大哥轉過身來的時候，立刻去給他打開了那包鋪蓋，開始給他鋪床。

方孟敖也不阻止，坐到了椅子上，吸著雪茄，看著弟弟鋪床。

方孟韋看起來還是沒有學壞，至少不像一個現職的北平市警察局副局長，鋪齊了墊被，張上了蓆子，立刻又從裝著水的臉盆裡擰好了一條帕子，順著紋路一條一條去擦洗蓆子，動作認真而敏捷。

「國民黨別的不行，三六九等卻清清楚楚。」方孟敖突然說道，「這個床也就是中央軍一個營長睡的，居然還是銅床，少說也有兩米寬。不知那個傢伙在這裡睡了多少女人。擦乾淨點，今晚你就也在這裡睡吧。」

方孟韋正在擦洗的手停住了，也就停了一下，接著又擦，輕聲回道：「好，今晚我就在這裡陪大哥說話。」

輪到方孟敖沉默了，他知道弟弟的來意，有意用這句話讓他不好開口。沒想到這個弟弟在自己面前如此順從，還像十年前一樣，一陣愛憐從心底裡湧了出來。

方孟敖把雪茄在菸缸裡按熄了，站了起來，第一次對弟弟笑著說話了：「這張床沒你睡的份。你大哥一個人睡了十年，從來不跟男人睡一張床。要睡兩個人，那個人就是你嫂子。還打量著跟我說一個晚上的話。別收拾了，回家吧，我也餓了。」

方孟韋站直了身子轉了過來，怔怔地望著大哥。

方孟敖：「怎麼，你不是來接我回家的嗎？」

方孟韋這才恍然：「車就在外面……」

「我來開，你坐在旁邊，我熟悉一下北平的路。」方孟敖抄起了桌上那盒雪茄，逕自走出了門。

方孟韋見到大哥後第一次笑了一下，快步追了出去。

＊　＊　＊

北平張自忠路顧維鈞宅邸。

「七五事件」五人調查小組抵達北平後，沒有住進任何軍政機關，而是通過上面的關係，經時任駐美大使的顧維鈞及其夫人同意，住進了顧家在北平的這所宅邸。理由有三：一是顧本人及家眷此時都在美國，府邸空置；二是住進此處，不受北平有關涉案機關的干擾；更重要的是，一九二四年孫中山先生逝世於此，挑選此地進行調查，彰顯一查到底以慰先總理在天之靈的決心。

宅邸占地十英畝，有房兩百餘間，亭台樓榭，皆在參天濃蔭覆蓋之下，花香鳥語烘圍之中。五人各有單獨一所院落入住。碰頭開會辦公則安排在先總理逝世臥房隔壁的會議室。

顧維鈞宅邸調查小組會議室。

五個人之中，唯有一人有些不同，那便是徐鐵英。他已經正式接任了北平市警察局長兼北平警備總司令部偵緝處處長，這裡雖也安排有住處，但大部分時間還得住到警察局的局長住地。當然，今晚的便餐兼碰頭會議他必須參加。

孫中山先生仙逝之地就在隔壁，五個人圍著大會議桌而坐，每人面前都是一碗白粥，一碟四點兩個小白麵饅頭兩個小玉米窩頭，一碟鹹菜，一碟蔬菜，一個煮雞蛋。因曾可達堅持，吃飯時有關檔及各大報紙報導「七五事件」的材料已經送到。他在吃飯時便低頭仔細閱看，其餘四人也只好一邊吃飯一邊閱看材料。

調查還未開始，主導的調子顯然已經被國防部預備幹部局定了。任何走過場，企圖大事化小，小事化了，都得先過曾可達這一關。

「徐局長，徐局長。」會議室窗外傳來輕聲的呼喚。

徐鐵英抬起了頭。

杜萬乘、王賁泉、馬臨深也都抬起了頭，望向徐鐵英。

唯有曾可達不露任何聲色，左手將窩頭送到嘴邊慢慢嚼著，眼睛依然在專注地看著一份檔。

徐鐵英輕輕站起，向諸人點頭作了個暫時離開的示意，輕輕走到門邊，拉開半扇，走了出去。

叫他的就是徐鐵英從通訊局聯絡處帶到北平的那個孫祕書，這時已站到階梯下面，離會議室約五米處的樹下。

徐鐵英卻在門邊的走廊上站住了：「有話到這裡來說。」

那孫祕書便又走了過來，輕聲說道：「局長，警察局來電話，副局長以下各部門的幹部都在等您。說是戒嚴尚未解除，據各處的情報反映，共黨及學生還在醞釀鬧事，他們該怎麼辦，都要向局長請示彙報。」

徐鐵英沉默著，他要的就是孫祕書這些話讓會議室裡的那四個人聽到。稍頃，他又輕輕推開了會議室門，走了進去。

「這是大事，徐局長就先去吧。」徐鐵英還未開口，中央民食調配委員會副主任馬臨深就先說話了。

中央銀行主任祕書王賁泉接著點頭了。

財政部總稽核杜萬乘卻未表態，望向了曾可達。

曾可達依然在低頭嚼著窩頭看著檔並不接言。

徐鐵英不得不對他說話了：「可達同志，你們先看有關貪腐的材料。我得先行離開。共黨可能煽動學生鬧事，警察局那邊都在等著我去安排。」

曾可達終於抬起了頭：「當然不能讓共產黨鬧事。徐局長了解了情況還望回來跟我們通一下氣。」

「那是自然。」徐鐵英答道，「諸位，我先去了。」

曾可達的一碗粥四個麵食都已吃完，這時站了起來：「今晚的會是開不成了，我建議各自分頭看材料吧。」

馬臨深王賁泉立刻附議，杜萬乘名義上是五人小組的召集人，想了想也只好同意：「那就先各自看材料吧。」接著他又對曾可達說道：「聽說那個青年航空服務隊一到北平就跟學生們直接表態，還把北平市安排給他們住的地方讓給了東北學生。曾督察，他們歸國防部預備幹部局管，請你過問一下，最好謹慎一點，不要授人以柄。」

王賁泉是中央銀行的人，馬臨深更直接，是中央民食調配委員會的人，二人也早知青年服務隊到北平後這些行為，不過是心裡不滿嘴裡不敢說出而已。這時聽到財政部主事的杜萬乘說出了此事，而用詞又是「謹慎」、「授人以柄」之類，所指者誰？不禁對望了一眼，接著同時望向了曾可達。

曾可達：「我先調查一下再說吧。」說著自己挾著案卷先行離開了會議室。

* * *

方邸洋樓前院。

方孟敖站在大門內的門簷下打量著這所宅邸，方孟韋陪著哥哥也站在門簷下。方孟敖沒向裡走，方孟韋便只有靜靜地等著。

除了一個開門的中年男傭靜靜地站在大門內，從大門到洋樓只有幾棵高大的樹，綠茵茵的草坪，還有那條通向洋樓的卵石路。所有的下人都迴避了，至於有好些眼睛在遠處屋內的窗子裡偷偷地瞧著，在大門門簷下那是看不見的。

洋樓的二樓行長室內。

方步亭的眼，沒有在窗前，依然在那張大辦公桌旁，茫茫地望著前方。但他的耳朵顯然在留神聽著窗外前院的動靜。儘管此刻沒有任何動靜。

方孟敖的眼犀亮了一下！

他看見洋樓大門中兩把點染著桃花的傘慢慢飄出來了，不是遮頭上的太陽，而是向前面斜著，用傘頂擋住來者的上身，可下身的裙子和女孩穿的鞋擋不住，隨著傘向他飄來。

方孟韋嘴角也露出了一絲笑紋，這個表妹有時候還真是這個乾旱家宅裡的斜雨細風。

方孟敖也立刻猜到了桃花後的人面，就是在和敬公主府門前已經見過而無法交流的表妹謝木蘭和曾經度過童年的何孝鈺，帶著壞那種招牌的笑立刻浮了出來。

方孟韋突然覺得眼前一晃，大哥的身影倏地便不見了，再定睛看時，大哥已經站在款款走來的兩把傘前。

兩雙女孩的腳突然被傘底下能看見的那雙穿著軍用皮鞋的腳擋停住了。

兩把傘內，謝木蘭望向了何孝鈺，何孝鈺也望向了謝木蘭。

「仙女們，有花獻花，有寶獻寶吧。」方孟敖壞笑著點破了她們。

「壞死了！太沒勁了！」謝木蘭乾脆把手裡的傘一扔，露出了另一隻手裡握著的花束，也忘了遞花，就地一躍，跳到方孟敖身上，雙手挽著他的脖子，兩腳夾著他的腰，「大哥！」

方孟敖用一隻手掌護住謝木蘭的後腰。

眼前另外一把傘也豎起了，何孝鈺手裡的那束花帶著恬恬的笑遞過來了。

方孟敖另一隻手接過那束花，望著那雙會說話的眼，卻不知道如何叫她。稱何小姐肯定生分，直接叫孝鈺又未免唐突。

「Thank you!（謝謝）」方孟敖用濃重的美國英語免去了這次見面的稱呼，緊接著讚道，「So beautiful!（很漂亮）」這一句英語當然是連人帶花都誇了。

謝木蘭還不肯從大哥身上下來，在他那隻大手的護持下乾脆跨直了身子，望著零距離的大哥：「什麼很漂亮？是人還是花？」

「花很漂亮。」方孟敖之尊重女人尤其女孩，從來都帶有讓對方從心裡喜歡的方式，先誇了這一句，有意停頓一下，接著再說，「人更漂亮。」說完而且竟然目光真誠地直接望著何孝鈺的眼睛。

何孝鈺的反應讓方孟敖有些出乎意料。他的這種稱讚，尤其是稱讚後這種目光曾經讓多少女孩羞喜交加，不敢正視。而何孝鈺這時竟也眼含著笑，大方地迎接他的目光：「Thank you.（謝謝）」

「好哇！一見面就打人家的主意了！」謝木蘭總是要把場面鬧到極致，跨在大哥身上，無比地興奮，「我呢？漂不漂亮？」鬆開一手把花和臉擺在一起。

「當然也漂亮。」方孟敖從來不怕鬧騰，回答她臉上的笑更壞了。

「好勉強啊，我不下來了！」謝木蘭更興奮了，因為從來沒有哪個男生能像大哥這樣跟她鬧騰。

「還讓不讓大哥進屋了？」方孟韋直到這時才走了過來，當然還是以往哥哥的樣子，「還不下來，真的還小嗎？」

謝木蘭的興頭一下子下去不少，剛想滑下來。

方孟敖卻抱緊了她：「不聽他的。大哥就抱著你進去。」真的毫不費勁地一隻手挽住謝木蘭的腰，一隻手拿著何孝鈺的花向洋樓大門走去。

謝木蘭在大哥身上好不得意，壞望了一眼笑著跟在後面的何孝鈺，又望向故作正經跟來的小哥，大喊道：「大哥萬歲！」

一雙雙隱藏在大院周邊屋子窗內的眼都是又驚又詫，方家可從來沒有像今天這樣：出太陽了！一片生機蓬勃！

方邸洋樓二樓行長室。

靠前院那扇窗的紗簾也有雙眼望見了這一切。那雙眼從來沒有這樣亮過，定定地移望著抱著甥女的大兒子那條有力的臂膀，和那雙像踏在自己心口上堅實有力的步伐。只有他才真正地明白，那條臂膀挽著的不只是謝木蘭，挽著的是自己十年前空難而死的女兒，還有空難而死的妻子，還有無數需要臂膀挽著的苦難的人。他的眼慢慢又暗淡了。

突然他那輕挽著紗簾的手慌忙鬆開了，他發現大兒子的頭向自己這個方向突然一偏，一雙鷹一般的眼彷彿看見了躲在紗簾後的自己！

這個大兒子可是連美國人都佩服的王牌飛行員，什麼能逃過他的眼？

眾人跨進門廳，第一個緊張的便是方孟韋。他屏住呼吸，靜靜地望著大哥的背影，從自己這個角度能看見擺在客廳各個地方那些照片！

何孝鈺也屏住了呼吸，站在方孟敖身後側，卻是望著還在大哥身上的謝木蘭。

謝木蘭這時也安靜了，跨在大哥身上一動不動。

方孟敖那條手臂慢慢鬆了，謝木蘭小心翼翼地從大哥身上滑下，再看他時便沒有了剛才的放肆，而是怯怯地斜覷。

方孟敖的手伸向了懷裡，掏出了一張折疊的硬紙片，接著從紙片中抽出了原來藏在皮夾子裡的那張小照片，徑直向客廳中央櫃子上那張大鏡框走去。

所有的眼都在緊張地望著他。

方孟敖把那張小照片插在大鏡框的左下角，轉過身來，像是問所有的人：「是這一張嗎？」

方孟韋、謝木蘭、何孝鈺的目光都向那張小照片望去。

確實是同一張照片，不同的是，小照片上方步亭的臉仍然被一塊膠布粘著。

「大哥……」方孟韋這一聲叫，幾乎是帶著乞求。

方孟敖看了弟弟一眼，伸手將小照片上粘著的膠布輕輕撕下了——可方步亭那張臉已經早就被膠布貼得模糊了。

方孟韋的臉好絕望，慢慢低下了頭，不再吭聲。

謝木蘭也無所適從了，何孝鈺當然只有靜靜地站著。

「姑爹！」方孟敖這一聲叫得十分動情！

幾雙目光這才發現，在客廳西側靠廚房的門口，謝培東端著一大盤饅頭窩頭出現了。

謝培東眼中流露出來的不只是姑爹的神情，而是包含了所有上一輩對這個流浪在外面孩子的一切情感。他端著那盤饅頭窩頭向方孟敖走來，走到桌邊先將盤子擱下，接著抽起了那張插在鏡框上的小照片，走到方孟敖面前，撣了撣他身上的衣服，像是為他掃去十年的遊子風塵，然後將那張小照片插進了他夾克內的口袋。

謝培東接著又仔細打量自己這個內侄的臉：「什麼都不要說，餓了，先吃飯。」說著轉頭對謝木蘭：「還不去廚房把東西拿出來？就知道鬧。」

謝木蘭顯然對自己這個親爸還沒有那個做舅舅的大爸親，但是卻還是怕這個親爸：「好，爹。」連忙向西側廚房走去。

「讓她一個人去。」謝培東止住了也想跟著去的何孝鈺和方孟韋，「你們和孟敖都先洗手吧。」

客廳一側靠牆邊竟然裝有專供洗手的陶瓷盆，瓷盆上方有好幾個水龍頭，而且是蓮蓬水龍頭，專供洗手用。

「嗯。」方孟敖這才十分像晚輩地應答著立刻走過去洗手。

方孟韋面對何孝鈺總是不太自然，這時又不得不伸手作請她洗手狀。

何孝鈺倒是很大方，走了過去，就在方孟敖身邊的瓷盆裡洗手。

方孟韋這才過去，在另一個瓷盆裡洗手。

謝培東站在他們身側，就像看著自己的幾個孩子。

「燙死了！」謝木蘭還在客廳西側的門內便嚷了起來。

謝培東快步走了過去，從她手裡接過一隻大碗：「包塊布也不知道嗎？真不會做事。洗手去。」

謝木蘭立刻加入了洗手的行列。

「好香啊！」方孟敖立刻讚道，「姑爹的拿手活吧？」

謝培東笑了：「什麼都能忘記，你姑爹的清蒸獅子頭量你也忘不了。」

方孟敖立刻接言：「好幾次做夢都在吃姑爹做的獅子頭。」

謝培東笑著又向廚房走去。

桌子上的碗筷倒是早就擺好的，可這時洗了手的四個青年都只能圍著桌子站著。人還沒到齊。準確地說，是所有人都最擔心的人還沒出現。

因此又沉默。

謝木蘭的眼偷偷地望向東邊那條樓梯，望向二樓那道仍然虛掩的門。

謝培東又從廚房端著一大鍋粥，鍋蓋上還擱著一大盤醬蘿蔔拌毛豆，向餐桌走來：「都站著幹什麼？坐下吃呀。」

方孟敖終於說出了大家都害怕聽的那句話：「還有一個人呢？」

謝培東的眼神好厲害，像是有能阻止一切不該發生的事情發生那種化戾氣為祥和的力量，定定地望著方孟敖：「你爹和我都已經吃過下午茶了。你們先吃，都坐下吃吧。」

方孟韋這次主動先坐下了：「大哥，我們先吃吧。」

謝木蘭也裝作懂事地在另一方的椅子上坐下了：「孝鈺，我們坐這邊。」

何孝鈺走了過去，卻站在椅子邊等著方孟敖。

方孟敖依然未動，還是說著那句話：「我說了，還有一個人。」

三個青年有些面面相覷了。

謝培東卻笑了：「你是說你小媽？」

方孟敖：「姑爹這話說錯了，媽就是媽，不是什麼小媽。」

其他三人這才明白過來，方孟敖所指的還有一個人竟是方步亭的後妻程小雲。

方步亭這時獨自在二樓行長室內，正坐在靠門的那把沙發上，方孟敖和謝培東剛才那番對話讓他倏地站起了，可眼中流露出來的並不是欣慰，而是更深的茫然。這個大兒子比他所見到的所有對手都讓他怯陣。他又慢慢坐了回去，專注地聽門外一層客廳還會傳來的話語。

「蔡媽、王媽！」謝培東高聲向廚房方向叫著。

蔡媽、王媽繫著圍裙都趕忙出來了，全是驚奇的笑眼望著方孟敖。

那蔡媽倒是像一個大家的下人，稍稍向方孟敖彎了一下腰，算是行了見面禮：「大少爺好。老爺有規矩，方家下人對晚一輩都只能叫名字，往後我們叫你什麼好？」

方孟敖立刻雙腿一碰，向蔡媽、王媽鞠了個躬：「蔡媽、王媽好！這也不是什麼方家的規矩，早就講平等了。往後你們就叫我孟敖。我稱你們蔡媽、王媽。」

兩個下人都笑了。

謝培東：「你們趕快去通知司機，把夫人接來，就說孟敖請她回來一起共進晚餐。大家都餓著，越快越好。」

「不用了。」方孟敖止住了蔡媽、王媽，「孟韋，開你的車，我們去接。」說著已經向客廳門口走去。

方孟韋這卻是萬萬沒有料到的，一時還怔在那裡。

謝培東甩了一個眼色：「還不去？」

方孟韋萬般不願地跟了出去。

謝木蘭再不顧父親就在身邊，蹦了起來，拉住何孝鈺的手：「怎麼樣？打著燈籠也找不到吧！」

＊　＊　＊

國民黨政權，當時的政治軍事中心在南京，經濟中心在上海，文化中心還是在北平。而那兩個中心都在長江以南，恰恰共產黨的解放區又多在北方，華北、西北、東北大片疆域必須確定一個相對的重鎮指揮，當然非北平莫屬。因此北平又成了北方地區相對的政治軍事中心。北平的軍警憲特因此也重兵配備。北平市警察局的地位之重要可想而知。

前任局長其實早就應該下台了，凡涉貪瀆其人無不有染，只是因為反共手狠，尤其對進步學生和傾向共產黨的民主人士皆強力鎮壓，被國民黨當局視為難以替換之人選，任他民怨沸騰，此官依然在位。「七五事件」爆發，全國震動，美國也干預了，這個局長不換也得換了。選來選去，挑中了徐鐵英，一是有長年反共的經驗，更因為他是中統的人。北方地區國產、黨產、私產一片混亂，此人接任局長，還有一層重要任務，便是要保住國民黨在北方地區的黨產。

受命於危難之際，徐鐵英到北平先是五人調查小組碰頭，傍晚才來到他掌正印的警察局。

兩個副局長，方孟韋有特別情況在家不能前來，陪他進會議室的是管人事的副局長，側著身子在他身前溜邊引著，徐鐵英帶著孫祕書走進了局長會議室。

「徐局長到！」那個副局長還在門外便一聲口令。

坐在長條會議桌兩邊的主任、科長、隊長們立刻唰地站直了。

徐鐵英微笑著，走到長條會議桌上方的單座前站定了，望向那個副局長：「單副局長，給我介紹一下吧。」

那副局長原來姓單，這時陪著笑：「局長，也不知道為什麼，方副局長還沒到，我派人去催一下？」

徐鐵英：「方副局長另有任務，不等他了。」

那單副局長臉上閃過一絲醋意：「局長已經見過方副局長了？」

徐鐵英一直微笑的臉不笑了：「他是第一副局長，接我的就是他。有問題嗎？」

單副局長這才一愣，立刻答道：「當然沒問題，絕對沒問題。」

徐鐵英乾脆坐下了，不再看單福明和站成兩排的那些下屬，眼睛望著桌面：「各人自我介紹吧。」

按著座位的順序，那些主任科長隊長們開始大聲自報職務家門了。

會議半小時就散了，徐鐵英不會在人事上還沒有摸清底細之前說更多的話，只是叫他們按原來的部署去執行任務。然後便進了自己的辦公室。

局長室就在局長會議室的隔壁裡間，裡間又有兩間，外間是局長辦公室，裡間是局長起居室。外間的局長辦公室便有六十多平米，進門對面便是祕書的桌子，見局長必先通過那孫祕書，然後才能繞過一道隔扇屏風，屏風裡邊才是徐鐵英辦公的地方。

只有那單副局長還沒有走，這時坐在局長辦公室的屏風外一張椅子上，面對他的是坐在祕書桌前的孫祕書。

能聽見裡邊水響。開始水聲很小，局長大概是在小便；後來水聲漸大，這一定是在洗澡了。單副局長耐性本就極好，眼下又正好趁這個機會跟孫祕書套近乎，便無話找話：「聽口音孫祕書也是江蘇人吧？」

孫祕書：「對不起，我是浙江吳興人。」

「失敬，失敬。」那單副局長站起了，「孫祕書原來和立夫先生、果夫先生是同鄉。我說怎麼會帶有江蘇口音，吳興緊挨著江蘇，隔一個太湖而已。人傑地靈啊！」

那孫祕書只得陪著站起了：「單副局長好學問。」

那單副局長：「見笑了。在中央黨部工作的才真有學問。沒有學問也進不了全國黨員通訊局。就像咱們徐局長、陳部長寫了那麼多書，多大學問的人啊，偏挑了徐局長做全國黨員聯絡處的主任，這可不是有一般學問的人可以勝任的。徐局長又這麼看重孫祕書，孫祕書如果不見外，往後我還要多多向你請教。」

「單副局長言重了。」孫祕書總是沒有表情，「剛才局長說了，他太累，洗完澡還得看材料。單副局長還有別的事嗎？」

這就是逐客了。那單副局長走近了一步，壓低了聲音：「有一個極重要的人，現在就想見局長。當然見不見還得局長自己願意。請孫祕書請示一下局長。」

孫祕書看著他：「什麼極重要的人？」

單副局長：「馬漢山。」

孫祕書不但總是沒有表情，而且有時還讓人感到什麼事也不知道：「請問馬漢山是什麼人？」

單副局長便費琢磨了，跟著徐局長和五人調查小組來北平查案的祕書，怎會不知道馬漢山是什麼人？想了想就當他不知道，答道：「本職是北平市民政局長，四月成立了北平民食調配委員會又兼了副主任。這個人可對局長了解北平的情況大有幫助。」

孫祕書沉默了，聽見裡面的水聲沒了，又聽見輕輕的腳步聲從衛生間走到了起居室，估計徐鐵英的澡洗完了。

孫祕書還是沒有表態，只望著那單副局長。

單副局長有些急了：「願不願意見，還得拜託孫祕書去請示一下。」

孫祕書估計徐鐵英換好了衣服，這才答道：「我去問一聲吧。」便向屏風裡面走去。

那單副局長看樣子有踱步的習慣，屏風外面積也不大，他也左兩步右兩步踱了起來。

好在孫祕書去得不久就出來了。

「如何？」單副局長立刻問道。

孫祕書：「局長問，如果是交代民食調配委員會的案子，他可以見一下。」

那單副局長立刻答道：「當然是要彙報案情情況的。」

孫祕書：「那就煩請單副局長領他來吧。」

「也不知道說什麼好，兩個字，謝謝了。」那單副局長語無倫次地立刻走了出去。

一直沒有表情的那個孫祕書僵僵地笑了。

——「謝謝了」明明是三個字，那單副局長怎麼說是兩個字？這個北平官場真是好費思量。

其實也沒有什麼好費思量的，大砲一響，黃金萬兩。蔣委員長要打仗，正是他們這些人趁亂發財的好時機。這一亂，就把好些人的腦子甚至語言都弄亂了。「謝謝了」兩個字說完還沒有兩分鐘，那單副局長便領著馬漢山來了。顯然早就將那人安排在自己那間副局長辦公室候著了。

「徐兄！鐵英兄！」那馬漢山一進了門便像到了自己家裡，隔著屏風人還未見喊得便親熱無比。

「請留步。」那孫祕書在屏風前橫著身子擋住了馬漢山。

「是孫祕書吧？」馬漢山調轉頭問單副局長。

那單副局長早就被他進門那兩嗓子喊得溜走了。

馬漢山就像一切都是行雲流水，頭又轉過來，笑望著孫祕書：「孫老弟，早就聽說你的英名了。你不知道，在重慶的時候我和你們局長除了沒共一條褲子，衣服都是共著穿的。」

孫祕書仍然擋著他：「是不是馬漢山局長？」

馬漢山：「是呀，就是鄙人。」

孫祕書手一伸：「請坐。」

「你們局長呢？」馬漢山仍然不肯候坐，頭還試圖向屏風裡面張望。

孫祕書這時拉下了臉：「馬局長，我們在南京黨員通訊局就有規定，見長官必須通報。請你不要讓我為難。」

馬漢山這才慢慢收了那股熱絡勁，站在那裡退也不是進也不是。腦子裡大約又想起了正月初一算命先生說的「流年不利」。

「小孫呀。」徐鐵英的聲音在屏風那邊傳來了。

「局長。」孫祕書立刻答道。

「是馬局長到了嗎？」徐鐵英在屏風那邊問道。

孫祕書：「是的。局長。」

「讓他進來吧。」徐鐵英的聲音不算冷，但絕對稱不上熱。

馬漢山的腿早就想邁了，這時卻一停，心裡想，你是局長，我也是局長，居然連個「請」字都沒有。看樣子今天連這一關都沒有想像的好過。

「馬局長請吧。」孫祕書倒是用了個「請」字。

可馬漢山走進去時已經沒了剛才那股勁。

孫祕書拿著一卷案宗一枝筆走出了門，順手把門帶上了，便在門外的會議桌前坐下，一邊工作，一邊守著門。

進了屏風，馬漢山又覺得頭上出太陽了。

剛洗完澡的徐鐵英容光煥發，微微含笑，右手有力地伸了過來：「渝城一別，轉眼三載了。」

馬漢山立刻把手伸了過去，徐鐵英握住他的手還有力地晃了幾下：「請坐，坐下聊。」

馬漢山突然覺得十分感動，站在那裡眼中真有了幾點淚星：「鐵英兄，你要是再不來，兄弟我也不想幹了。這黨國的事真是沒法幹了。」

徐鐵英見他動情，當然要安慰：「忘記八年抗戰我們在重慶說過的話了？沒有過不去的火焰山嘛。坐，坐下聊。」

兩人在單人沙發上隔著一個茶几坐下了。

「喝茶。」徐鐵英推了一下馬漢山面前的蓋碗茶杯。

竟然連茶也早就給自己沏好了，馬漢山端起那杯茶揭開蓋子就是一大口。

「燙！」徐鐵英打招呼時馬漢山已經燙了。

「沒事。」馬漢山放下了茶杯蓋好蓋子，再不繞彎，「七月五號那場事就是共黨的陰謀！開始是一萬多東北學生包圍了市參議會，接著是北平各大學又來了好幾萬學生，擺明了就是要造反。後來乾脆連參議長的房子也被砸了。也就殺了九個人，我們的員警弟兄也死了兩個人，抓也只抓了他們幾百人。政府已經夠忍讓了。怎麼反倒要成立調查組，查我們民食調配委員會？真讓人想不通啊。」

「關鍵問題不是出在七五那天吧？」徐鐵英緊望著馬漢山，「北平市參議會怎麼會拿出那麼一個提案，東北十六所大學的學生進北平是通過教育部同意的嘛。民食調配委員會再缺糧也不缺這一萬多人的糧，每人每月也就十五斤嘛，你們怎麼鬧那麼大虧空？」

馬漢山嚥了口唾沫，站起來，想看一看說話安不安全。

徐鐵英：「說吧，還沒有人敢在這裡裝竊聽。」

馬漢山又坐了回去，壓低了聲音：「對您我什麼都說。要是什麼都按財政部民政部社會部規定的發放糧食物資，我們一個人的糧都不會缺他。可是財政部撥的那點錢，加上美國援助的美元，都指定我們要向那幾家公司進糧。短斤缺兩我就不說了，錢匯過去，整船的糧乾脆運都不運來。向他們查問，說是船被海浪打翻了。徐兄，你說我們找誰說去？」

「是太不像話！」徐鐵英鐵著臉接了一句。

「他們這麼黑，鍋炭灰全抹在我們臉上！」馬漢山十分激動，那張臉本就黑，說到這裡臉上流的汗都是黑的了。

徐鐵英望著他那張黑臉忍不住想笑，起身去開台扇：「不要激動，先靜下來涼快涼快。」台扇的風吹來，馬漢山安靜了不少。

徐鐵英又坐了回來：「接著說，慢慢說。」

馬漢山又端起茶杯，這回先吹了幾口才喝了一口，說道：「現在是他們那幾家比黨國都要大了。比方進貨，我在調撥委員會的會議上也提了好幾次，糧食還有布匹能不能從我們中央黨部的幾家公司也進一點，立馬就被他們堵回來了。鐵英兄，我不是當著你叫委屈，一個個都是國民黨員，怎麼一提到為中央黨部做點事就好像都與自己無關了？」

徐鐵英立刻嚴肅了：「你們開會都有會議記錄嗎？」

馬漢山：「放心，只要心裡有黨，這一點我還是知道做的。每次會議我都複製了一份記錄。」

徐鐵英：「那就好。他們這些人要是連黨產都想全變成私產，那就是自絕於黨！」

馬漢山把身子湊了過去：「這年頭也不是說誰都不要養家活口，但總得有個比例。跟共軍打仗是大頭，黨部的開銷是中頭，個人得個小頭也是人之常情。我在會上就曾經提出過六三一的方案，國產是六，黨產是三，私產拿一。他們也不附議，也不反對，可做起來就全亂了。鐵英兄，現成的有個數字我今天必須告訴你。因為這個數字就牽涉到北平市警察局。」

徐鐵英非常嚴肅了，定定地望著馬漢山。

馬漢山：「你知道你的前任在那幾家公司拿多少股份嗎？」

徐鐵英：「多少？」

馬漢山伸出了四根手指頭：「百分之四呀！」

徐鐵英沒有表情，在等他說下去。

馬漢山：「臨走時他還跟我們打招呼，要把這百分之四的股份轉到上海那邊去，被我硬頂住了。鐵英兄，你初來乍到，北平警察局這麼多弟兄要聽你的指揮衝鋒陷陣，這百分之四被他一個人拿走，北平的軍警部門還要不要活了？」

徐鐵英點了點頭，突然話題一轉：「問你句話，是弟兄，你就如實告訴我。」

馬漢山：「對你老兄我還能說假話嗎？」

徐鐵英：「所有的帳是不是都在中央銀行北平分行走的？」

馬漢山猶豫了一下，最後還是點了頭。

徐鐵英：「北平分行在裡面有截留嗎？」

馬漢山：「據我所知，方行長還是識大體的，只是為方方面面走帳，他們也不想在這裡面賺錢。」

徐鐵英：「是方行長親自管帳？」

馬漢山下意識地望了一眼窗外：「方行長何許人也，他躲在背後，帳都是他那個副手崔中石在管。」

徐鐵英：「崔中石這個人怎麼樣？」
馬漢山：「精明！幹事還能兌現！」
徐鐵英慢慢點著頭，站起了：「不要急，什麼事都慢慢來。你也不要在我這裡待久了。還有一點，所有的事，對別人都不要說。只要你不說，我就能幫你。」
馬漢山也站起了，伸過手去抓住了徐鐵英的手：「兄弟明白。」
徐鐵英也就把馬漢山送到會議室門口，直到他的背影消失，走了回來。
孫祕書已經在局長辦公室門口把門推開了，候在那裡。
徐鐵英站在門邊對他輕聲說道：「安排靠得住的人，明天到火車站，看見崔副主任下車就立刻報告我。」
孫祕書：「是。」

＊　＊　＊

已經是七月七日晚上九點，崔中石坐的那列列車到德州車站了。德州算是大站，停車十分鐘。
崔中石坐在硬臥的下鋪，望著窗外的月台，燈光昏暗，上車的人也不多。
一個中年乘客提著一隻皮箱在崔中石對面的臥鋪前站住了，拿著自己的車牌看了看號碼，又對著臥鋪上的鐵牌看了看號碼，像是眼不太好，便向崔中石問道：「請問先生，這個鋪位是七號下鋪嗎？」
崔中石望向了那乘客：「是七號。」
那乘客好像有些囉嗦，還是不放心：「你先生是六號嗎？」

崔中石：「我是六號。」

那乘客這才好像放心了，把皮箱擱上了行李架，又拿著一把鎖柄特長的鎖套在皮箱把手和行李架的鐵欄杆上鎖了，這才坐在七號下鋪的鋪位上。接著又從手提包裡拿出了一份當日的《大公報》放在桌几上。

「今日的《大公報》，你先生喜歡可以看。」那乘客像是囉嗦又像是熱情。

崔中石：「一開車就關燈了。謝謝。」說著自己不再看他，又望向了窗外。

就在離他們六號、七號鋪位不遠的十一號、十二號鋪，有一雙眼坐在過道窗前，假裝看報，正在盯著崔中石這邊。

這雙眼，就是在金陵飯店２０９號房間竊聽記錄那個青年人的眼睛！

第六章

一九四八年的七月七日正是農曆的六月初一，是日小暑。往年從這一日起，北平夜間的胡同裡已是赤身短褲蒲扇象棋吵鬧一片了。今年戒嚴尚未完全解除，夜近九點，白天尚能出戶的人這時都已宵禁。加之顧宅庭院深深，在這裡便感覺整個北平像一座死城。

曾可達換了一身短袖士林布便服，帶著他那名也換了便服的副官，從自己住的庭院出來，往後門走去。

無月，曲徑邊有昏黃的路燈。那副官在前，曾可達隨後，二人像是散步，離後門越走越近了。

「誰？」警備司令部派的警衛在暗處突然問道。

那副官趨了過去：「大呼小叫幹什麼？長官要到外面看看。開門吧。」

警衛有好幾個，都在不同的位置站著，都不吭聲。

一個警衛排長過來了，當然認識曾可達，立正就是一個軍禮：「報告長官，上面有命令，為了長官們的安全，晚上不能出去。」

那副官便要發脾氣了，曾可達伸手止住了他，對那個排長：「外面街上有戒嚴部隊嗎？」

那排長立正答道：「報告長官，當然有。」

曾可達微笑道：「那就沒有什麼不安全。我就在附近街上看看，還從這裡回來。開門吧。」

那排長沒有不開門的理由了，這時也不敢不開門：「是。」親自過去，拿鑰匙開了鎖，又親自將一根好大的橫門閂搬了下來，開了一扇門：「長官，我們派幾個人保護您？」

曾可達搖了一下手：「站好崗，保護好裡面幾個長官便是你們的功勞。」說著走了出去。

他的副官跟出門去，又站住，盯住那排長：「鎖門吧。」

一直到那扇門關了，鎖了，副官才緊步向曾可達跟去。

＊　＊　＊

果然五步一崗，十步一哨，全是鋼盔鋼槍的戒嚴部隊。因見曾可達二人是從顧宅出來，便都直立行禮。曾可達微點著頭，在胡同和大街交叉的地方站住了。

曾可達其實不抽菸，副官這時卻掏出一支菸遞給了他，又替他擦火柴點燃了。

曾可達吸了一口，立刻噴出，又吸了一口，又立刻噴出，再吸一口時便嗆著了，咳嗽起來。

副官立刻將菸接了過去，扔在地上趕緊踩熄了。

不遠處一輛軍用吉普通過菸火三亮，已經認清了菸火亮時確是曾可達的臉，便將車立刻開過來了。

副官立刻開了後車門，曾可達鑽了進去，副官跟著鑽了進去，關了後車門。

那吉普不但掛著警備司令部的牌子，車前橫槓上還插著一面中央軍的旗子，車風獵獵，一路戒嚴的崗哨都次第行禮。

這是真正的戒嚴。已出了城，到了郊外，每一路段都能見仍有部隊，只是沒有城內密集。因不遠處就是清華大學和燕京大學校園。

那輛軍用吉普在冷清清的郊外公路上停了。

立見路邊停有六輛自行車，四輛各有一個學生模樣的青年把著，兩輛無人，撐停在那裡。
副官下了吉普，開了門，曾可達跟著下來了。
兩個青年立刻推車過來，一輛車在曾可達面前停下了，那青年向曾可達行了禮，輕聲報告道：
「報告將軍，我們都是中正學社的。」
曾可達立刻報以微笑：「同學們辛苦。」從他手裡接過了那輛自行車。
另一青年將另一輛車推給了副官。
那兩個青年立刻走回到撐停的兩輛自行車旁，踢開了撐腳，翻身上車。
曾可達腳一點也上了自行車，那副官緊跟著上車。
另兩個青年也上了自行車。
就這樣，兩輛自行車在前面二、三十米處引著，兩輛自行車在後面二、三十米處跟著，護衛著中間的曾可達和那個副官，向燕京大學方向騎去。
雖然路燈昏黃，仍可隱約看見在後面護衛的兩個青年上衣裡後腰間突出一塊，顯然是短槍。

＊　＊　＊

方邸洋樓一樓客廳。
七點去接程小雲，近八點才開始吃晚餐，現在已是九點過了。
謝培東早就說過，他和方步亭已經提前用過餐了。
餐桌上因此便只有五人。
左側坐著方孟敖、方孟韋兄弟。

右側坐著何孝鈺、謝木蘭兩人。

上席竟然是程小雲一個人坐在那裡。自從舉家搬到北平，開始幾個月程小雲尚住在這個宅邸，全家人也曾同桌吃過飯，可程小雲從來就是坐在下席。後來因與方孟韋嚴重不和，程小雲一個人搬到了另外一個院落裡住，除了方步亭時常去看她，她便很少回到這座宅邸。

今天又回來了，這樣的吃飯，而且被方孟敖固執地安坐在上席，程小雲在方家還是第一回。她將面前那碗粥一小勺一小勺地喝了，幾乎就沒動箸。那雙眼也幾乎沒有正面看過一個人。

飯吃完了，方孟敖看了一眼左腕上那塊歐米茄手錶：「九點多了？」

「還沒有呢。大哥你看，咱們座鐘還沒響呢。」謝木蘭眼睛閃著，指向擺在一側的那座一個人多高的大座鐘。座鐘上確實顯示的是八點四十五。

方孟敖還是笑了一下，這回笑得有些疲乏：「小時候就喜歡撥鐘玩。大哥的錶可是作戰用的，分秒不差，九點一刻了。」

「太沒勁了！」謝木蘭跺了一下腳只得站起了，「這個家裡的人一個比一個精，都不好玩。」

方孟敖站起了。

所有的眼都望向了他。

「我得回軍營了。」

所有的眼都沒有回饋，只有謝木蘭又望向了通向二樓的樓梯，和二樓那道虛掩的門。

二樓行長室內。

方步亭顯然一直坐在靠門的單人沙發上，而且剛才一定是靠在那裡睡著了。這時突然睜開了眼，像個剛睡醒的孩子，四處望著，目光沒有定準。

「大哥，總得上去見見爹吧……」樓下傳來的是方孟韋的聲音。

方步亭目光定住了，側耳聽著。

「這裡不是北平市警察局。」方孟敖傳來的竟是這樣一句話，「孟韋，家裡的事你不要多干涉，也不應該干涉。」

方步亭的眼翻了上去，目光直望著房頂上的吊燈。

一樓客廳中。

方孟敖接著說道：「從今天晚上起，媽就應該留在這裡住。」

所有的人都望向了程小雲。

程小雲也立刻站了起來，望著方孟敖。

方孟敖：「一輩人有一輩人的事。孟韋，記住大哥這句話。」

方孟韋只好點了下頭。

方孟敖望向已經走過來的謝培東：「今天辛苦姑爹了，還有沒有剩下的饅頭窩頭，給我多帶些，軍營的那些弟兄今天晚上還只吃了些餅乾。」

謝培東：「這些事姑爹還要你招呼嗎？蔡媽，把那一籃子東西拿出來。」

蔡媽拎著一個好大的竹編食籃，走了出來。

方孟敖對方孟韋：「還是你的車送我吧。」說到這裡，望向了謝木蘭，最後把目光定在何孝鈺臉上：「讓你也跟著受累了，回去代我向何伯伯問好。」

何孝鈺迎著他的目光：「北平很亂，大哥和你的隊員們都要注意安全。」

沒想到她回了這麼一句話，小大人一樣，方孟敖的調皮勁又上來了，準確說是為了調節氣氛，雙腿一碰：「是！走了。」再不看任何人，向門外走去。

方孟韋望了一眼空空蕩蕩的那道樓梯，憂鬱地跟了出去。

蔡媽提著那一籃食物緊跟了出去。

程小雲怔怔地站在席前，望著那兩個高大的背影走出客廳。

何孝鈺和謝木蘭也不知道該不該去送了，關注地望著程小雲。

謝培東：「小嫂，有了孟敖這句話，你今天就不要再回那個家了。明天一早我安排人把東西都搬過來，你上去陪陪行長吧。」

程小雲點了下頭，對何孝鈺和謝木蘭又說了一句：「謝謝你們了。」

何孝鈺立刻禮貌地回道：「阿姨，您千萬別這樣說。」

謝木蘭：「舅媽，我陪你上去？」

謝培東立刻說道：「什麼事都要你陪？」

謝木蘭立刻不吭聲了。

程小雲又向他們彎了下腰，離席向那道通向二樓的樓梯走去。

這個時候，那架座鐘才響了，低沉而洪亮的鐘聲，響了九下，像是和著程小雲的腳步把她送上了二樓，送進了那道門。

何孝鈺望向謝木蘭：「我也要回去了。」

「不是說在這裡睡嗎？」謝木蘭跳了起來，「怎麼又要回去？這麼晚了！」

何孝鈺：「爸爸這一向哮喘又犯了，我得回去。謝叔叔，麻煩您安排司機送我一下。」

謝培東：「那就應該回去，我安排車。」

何孝鈺：「謝謝謝叔叔。」
謝木蘭又跺腳了：「太沒勁了。想見梁先生，也犯不著這麼急嘛。」
何孝鈺的臉嚴肅了：「你說什麼了？」
謝培東也狠狠地盯了謝木蘭一眼。
謝木蘭一扭身，向另一個方向通往自己二樓臥室的樓梯衝去了。

＊　＊　＊

北平西北郊接近燕京大學的路上，六輛自行車，兩輛在前，兩輛在中，兩輛在後，由於路面不好，天又昏黑，只能中速騎著。
前邊兩輛自行車突然停了，兩個青年都在車上用腳點著地，等著曾可達那兩輛車過來。
曾可達的車到了他們面前也停了，副官的車跟著停了。
後面兩輛車也跟上了，六輛車停在一處。
前面引路的一個青年指著公路一側約幾百米開外一片營房，燈光不甚亮，對曾可達說道：「長官，那片營房就是青年航空服務隊的駐地。」
曾可達遠遠地望著：「離清華燕京多遠？」
那青年答道：「不到一公里。」
曾可達又問：「離民食調配委員會學院區的物資倉庫多遠？」
那青年又答道：「大約兩公里。長官，是不是先去那裡？」
曾可達：「今晚不去了，到說好的地方去吧。」

「是。」四個青年同聲答應，紛紛上車。
還是原來的車陣，前後四車引護，曾可達和副官在中間，向越來越近的燕京大學的東門方向騎去。
雖然是晚上，看門面依然能看出，這裡就是中共地下黨員梁經綸白天向中共北平地下黨燕大支部學委負責人嚴春明接頭彙報工作的那家書店！
六輛自行車竟然在離這家書店約一百米處都停下了。
「長官，我領您去？」為主領路的那個青年請示曾可達。
曾可達：「你認識店主？」
那個青年：「報告長官，是。」
曾可達把車一鬆，另一個青年接了，他便向那書店走去。
那個領路的青年推著車緊跟了過來。
曾可達走著輕聲說道：「記住，不要再叫長官。」
「是。曾先生。」那青年立刻答道。
曾可達停住了腳步，望向他。
那青年立刻又明白了：「是。劉先生。」
到了書店門口，那青年敲門。
「Who is it?（是誰）」門內顯然是那個美國女士在問。
「I am student of professor Liang. There is a friend of professor Liang with me.（我是梁教授的學生，梁教授的朋友來了）。」那青年用流利的美式英語答道。

「OK, come in.」那美國女士答著很快開了門。

「Professor Liang is my friend. Nice to meet you.（我是梁教授的朋友，很高興見到你）」曾可達居然也是一口流利的英語，向那個美國女士問好。

「Nice to meet you too, Mr. Liu. Mr. Liang is waiting for you on upstairs.（我也很高興見到你，劉先生。梁先生正在樓上等你）」那個美國女士將曾可達讓進了門。

外文書店二樓。

梁經綸的目光望著樓梯口的曾可達，竟像白天望著出現在樓梯口的嚴春明！

不同的是，白天中共地下黨學委負責人嚴春明是主動走上前去握梁經綸的手；這時是梁經綸輕步走了過去，向曾可達伸出了雙手。

梁經綸兩手緊緊地握住曾可達伸過來的一隻手：「辛苦了，可達同志。」

「你也辛苦，梁經綸同志。」曾可達聲音很輕，語氣卻很凝重。

梁經綸立刻感覺到了曾可達握他的那隻手，並沒有他想像中的熱情。自己的手也慢慢鬆了：

「經國局長好嗎？」

「你說呢？」曾可達收回了握他的手，「他叫我代向你問好。」

梁經綸感覺到了曾可達的冷淡和不滿，只得回道：「謝謝經國局長。」

此刻的他，不是燕大教授，也不是何其滄的助手，而是鐵血救國會核心成員梁經綸！

曾可達已經走到白天嚴春明坐的位子上坐下了。

梁經綸也走到他白天坐的那個位子上慢慢坐下了。

曾可達開口了：「七月五日那天的事是怎麼鬧起來的？你們事先為什麼一個報告都沒有？」

梁經綸的目光望向了桌面，想了想才抬起頭：「七月五日東北學生到北平參議會鬧事，共產黨事先並沒有組織。」

曾可達的臉更嚴肅了：「好幾萬人，聲勢那麼大，全國都震動了，美國方面當天晚上就給國府發了照會。你是說這一切都是自發的？這背後沒有共產黨指使？我相信你的話，上面也不會相信。」

梁經綸臉上沒有流露出任何委屈，也沒有受到指責甚至懷疑後的那種心怯，平靜地望著曾可達：「可達同志，中共上層昨天有新的指示，能否容我先向你彙報他們的指示內容？」

曾可達的眼這才亮了一下，態度也緩和了些：「說吧。」

梁經綸幾乎是在原文背誦，當然是背誦他聽到的重要內容：「『我們城市工作的任務，應該是準備配合野戰軍奪取城市，為我軍占領後管理城市做準備。奪取城市主要是野戰軍的任務。根據我們現有的城市工作力量與不久將來的發展，在奪取城市上，用武裝暴動做有力的配合，還不可能。裡應外合奪取城市，在華北任何城市現在條件都不可能……所以我們不要背上這個在條件上、時間上都不可能實現的武裝起義的包袱……』」

「共產黨倒像是穩操勝券了！」曾可達聽得與其說是入神不如說是心驚，緊盯著梁經綸，好像他就是共產黨：「還有呢？」

梁經綸是有意停下來，以突出下面的話，來表白剛才曾可達對他的指責和懷疑：「可達同志，下面的話是重點：『鬥爭策略問題。現在北平學生工作較好，波浪式的發動鬥爭影響大。但總的方針是精幹隱蔽，蓄積力量，不是以鬥爭為主。具體地講，發動鬥爭必須做到：一、爭取多數，不能爭取團結多數的鬥爭不要發動；二、不遭受打擊，即在不利條件下，要避免硬碰，為的是蓄積力量，準備配合奪取城市與管理城市。』」

梁經綸說到這裡是真的停下了。

曾可達也沒有催他再說，而是在急劇地思考。

沉默。

「共黨的這個指示是什麼時候作的？」曾可達思考後又抬頭問了。

「是七月六日緊急下發的指示。我也是今天聽的傳達。不是全部。共產黨有紀律，到我們這一級只是口頭傳達，而且只傳達與學運有關的部分。」梁經綸回答道，「可達同志，七月五日東北流亡學生抗議事件，的確不是共產黨事先組織的。因此我事先也沒有能預料到事情會鬧得這麼大。雖然如此，我還是有責任，畢竟我沒有能及時把握學生的動態。我向組織做檢討，向經國局長做深刻檢討。」

「你不需要做檢討。」曾可達的態度好了很多，「這從另一個方面證實了經國局長的判斷是十分正確的。經國局長在南京聯席會議說過，這次北平『七五事件』更大程度是官逼民反！說穿了，就是國民黨內部貪腐集團肆無忌憚地貪汙民生物資造成的。你今天彙報的這個共黨檔很重要，盡你的記憶把它書面寫下來，我帶回去上報經國局長。」

梁經綸站起了，走到牆邊的書架前，抽出了一本英文經濟類的書，走回座位前，從書頁裡又抽出了兩張疊好的紙，雙手遞給曾可達：「已經寫好了，由於聽的是口頭傳達，也可能有個別字誤。但主要內容全在上面。」

曾可達也站起了，雙手接過梁經綸遞來的共產黨七六檔摘要，臉上這才有了同志式的一絲笑容，剛想說什麼，梁經綸又將那本夾紙條的書雙手遞了過來。

曾可達疑望著他。

梁經綸：「這是我最近半個月根據五大城市的物價和每天法幣貶值的差數，對未來一個月全國經濟情況的分析。全寫在每頁的空白處，都是英文。是經國局長半月前交的任務，希望對黨國即將推行的幣制改革有些參考價值。」

曾可達再接這本書時便對自己剛見面對他的批評流露出了歉疚，語氣也誠懇了：「經綸同志，來的時候經國局長讓我帶了一句話，對不起，剛才忘記給你傳達了。」

梁經綸靜靜地站著，專注地在等著聽那句話的傳達。

曾可達：「經國局長說，在我們黨內如果能有一百個梁經綸同志這樣的人才，國民革命成功有望。」

梁經綸應該激動。可曾可達沒有見到預期應有的激動，梁經綸的眼中顯出來的是更深的憂鬱：「感謝經國局長的信任。可眼下的時局，有一萬個梁經綸也未必能起什麼作用，鞠躬盡瘁而已。」

「要有信心。」曾可達這時自己倒激動了，「當前我們最重要的任務就是打擊黨國內部的經濟貪汙，盡快推出幣制改革。只要這兩點能強有力地推行，盟國也才會恢復對我們的信心。國民政府穩定了城市，穩定了物價，就能保證總統指揮全軍在前線打敗共軍。以一年為期，經綸同志，你就能夠到南京擔負更重要的工作。還有，經國局長對你的個人生活也很關心。你和那個何孝鈺的關係發展得怎麼樣了？經國局長說，你們很般配，何況她父親也是國家需要的人才。他期待能給你們主持婚禮，期待你們和你的先生兼岳父一起都到南京工作。我們不能讓做出特別貢獻的同志總是過清苦的生活。」

梁經綸不能無動於衷了，可表示感激的那一笑還是有些勉強：「『古老的夜晚和遠方的音樂是永恆的，但那不屬於我』。這是我的一個美國中央情報局的朋友喜歡的詩。我不喜歡，可是我相信。還是向你彙報工作吧。你昨天下達給我的任務，我已經派人去執行了。」

曾可達望著他怔了好一陣子，才想起來問道：「監視方孟敖的任務？」

梁經綸：「是，派去接觸方孟敖的人就是何孝鈺。」

曾可達多少有些吃驚，又愣了稍頃：「除了她，不能派別的人去？」

梁經綸慢慢轉過了身，有意不看曾可達那雙表示關切的眼：「只有她合適。她父親和方步亭是哈佛的同學，關係一直不錯，她本人從小跟方孟敖一起生活過。我還聽說，他們小的時候兩家父母還有過姻親之約。」說到這裡梁經綸居然轉過身來淡淡一笑。

曾可達立刻琢磨他這一笑的含意。

梁經綸這一笑很快便消失了：「這些都不說了。可達同志，何孝鈺現在是共產黨週邊組織的激進青年，利用她去試探或者發展方孟敖隨時可以視情況變化而定，我請求你同意我的這個行動。」

方步亭家的小車這時把何孝鈺送到了燕大燕南園何其滄宅邸的院落門外。

燕京大學原來是美國人辦的教會學校，仿英美名校的傳統，在學校南邊專闢了一片園區，蓋了若干棟帶院落的小洋樓，供校長副校長以及資深中外教授居住，因地得名，燕南園。何其滄是哈佛的經濟學博士，回國後受司徒雷登之聘一直當到了副校長，在此單獨有一個洋樓院落。

司機下來開了車門，何孝鈺下了車：「進去喝杯茶嗎？」

那司機十分恭敬：「謝謝了，何小姐。」立刻上車發動。

何孝鈺十分禮貌，一直目送著小車開走，這才走到院門。看了看，發現裡面的洋樓只有一樓留有燈光，便不按門鈴，拿出鑰匙開了院門的鎖走了進去。

燕大東門外文書店二樓。

曾可達顯然真正被感動了：「經綸同志，深挖北平的貪腐方孟敖是關鍵！接下來在北平推行幣制改革，方步亭是關鍵！以你的觀察和分析，方孟敖可不可能是共產黨的特別黨員？如果是，何孝鈺能有什麼辦法試探出真相？」

梁經綸沒有立刻回答，只回望著曾可達期待的眼神，想了想突然反問道：「可達同志，我想知道，既然懷疑方孟敖是共產黨，為什麼把這麼重要的任務交給他和他的航空大隊？經國局長是怎麼看他的？」

這就輪到曾可達沉默了，也思考了好一陣子，才答道：「在用方孟敖的問題上，我和經國局長有些不同的想法。可是你知道，對經國局長的指示部署，我們只能是理解的要執行，不理解也要執行，關鍵是一定要執行好。」

「我明白了。」梁經綸又陷入了思考。

何孝鈺回到家，走入客廳。

原以為父親已經睡了，何其滄這時卻坐在立式台燈下看書，顯然在等女兒。

「爸爸，十點多了還沒睡？」何孝鈺連忙過去，順手拿起攤在父親膝上的摺扇替他輕輕搧著。

何其滄合上了書：「見到你孟敖大哥了？」

何孝鈺點了下頭。

何其滄：「孟敖叫父親了嗎？」

何孝鈺低下了眼替父親更輕地搧著：「哪兒呀，方叔叔一直待在房間裡沒有出來，兩個人連面也沒見。」

「唉。你方叔叔一生要強，晚年了連個兒子都不敢見。這是要的什麼強啊！」何其滄感嘆了這句又沉思了好一陣子，望向女兒，「今天去方家，是你自己想去，還是別人請你去的，叫你去的？」

何孝鈺：「爸爸，什麼是別人請我去的，叫我去的？」

何其滄：「請你去的當然是方家，叫你去的一定是經綸。對爸爸要說實話。」

面對父親這幾句問話，壓抑在心底一天的紛紜心事，何孝鈺自己這時也才覺察到，可無論是女兒的心事，還是組織的任務，都不能向父親有絲毫的表白和透露，她答道：「上午聲援東北的同學，見到了孟敖大哥，木蘭便拉著我去了。說是我在那裡能夠幫幫方叔叔。爸，您想到哪去了？」

畢竟有一半是實話，何其滄便不能再追問，換了話題：「你們梁先生這一向老是住在外面，我這裡給他安排的住所也不來了。爸知道你們還不至於是共產黨或者什麼國民黨，可燕大畢竟是做學問的地方，不要捲到政治裡去。你們其實一點也不懂得什麼叫政治。你爸當然也不懂。可你爸記住了蔣先生和毛先生的兩句話。蔣先生的話是『寧可錯殺一千，絕不放走一個』，毛先生的話是『革命是暴動，是一個階級推翻另一個階級的暴烈行動』。」

「爸。」何孝鈺立刻打斷了父親的話，「我不同意你的這個說法。怎麼說共產黨和共產黨的軍隊也不會抓人民，更不會去殺人民，可現在就在北平的監獄裡還關著好幾百無辜的東北同學呢。當時你不也在保護他們嗎？這件事，你還有那麼多開明的叔叔伯伯們都應該說話。」

「該說話的時候你爸會說。」何其滄露出些許無奈的眼神，疼憐地望著女兒，「可你爸說到底也不過一介書生而已，國民黨上層我是有些朋友，可在政治上你爸從來不是他們的朋友。爸老了，只有一個親人，就是你。那麼多學生，像兒子一樣的也只有一個，就是經綸。爸的這點虛名和關係能保住你們兩個就不錯了。」

燕大東門外文書店二樓。

「我完全理解經國局長『用人要疑，疑人也要用，關鍵是要用好』的指示。這是大胸襟，大韜略。」梁經綸說這番話時完全是發自內心的欽佩，接著說道，「我也同意可達同志的分析。那個方孟敖就算原來不是共產黨的特別黨員，到了北平後也很可能被共產黨發展成特別黨員。關於前一點，我想可達同志只要交給方孟敖一個任務，讓他去執行，很快就能得出結論。」

曾可達：「請說。」

梁經綸：「民食調配委員會貪腐走帳，方步亭都是讓崔中石在幹，可達同志就把查帳的任務直接交給方孟敖去幹。方孟敖一查崔中石，他們之間是不是共黨關係立刻就會暴露出來。鑑此，我想提一個建議。」

曾可達：「請提。」

梁經綸：「方孟敖和他的大隊都是些飛行員，沒有人懂經濟。我可以安排燕大經濟系共黨外圍的進步學生去協助他們查帳。每一步行動我就能及時掌握。」

「好，很好。」曾可達不只是賞識而且已經興奮起來，「說說你考慮的後一點建議。」

梁經綸：「後一點是建立在方孟敖以前並不是共產黨的特別黨員基礎上考慮的。今天在和敬公主府門口我見識了此人，他完全有可能被共產黨北平城工部甚至是中共中央敵工部看中。我今天派何孝鈺去接觸方孟敖就是做這個準備。我可以利用何家和方家的特別關係，向中共北平城工部建議，將對方孟敖的策反工作交給我們燕京大學委去執行。」

曾可達這時完全理解了梁經綸的心情，站了起來，走到梁經綸面前。

梁經綸也站了起來，望著走到面前的曾可達。

曾可達由衷地向他說道：「經綸同志，我對你派何孝鈺小姐去接觸方孟敖表示遺憾，也表示敬意。我代表組織，代表經國局長表示感謝！」

梁經綸這時才流露出了一絲真正的感動，可感動的背後是那種永遠揮之不去的失落：「這是我自己的選擇。可達同志，我還是相信那句話，『古老的夜晚和遠方的音樂是永恆的，但那不屬於我』。」

曾可達嚴肅了：「不要再這樣想，也不能再這樣想。經綸同志，要相信組織，相信經國局長！」

梁經綸：「我相信我的選擇。可達同志，請你向組織向經國局長轉告我的話，我既然選擇了不能再選擇，就絕對不可能再有別的選擇。」

這話耐人尋味，但曾可達很快就明白梁經綸的心境，想了想，也只想出了一句連自己也不能說服的話：「不要再讀沙特那些書了。有時間讀讀《曾文正公全集》吧。」

燕南園何其滄宅邸一樓客廳。

「經綸今天晚上肯定不會回到這裡住了。」何其滄站起來了，「睡吧。」便向樓上走去。

「爸。」何孝鈺跟了過去，攙住了父親，「您吃藥了嗎？」

「李媽已經拿給我吃了。」何其滄讓女兒攙著，走了兩級又停下了，「你也去睡吧。」

何孝鈺依然攙著他：「我再陪陪您，哄著您睡著了我再睡。」

何其滄又舉步了：「那就給我哼一個〈浮雲散〉吧。」

「爸，都老掉牙了，方叔叔一來就叫我唱，您也老叫我唱。都唱煩了。另外給您唱一個新的吧。」何孝鈺雖然是帶著笑撒嬌著說這番話，其實自己心裡也有了一絲淒涼，是對父輩，還是對自己這一代人，她分不清楚了。

何其滄：「那就什麼都別哼了。」

「好，我哼好嗎？」何孝鈺還是笑著，攙父親慢慢上樓，哼起了那首不知為什麼這些江南的老一輩都百聽不厭的〈月圓花好〉：

浮雲散，明月照人來，

團圓美滿今朝醉……

何其滄滄桑的臉上露出了沉思的笑容，笑容的後面當然是年輕的故事。他心裡最大的願望，就是自己的女兒能把他當年故事裡的殘缺變成「團圓美滿」。

燕大的副校長不見了，名震天下的經濟學家也不見了，被女兒哄著走進房間的就是一個老小孩。

燕京大學東門外外文書店二樓。

曾可達走了。

時間已是深夜一點，一九四八年七月八日，也就是農曆六月二日到了。

窗外西南方露出了細細的一絲蛾眉月。梁經綸在窗前靜靜地站了好一陣子，人在看月，月也在看人。

接著他走到了書櫥邊，抽出了那本英國經濟學家亞當・斯密那本舉世聞名的《國富論》攤在桌上，坐了下來，又攤好了一疊稿紙，拿起筆寫了起來：

「關於發展方孟敖為我黨特別黨員的請示報告」！

何孝鈺的房間內。

站在窗前，樓下便是寂靜的小院。小院的東邊有兩間一層的平房，被西南方向剛出現的蛾眉月遠遠地照著。

何孝鈺的歌喉在燕大的學生劇社被公認為第一，無論登台演唱，還是獨自低吟，總能讓人心醉。剛才她還裝作極不情願地給父親低唱了兩遍〈月圓花好〉，現在她卻用只有自己才能聽到的心聲唱了起來：

浮雲散，明月照人來，
團圓美滿今朝醉。
清淺池塘，鴛鴦戲水，
紅裳翠蓋，並蒂蓮開。
雙雙對對，恩恩愛愛，
這暖風兒向著好花吹，
柔情蜜意……

唱到這裡，心聲也消失了。

她是唱給誰聽的呢，梁經綸？方孟敖？還是自己？

或許只有那一絲蛾眉月知道。

*　*　*

一九四八年七月八日早八點，顧維鈞宅邸會議室。

國民政府中央「七五事件」五人調查小組要舉行第一次調查會議了。

由於牽涉到民食調配委員會，中央財政部的派員杜萬乘便成了五人小組的召集人，這時坐在會議桌面對大門那一排正中的位子。

由於牽涉到空軍參與運輸走私民生物資以及軍警鎮壓學生，國防部的派員曾可達也作為五人小組的重要成員坐在杜萬乘的左邊。

而無論牽涉財政部門還是軍警部門，由國民黨全國黨員通訊局派來的徐鐵英都可以代表中央黨部進行調查，所以他的職位不高，位子卻高，坐在杜萬乘的右邊。

因美國方面的照會加之國民政府國會議員的彈劾，北平市民食調配委員會和中央銀行北平分行都是被調查的對象，中央銀行的派員和中央民食調配委員會的派員身分便有些尷尬，他們既有垂直管理之責，也有失職瀆職之嫌。故而中央銀行的主任祕書王賁泉和中央民食調配委員會的副主任馬臨深，反倒坐在兩個最邊的位子。

被調查人或被詢問人的位子當然是安排在會議桌靠門的那幾把椅子上，以便對面接受質詢。

長條會議桌的兩端各安排了一把椅子，靠中山先生逝世臥室隔壁上方的那把椅子上端然坐著方孟敖。他是列席，卻比出席代表更加醒目。因為就在他頭部上方的牆壁上掛著孫中山先生的頭像！

長條會議桌下端的椅子上坐的是會議記錄員，這個記錄員不是中央財政部的，也不是國民黨中央黨部的，而是曾可達帶來的那個副官。這就讓人感到，直接組織這次調查的是國防部預備幹部局，說穿了，一切調查最後都只向一個人負責，那個人就是蔣經國！

「開會吧？」杜萬乘先向左邊低聲問了一下曾可達。

曾可達點了下頭。

杜萬乘又轉頭望了一眼徐鐵英。

徐鐵英：「好。」

那杜萬乘居然不再徵求王賁泉和馬臨深的意見，高聲說道：「開會。先請北平市民食調配委員會副主任馬漢山接受調查。」

會議室大門從外向裡推開了。

馬漢山帶著笑也帶著一大摞的資料走了進來，先向正面的五個人一一點頭微笑，立刻發現氣氛有些不對。

——杜萬乘曾可達徐鐵英都望著自己。

——而自己視為靠山的馬臨深和王賁泉卻陰沉著臉，只望著桌面。

他當然不知道，這是因為杜萬乘剛才宣布開會竟然連招呼也不跟他們兩個人打一聲所致。

馬漢山也想不了許多，便自己走到他們對面正中那把椅子前，一邊挪椅子準備坐下，一邊向坐在會議桌上端的方孟敖點頭笑著，算是打了個補充招呼。

「還沒有誰請你坐吧？」曾可達突然盯住馬漢山。

馬漢山半個身子已經下去了，這時僵在那裡，也望著曾可達。

曾可達：「你現在面對的是中央派來的五人小組，先報職務姓名。」

這就叫下馬威。

馬漢山慢慢站直了身子，他是最能夠受氣的，可像這樣審犯人一般的受氣，那卻是萬不能接受的，因為這還牽涉到北平市民食調配委員會，往上說還牽涉到中央民食調配委員會。他的目光望向了馬臨深。

一直陰沉著臉的馬臨深突然抬起了頭：「我們這個小組是叫做五人調查小組吧，也不是特種刑事法庭。馬局長，你現在只是接受調查詢問，沒有必要報什麼職務姓名，坐下吧。」

這就已經叫上板了。

馬漢山立刻將那摞材料往桌上一放，再度準備坐下。

「出去！」曾可達竟然一掌拍在桌上，接著猛地站了起來，目光灼灼，手指著大門，喝令馬漢山，「不報職務姓名就立刻出去。」

馬漢山真被僵在那裡了。

「我抗議！」馬臨深也拍了桌子，也站了起來，「這是對我們民食調配委員會的侮辱！杜先生，你是五人小組的組長，你要代表南京方面嚴肅會紀。」

杜萬乘是個牛津大學財政博士出身的人，因深受現任財政部長王雲五的器重，出任財政部總稽查。一是看重他的專業長才，二是信任他的書生正義，這才在聯席會議上推薦他擔任了五人小組的召集人，也就是被馬臨深稱為組長的角色。對黨國從上到下的貪腐，他也和曾可達一樣憎惡，但今天剛開會便出現這般劍拔弩張的場面卻是他沒想到的。老實說，他沒有處理官場這種陣戰的能力。

杜萬乘有些不知所措了，便望向曾可達。

曾可達帶著一絲安撫的神色向他點了一下頭，接著大聲說道：「中央聯席會議的檔各人手裡都有。看看第二條第二款，被調查人該以何等態度接受調查小組的調查。五人小組裡如果有人連檔都沒有看，我建議，那就先回去看了檔再來開會！」說到這裡目光直射馬臨深。

好在馬臨深是坐在徐鐵英的身邊，和曾可達的距離還隔著兩個人，但這時滿臉的油汗還是冒出來了，自己怎麼說也是中央副部一級的官員，於今被一個職位比自己低得多的少將當眾喝斥，一口氣便有些上不來了。

徐鐵英機敏，連忙端起了他面前的那杯白開水，遞到他的身前。

馬臨深的手接過杯子還在微微顫抖，好不容易喝了一口水，總算把那口氣緩了，卻再也說不出話，目光望向擺在面前的那份紅頭文件。

馬漢山站在那裡頭腦也是一片空白了，頭頂上雖然大吊扇在轉著，汗水還是滿臉的流了下來。

曾可達這時卻斜望向坐在會議桌頂端，也就是離馬臨深最近位子上的方孟敖。

方孟敖嘴邊露出了一絲壞笑，抬起手伸出食、中二指。

不明白的人以為方孟敖這是夾菸的姿勢，可跟美軍打過交道的人明白，這是在對曾可達剛才的態度表示讚許。

曾可達回報的一笑卻不很自然，不再看他，坐了下來，也不再看站在對面的馬漢山，低頭只翻檔了。

坐在曾可達身邊的王賁泉當然也是滿肚子抗拒，可畢竟自己是中央銀行的人，犯不著直接跟蔣經國的人對抗，但也有必要出來圓場，便望向馬漢山：「既然中央聯席會議規定，馬局長，你就報一下職務姓名吧。」

馬漢山回過了神，也冒起了氣，大聲報道：「本人，馬漢山，男，現年五十三歲。北平市民政局局長，民國三十七年四月兼任北平民食調配委員會副主任。」大聲報完，竟直盯著還低著頭的曾可達：「本人可以就坐了嗎？」

「坐吧。」曾可達居然頭也不抬。

馬漢山一屁股坐了下去，剛進來時那種謙恭卑下的神情反而沒有了，一臉的負氣，等著刀架到脖子上大不了一死的樣子。

這時候應該問話的人是杜萬乘，可杜萬乘見到這種陣勢一時也不知道怎麼問話了，便左右看了看那四員。

曾可達依然低頭在看檔。

徐鐵英目視前方，一臉的凝重。

王賁泉的眼望向了窗外。

馬臨深雖然低著頭像是在看檔，卻還在喘著氣，好像是病要發作了。

只有那個列席的方孟敖迎望著杜萬乘戴著高度近視鏡的眼，向他投了善意的笑。

杜萬乘只好望向馬漢山：「馬副主任，你把四月接任以來北平市民食調配委員會的情況向五人小組作一簡明扼要全面的彙報吧。」

馬漢山：「如果是作這樣的彙報，那就應該叫北平市民食調配委員會的主任來。本人向五人小組申明，我才是個副主任，不管全面。」

一句話就把杜萬乘頂了回來。

這句話也讓好像快要生病的馬臨深長了一大口氣，立刻抬起了頭，向馬漢山投去讚許的目光。

曾可達也慢慢抬起了頭，問道：「北平市民食調配委員會的主任是誰？」

馬漢山被他這一問又愣住了，可又不得不答：「這誰都知道，就是北平市長劉瑤章先生兼任的。」

曾可達：「劉瑤章什麼時候兼任的北平市民食調配委員會主任？」

馬漢山嚥了一口唾沫：「六月二十三號。」

「杜總稽查叫你彙報四月以來的全面情況，你卻往一個六月二十三號才兼任的主任身上推。」曾可達說了這句陡地又提高了聲調，「馬漢山，你在軍統玩的那一套拿來對付我們，不覺得用錯地方了嗎？」

杜萬乘這時也有了底氣，習慣地推了一下眼鏡：「回答曾督察的問話。」

馬漢山知道今天的底線，如果第一次調查自己就這樣敗了下來，背後支持他的人也會拋棄他，因此必須對抗了：「我回答。第一，民食調配委員會也不只我一個副主任，各管各的事情，他們管的事我不知道。第二，劉市長雖然接任不久，但民食調配委員會各方面的報告都呈遞了給他，不會都呈遞給我。第三，六月以前是前任北平市長何思源兼任的主任，現任主任不知道的事你們可以去問前任主任。第四，剛才曾督察提到了軍統。不錯，我在軍統還有兼職。請問調查小組，你們這次來是不是還要調查軍統？調查軍方的物資供應委員會？如果是，曾督察可以在南京就去問鄭介民主任。你不是國防部的嗎？鄭主任現在的正職就是國防部的次長，問起來方便嘛。」

只想到馬漢山會想出種種對抗的招式，沒想到他竟然列舉了一二三四，而且還抬出了軍統的總頭目現任的國防部副部長兼軍方物資供應委員會副主任鄭介民！

會議的空氣驟然緊張了。

剛才還有點底氣的杜萬乘現在又沒有底氣了，又望向了曾可達。

徐鐵英一直就沒有表情，這時更沒有了表情。

牽涉到軍界，尤其牽涉到特工部門，王蒉泉也不好露出更多表情，但臉色已經好看多了。

倒是那個馬臨深，這時隔著中間兩個人，竟探過頭斜望向曾可達，剛才那口惡氣實在也該出一出了。

以曾可達之強悍，對付馬漢山的辦法立刻就有。可他現在卻出奇地冷靜，誰也不看，只有意無意地望向方孟敖。他在看方孟敖的反應。他壓根就沒有把馬漢山之流放在心上，他關注的是方孟敖，還有方孟敖的背景。現在正是考驗一下方孟敖的時候，要是此人真無任何共黨背景，用來對付馬漢山，尤其是自己對付不了的方步亭，將來必須要靠此人。

方孟敖從開會到剛才一直那副無所謂的神態不見了，那雙曾可達曾經領教過的鷹一樣的眼神出現了，是在緊緊地盯著馬漢山。

曾可達直接叫方孟敖：「方大隊長，你是派駐北平的經濟稽查大隊隊長，今後具體的任務都要你們執行。針對剛才馬漢山局長提的四條反駁，我們想聽聽你的意見。」

方孟敖立刻又回復了那副無所謂的神態，問道：「我是列席會議，能夠說意見嗎？」

「當然能夠。」回答他的是杜萬乘，「你完全有權力提出自己的看法，還有權力執行任何任務。這是聯席會議的檔上都寫明了的。」

「那我就說了？」方孟敖仍然是無所謂的樣子。

曾可達：「請說。」

方孟敖望著馬漢山：「馬局長，我可不可以不回答你剛才說的那四點理由。因為你說的我全不懂。」

馬漢山對方孟敖卻始終懷著莫名其妙的畏懼，甚於對曾可達的畏懼。他是幹軍統出身的，還擔任過軍統局駐北平肅奸委員會主任，在他手裡家破人亡者不知多少，因此有時候還真敢跟別人玩命。可不知為什麼昨日一見方孟敖就從心底發出一種不祥的感覺，這個連日本空軍都聞風喪膽，連美國盟軍都極其看重，連作戰部的軍令都敢違抗，連方步亭都害怕的年輕人，渾身上下竟然透著一副玩世不恭的勁頭。他的經驗暗示自己，這樣的人是真的誰都不怕，要是跟他抗拒，他會像打掉日本人的飛機那樣，打掉對方，然後去喝洋酒，抽雪茄，轉眼把自己打掉的人忘得乾乾淨淨。這也許是自己對他害怕的根本原因。

有大私心的人怕沒私心的人，有大心機的人怕沒心機的人。馬漢山明白這個道理。現在見方孟敖對著自己說的兩句話就是這種感覺，於是收起了對抗曾可達的態度，溫和地回答方孟敖：「方大隊長，你是國軍作戰的功臣，是抗日的民族英雄。馬某尊敬你，大家都尊敬你，很多別的事情你不屑於去幹，當然也不想去了解。對你剛才說的不懂，本人深切理解。既然你不懂得這裡面的詳情，就犯不著讓別人當槍使。」

前面幾句說得還像樣，就最後一句剛說完，連馬漢山自己都感覺到荒腔走板了，可已經收不回來了。

「就這一句我聽懂了。」方孟敖站了起來，「我也就要問你這一句，我被誰當槍使了？」

馬漢山又玩起了他見招拆招的慣伎，強笑著答道：「軍人嘛，就是以服從為天職。我剛才說的只是這個意思而已。」

「我又不懂了。」方孟敖的眼犀成了一條線，「你是說我該服從天職還是不該服從天職？服從了就是當槍使，還是不服從就沒有當槍使？不用你回答了，我替你答了吧。你是不是看我連作戰部的軍令都敢違抗，因此是個能為了個人的感情放棄原則的人。你就是這個意思。我說明白讓你懂了，我可以命令我的大隊不轟炸開封，那是我不願炸我們自己的城市，不會殺我們自己的同胞。可馬局長你不同，昨晚回去我也看了些材料，不久前你就利用自己在軍統的職位，調了好幾百個便衣特工去殺學生。那些學生都犯了什麼法了？還不就是想領取本該發給他們的糧食配給嘛。這件事，當時的北平市長也就是前任的民食調配委員會主任何思源就堅決反對。今天調查小組問你情況，你倒往主任身上推了。前任的主任何思源先生職務都免了，調查小組還能去問他？現任的主任劉瑤章連民食調配委員會的大門在哪兒都還找不著，調查小組去問他什麼？馬副主任，你是直接管民生物資調撥的。物資的購進和調撥都是你經的手，我的大隊要調查物資和帳目，往後誰也不會找，我就找你。」

「方大隊長……」馬漢山急了。

「我還沒說完。」方孟敖打斷了他，「你說我是槍，我的槍跟日本人在空中打了無數仗，打下的全是日軍飛機。沒有一槍打在自己戰友的飛機上。不信你可以去查我的檔案。完了，你說吧。」

曾可達帶頭鼓掌了，一下一下鼓得很響。

杜萬乘竟下意識也跟著鼓了幾下掌，可一發現其他三人都沒有動靜，這才察覺與自己的身分不宜，停止了鼓掌。

曾可達也停了，望著馬漢山：「你的四條反駁意見，方孟敖大隊長是不是都回答了？還要不要我補充？」

馬漢山倏地站了起來：「本人向五人調查小組鄭重提議！北平市民食調配委員會不是我馬漢山的調撥委員會。牽涉到那麼多糧食和物資的購買發放，我馬漢山有一千隻手也做不來。如果像方大隊長剛才說的調查物資和帳目只找我馬漢山一個人，我現在就提出辭去民食調配委員會副主任職務。除非你們同時調查中央銀行有關機構，同時調查駐外採購物資有關機構。否則，本人將拒絕回答任何問題。」

這就是馬漢山，每遇危難，總要扯出蘿蔔帶出泥。

第一個不高興的就是王賁泉了，本是站在他一邊的，這時一急，也向他瞪眼了：「你們民食調配委員會的物資購買調撥關中央銀行什麼事？馬局長，你說話得要負責任的！」

馬臨深這個時候必須撐馬漢山一把了：「杜總稽查，本人認為馬漢山的提議不無道理。民生物資的採購調撥牽涉到那麼多部門，不能夠把什麼事情都往民食調配委員會身上推。更不能往馬漢山一個人身上推。」

杜萬乘：「那你們的意思同時還要調查誰？」

主持了這麼久會議，杜萬乘就這一句話把大家給問住了，包括馬漢山。

倒是曾可達貫注了精神，先深深地望了一眼方孟敖，給了他一個希望理解的眼神，然後轉望向馬漢山：「你的意思是不是要調查小組請中央銀行北平分行的方行長出面說明一些問題？」

馬漢山反倒猶豫了，答道：「該請誰我可沒有說，你們照章辦事就是。」

曾可達立刻轉對杜萬乘：「杜總稽查，那我們就請方步亭行長來一趟。不然，民食調配委員會是不會配合調查的。」

杜萬乘代表財政部，而錢卻又都是中央銀行管著，對這一點財政部從王雲五部長以降都人人不滿，這次來重要任務之一就是要調查中央銀行的錢到底是怎麼管的。因此立刻望向王賁泉：「我同意這個提議，王主任，北平分行歸你們中央銀行管。方行長就請你打個電話，請他來一趟。」

這是沒有理由拒絕的，王賁泉悻悻地站了起來：「好，我打電話。」

曾可達下意識地用餘光去觀察方孟敖。

方孟敖卻目光正視向曾可達：「曾將軍。」

「嗯。」曾可達像是沒有準備應了一聲，慢慢望向方孟敖。

方孟敖卻是掏出了一支雪茄，又拿出了打火機，問道：「可不可以抽菸？」

「當然可以。」曾可達感覺到方孟敖開始有點跟自己較勁了。

方孟敖啪嗒一聲，打火機打得很響，點燃了雪茄，顯然是吸了滿滿一口，呼出來時，會議室立刻浮起了一層煙霧。

曾可達隔著煙霧再望方孟敖時，方孟敖的目光已經望向了窗外。

曾可達的眼中，那煙霧漸漸幻成了列車機頭濃濃噴出的長煙！

*　*　*

南京至北平的鐵路上，乘載著崔中石和兩個跟蹤崔中石特工的那輛列車，正噴著長煙在鐵道上奔馳。

這裡已經是河北省地面了，大約還有幾個小時，這輛列車就能到達北平。

崔中石還是坐在他的六號鋪位上，卻已經認真地在看那份七號鋪位乘客帶來的《大公報》了。那時的《大公報》有好些版面，崔中石也不知是看到第幾版了。

七號鋪位那位乘客搭在窗上的手，完全像是無意，那隻手的手指在崔中石視力能看見的地方輕輕地扣著，有時扣五下停了，有時扣八下停了。

崔中石正在看著的那個版面，隨著七號鋪位那位乘客手指輕扣的數字，一篇文章第一句的第五個字顯出來了，是「一」字。

飛快的手指在繼續輕扣著數字。

報紙上的字跡在崔中石眼前間隔跳動。

組合成了以下的文字：「一定要保證方同志身分不被暴露。一定要保護好你自己……」

列車突然慢了下來，前方又一個車站到了。

七號車鋪那位乘客站了起來，走到行李架前掏出鑰匙開了那把套在行李架杆上的鎖，拿下了皮箱。

不遠處那兩個青年目光對視了一下。

列車慢慢停下了。

七號車鋪那位乘客面對崔中石：「對不起，先生，我要下車了，報紙看完了嗎？」

崔中石抬起了頭給了他一個會意的眼神：「看完了。謝謝你了。」將報紙捲好了遞還給他。

不遠處那兩個青年伸了伸手臂，顯然是要暫時下車休息一下的樣子。接著一個往車廂的這頭，一個往車廂的那頭，分頭走去。

七號車鋪那位乘客提著皮箱拿著報紙往一號鋪位的下車處走去。

下車的人不多。

七號車鋪那位乘客剛走到車門邊正要下車，一隻手搭上了他的肩膀。

那位乘客一回頭，發現是一個青年閃光的眼睛，那青年低聲說道：「對不起，能不能把你的《大公報》留下來給我看看？」

第七章

方步亭每次出門都是同樣的規矩，一個人拎著包，獨自從洋樓走到前院大門，然後是看門的護衛輕輕地把門開了，他靜靜地走出去，小車早就在門外等著。

今天規矩變了，不是方步亭有新的招呼，而是從謝培東開始，到昨天才搬回來的程小雲，還有今天依然在家陪著他的方孟韋，三個人都跟著他走出了洋樓，只是靜靜地跟著。

走到前院的一半，方步亭似乎才察覺他們都在身後跟著，站住了，慢慢回頭：「都跟著幹什麼？」

真是不知從何說起，三個人開始都沒有說話。

還是謝培東先開口了：「行長，我陪你去。他們問什麼你都不要說話，我來說。」

方步亭眼中是那種習慣了的信賴，卻搖了搖頭：「你就不要牽進去了。對付這幾個人我還不至於要人護駕。」

「行長，還是讓姑父跟著去吧。」程小雲當著人也一直稱方步亭行長，稱謝培東姑父，「不是說怕那五個人，有姑父在，孟敖會聽話些。」

方步亭的臉陰沉下來了：「注意你的身分吧。什麼時候允許你插嘴我的公事了？」話是對著程小雲說的，目光卻在注意方孟韋的反應。

方孟韋這才開口說話了：「爹，我想了，您到那裡以後，不要跟他們說那麼多。我現在就去北平電話局，看著他們把顧先生家裡的越洋電話接通了，您到時候直接跟顧大使通話就是。」

方步亭的臉舒展了好些，是對這個小兒子的孝順，也是對這個小兒子每逢大事精明的一種欣慰，可很快又嚴肅了面容，轉對謝培東：「辛幼安那句詞怎麼說的？『生子當如孫仲謀』。是吧？」這句話是誇獎，但顯然誇獎得有點過頭。方步亭隨時都在警惕，讓兒子不要過分得意張揚。

謝培東十分默契：「行長，不要這樣誇他。孟韋還當不起這句話。」

方孟韋知道父親此時的心情，也知道父親說這句話的心思，向姑父掠過一絲感激的目光：「爹，姑父。我先去了。」大步向門外走去。

方步亭這才又徐徐向大門走去。

謝培東跟著。

程小雲卻站在原地。

方步亭又停住了，回頭望著程小雲。

程小雲只好走了過去。

方步亭不避諱謝培東，對她說道：「今後孟韋在身邊，你少說話。我是為你好。」

「知道。」程小雲低聲答道。

方步亭這才轉身大步向門外走去。

謝培東跟到門口大聲招呼：「去張自忠路顧大使宅邸，一路上注意行長的安全！」

「是。」一個司機，兩個便衣護從同聲答道。

方步亭上了車，司機和護從都上了車。

那輛小車平穩地駛出了胡同。

謝培東和程小雲一直看著小車轉了彎，二人不約而同地對望了一眼，都是擔心憂慮的眼神。默默地走進了大門。

＊　＊　＊

北平顧維鈞宅邸五人小組會議室。

會議室應該是八個人，這時卻只坐著七個人。

曾可達那個副官的位子是空著的。

七個人都沉默著。

五人小組的成員都低著頭看文檔，藉以掩飾即將面臨的難堪局面。

方孟敖一改原來無所謂的神態，雪茄也早就沒抽了，像坐在戰鬥機裡，目光定定地只望著前方。

馬漢山卻在吸菸了，前一支還沒有吸完，後一支又對著菸蒂吸燃了。

「報告！」門外傳來了曾可達副官的聲音。

五人小組都抬起了頭。

馬漢山手裡的菸也停在那裡。

只有方孟敖一動不動，還是原來那個姿勢。

「方行長請到了！」副官接著在門外報導。

曾可達用軍人的姿態倏地站起了。

杜萬乘這才反應過來，一邊站起，一邊對其他三人說道：「都起來吧。」

那三個人當然跟著站起。

——這是五人小組對來人表示極大的尊敬和禮貌。

馬漢山心裡彆扭極了，他當然不敢不跟著站起，心裡卻忍不住嘀咕，同樣的是調查詢問，對方步亭的態度卻比對自己的態度天壤之別，不禁向方孟敖望去。

同時望向方孟敖的還有曾可達，見方孟敖還一個人端坐在那裡，便低聲說道：「方大隊長，請起立。」

方孟敖站起了。

那扇門竟推開得如此慢，不知是那副官過於小心，還是屋內的人出現了幻覺，總之，那扇門好像過了很久才慢慢推開。

會議室裡從來沒見過方步亭的只有一人，那就是曾可達。

會議室裡十年沒見過方步亭的只有一人，那就是方孟敖。

曾可達像是兩隻眼睛能夠同時分別看兩個人，一隻眼睛在打量著出現於門口的方步亭，另一隻眼睛在暗中觀察右邊的方孟敖。

方步亭在門外站著，雖已入暑，仍然衣冠楚楚。那扇門全推開了，他才取下頭上的禮帽，放在胸口，向室內的所有人微微鞠了一躬。

又是曾可達，率先舉手還禮。

五人小組另外四人跟著彎腰還鞠躬禮。

曾可達斜眼望向方孟敖。

方步亭在門口也感覺到了站在左邊那個身穿飛行夾克的高大身影。

只有方孟敖依然直直地站著，眼望前方，沒有任何舉動。

曾可達目光複雜，兩隻眼都望向了方步亭。

方步亭臉上沒有任何表情，謙笑著向五人小組又彎腰還了一禮：「不敢當。」慢慢跨步進了會議室。

五人小組都站直了身子，在等方步亭入座。

坐哪裡呢？

如果坐到馬漢山身邊，那便是被質詢的位子。

可也不能坐到別處。

方步亭絲毫沒有讓五人小組為難，徑直走到馬漢山身邊。

馬漢山這時倒是眼明手快，立刻挪開了身邊那把椅子，讓方步亭好靠近桌邊，待方步亭站好，他才將椅子移正了，好讓方步亭坐下。

杜萬乘：「方行長委屈，請坐。」

方步亭坐下了，五人小組這才坐下。

方孟敖仍然目視前方，跟著坐下。

馬漢山是最後一個，也跟著坐下了。

王賁泉跟方步亭是最直接的關係，因此由他介紹：「在座諸位多數是方行長的老朋友。可能只有曾督察以前沒有見過，我介紹一下。方行長是美國哈佛的博士，長期就職於國民政府中央銀行，論起德高望重，宋先生孔先生都是尊敬的。曾督察在國防部預備幹部局任職，總統都看重的青年將官。」

二人不得不正視了。

曾可達十分禮貌地：「久仰。」

方步亭十分得體地：「幸會。」

「方大隊長。」曾可達突然望向方孟敖。

方孟敖又以軍人的姿態倏地站起了。

曾可達：「今天是會議，我必須介紹一下。方行長，令公子方孟敖現任國防部預備幹部局駐北平經濟稽查大隊兼青年航空服務大隊大隊長。」

奇怪的是，其他人的目光都在迴避著，或望著檔，或望著別處。

方步亭的頭在慢慢向左邊移動，他必須要看這個兒子了。

在他一生的記憶裡，這次頭的移動，比他在美國第一次見導師，回國後第一次見蔣介石都忐忑！他不知道自己的目光望向這個「逆子」時，迎接他的會是什麼。

還有一雙眼在十分專注即將發生的十年一見，這就是曾可達。他沒有看方步亭，而是十分期待地望著方孟敖，目光中滿是那種希望兒子認父親的善意期待。至於有幾分是真誠，有幾分是觀察，此時連他自己也不十分清楚。

方步亭終於正面望見這個十年未見的兒子了！自己是坐著的，兒子是站著的，一米八幾的身軀本就偉岸，且是仰視，何況他的頭頂還高掛著國父的巨幅頭像！

方步亭的目光空了，在等著任何迎接他的結果。

砰的一下，是皮鞋後跟相碰的聲音，由於室內太靜，這一碰便很響！

所有迴避的目光都下意識地同時望向了方孟敖。

方孟敖剛才沒有敬禮，這時竟十分標準地將右手舉向帽檐，敬禮的方向卻是他的正前方！

所有的目光都定在他的身上。

方孟敖突然向右呈四十五度轉身，敬禮的身軀正面對向了方步亭。

於是，所有的目光又都轉向了方步亭。

方步亭剛才還空空的眼神有了亮光，可也就是閃了一下，因為兒子的目光只是望著自己頭頂的方向。

是站起來，還是坐著不動？

方步亭穩穩地坐在那裡，說道：「請坐下吧。」

方孟敖的手標準地放下了，移正了身子，坐了下去。

在座的所有人提著的心其實都沒有放下去。特赦方孟敖，重用方孟敖的背景或多或少大家都知道。黨國的事從來都不會公事公辦，但公事私辦時總離不開兩個字，那就是恩怨。有恩的可大事化小小事化無；有怨的那便是小事鬧大甚至是無事鬧有。像今天這樣利用兒子來打父親，好像大家都還沒經歷過。這是一個強烈的信號，年青的一派要對老朽們下狠手了。

數杜萬乘的年齡身分最為尷尬，四十左右，老的靠不上，少的又不是。一定要歸類，當屬中年有學識的清流一派，對貪腐十分憎惡，搞鬥爭又無膽魄。現在又要輪到他主持會議了，想了想，只好說道：「方行長，請您來的意思，我們不說您也應該知道。七五學潮國府十分重視，說法也有很多。問題是，盟國發了照會，很多議員也在國會提了質詢。國家財政現在十分困難，軍事物資的供應已是捉襟見肘，民生物資也都壓到了最低預算，如果這中間還出現貪腐走私，財政部這個家根本就沒法當了。北平市民食調配委員會的民生物資，財政部都是嚴格按照預算撥款購買的。為什麼總是實物和帳目出現這麼大的差距？東北十六所大學一萬五千多學生搬遷北平，是四月份教育部向財政部正式報的預算，財政部撥了款嘛，為什麼會出現七月四日北平參議會遣散東北學生的提案？央行北平分行管著民食調配委員會的帳，中央的錢款是不是劃到了北平，北平分行是不是把錢款劃到了民食調配委員會？如果錢款都到位了，那麼央行北平分行便沒有任何責任。我們請方行長來，主要是問清楚這件事。」

杜萬乘不諳政治，算起經濟帳來還是頭清縷析而且恰中肯綮，這樣的問話方步亭必須回答。

五人小組其他四人這時都埋著頭，一致在裝著看檔，等著方步亭回答。

方步亭慢慢回答了：「中央財政部的代表來了，央行總部的代表也來了。我能不能冒昧先問一句，杜總稽查剛才問的錢款是不是劃到了北平分行，這個錢款指的是美元，還是法幣？」

杜萬乘被他一句就問倒了，因為撥調現金從來是中央銀行，財政部哪能知道？只好望向了王賁泉。

王賁泉回答了：「美國援華代表團七月三日才跟國府簽的《援華法案》。至於法案裡同意援助我們多少美元，目前尚屬國家機密，本人不能在此洩露。但也可以跟諸位露個風，美國答應的援華美金，三分之二是軍事援助，三分之一才是民生物資援助。有多少，能管多大的事姑且不說，那些錢現在還只是字，只是寫在兩國法案協議上的字，不是錢。要是說到法幣，我想財政部比我們更清楚，就是調動所有的飛機火車運送，也買不到物資。我幫方行長說一句話吧，銀行是需要儲備金的。金庫裡沒有黃金，美元也都還在美國。愣要把民食調配委員會物資購買調撥發放的事情往央行身上扯，往北平分行扯……方行長，你可以向央行總部寫辭呈，我幫你去辭掉這個行長，免得替人背黑鍋。」

這哪像中央派的調查小組成員說的話，不站在五人小組一邊，反站在被調查質詢的人一邊，這場第一次會議看樣子已經開不下去了。

可有一個人不幹了，那便是馬臨深，他是中央民食調配委員會的副主任，鬧出這麼大的事，中央銀行推得一乾二淨，那責任就全是民食調配委員會的了。

馬臨深立刻站了起來：「王主任這個話說的都是實情，本人沒有意見。只是想問一句，中央和北平民食調配委員會是四月成立的，組成人員是社會部民政部和各市的社會局民政局。社會部民政部也不印鈔票，更不能生產糧食物資，央行不撥款，國府不調物資，民食調配委員會拿什麼去購買物資，調撥發放物資？這一點不說清楚，馬局長，我也贊成你寫辭呈，幫你辭去北平市民食調配委員會副主任的職務，也免得替人背黑鍋。」

馬漢山立刻站起了，向馬臨深深深地作了一揖：「那就拜託了！最好是現在就讓我辭職。拜託，拜託馬主任，拜託諸位！」

這簡直就是要賴了！

杜萬乘氣得臉色有些發白，推了一下眼鏡，說話也不利索了：「你們這是要脅五人小組……不對，是對抗國府聯席會議的決定！要是中央銀行的代表和中央民食調配委員會的代表都是這樣子一個態度，本人現在就向王雲五部長報告！」

王賁泉和馬臨深一人坐在一邊，竟幾乎同時做出同樣的動作，身子往後一靠，說出同樣的兩個字：「請便。」

杜萬乘氣得嘴唇發顫：「電話！拿電話來！」

參加會議記錄的只有曾可達的副官一人，拿電話當然是他的差事，這時望向了曾可達。

曾可達示了個同意的眼神。

那副官立刻起身，電話就在他身後的茶几上，捧起了，好在電話線還長，便拉著線把電話捧到了杜萬乘桌前。

由於是專線電話，因此需要搖柄。

杜萬乘站了起來，一手按著話筒，一手搖著接線話柄，因手還在顫抖，那柄搖得便不圓。

等到他拿起了話筒，準備命令接線的時候，一隻手伸了過來，按住了話機。

是曾可達。他按著話機站了起來：「杜先生，給王部長打電話管用嗎？」

杜萬乘望著他。

曾可達語氣十分溫和：「把電話給我吧。」

杜萬乘竟十分順從，把話筒遞給了曾可達。

曾可達提起電話擺到自己面前，重新搖柄，快捷乾脆！

拿起了話筒，曾可達的語氣就像在前方指揮打仗：「我是國防部曾可達，立刻給我接通南京二號專線，立刻接通！」

王賁泉、馬臨深靠在椅背上的身子彈簧般伸直了。

馬漢山也立刻又變了臉色，剛才那一副死豬不怕滾水燙的模樣立刻沒了。

一直不露聲色的是徐鐵英，這時也微怔了一下，目光望向方步亭。

方步亭是原來那個神態，他們剛才吵架時也是那個神態，現在還是那個神態。

跟他一樣的是他的兒子，方孟敖一直挺坐在那裡，目視前方。

電話好像接通了。

杜萬乘斜抬著頭緊緊地望著等聽電話的曾可達，滿臉期盼。

「對，是我。我是曾可達。」曾可達身子挺得筆直，「是，能否請經國局長立刻接電話？好，謝謝了。」

除了方步亭和方孟敖，其他人的目光或正視，或偷視，都在曾可達耳邊那個話筒上。

「我是。我還好。經國局長您還好吧？」曾可達一臉虔誠，「是您說的這種情況。中央銀行的代表王賁泉主任說七五案件央行沒有任何責任，中央民食調配委員會代表馬臨深副主任說他們民食調配委員會也沒有任何責任。」

經國局長顯然在對面說話了，曾可達專注地聽著，接著說道：「是。我立刻轉問。」說到這裡話筒仍然拿在手裡，望了一眼王賁泉，又轉望了一眼馬臨深：「經國局長問你們，那是誰的責任？

是不是他的責任？請二位現在就回話。」

馬臨深遠遠地望著王賁泉，王賁泉遠遠地望著馬臨深，兩個人誰都不說話，都不敢說話，都希望對方說話。

曾可達的目光盯住了馬臨深，把話筒向他那邊一伸：「這可是二號專線，還要經國局長在那裡等你們嗎？」

馬臨深不敢不回話了，身子趴在桌面上，隔著一個徐鐵英，又隔著一個杜萬乘，盡量把頭靠近話筒，費力大聲地說道：「請報告經國局長，我絕對沒有說民食調配委員會沒有責任，我們會認真查……」

曾可達立刻把電話拿到耳邊，聽了經國局長簡短的一句話：「是。」接著把話筒往左邊微微一伸。

王賁泉就坐在他身邊，便伸手想去拿電話。

曾可達的手緊緊地握住話筒：「說話就是。」

王賁泉只好把嘴湊向話筒：「經國局長您好，是曾可達將軍誤會我們央行的意思了，鬧出這麼大的事，央行總部當然有責任，北平分行當然有責任。我們一定認真調查，認真改進，平息事件。」

曾可達又把話筒拿到了自己耳邊：「是。」

曾可達望向了杜萬乘：「杜先生，經國局長要跟你說話。」

杜萬乘已經激動了好久，這時連忙接過電話：「非常感謝經國局長。是，我在聽……好……完全同意……好，好，我這就叫他接電話。」

杜萬乘突然望向了方孟敖：「方大隊長，快過來，經國局長表揚你了。你來接電話。」

這倒有點出乎意外，方孟敖站起了，卻並沒有走過來接電話的意思。

曾可達十分機敏，立刻主動捧起電話，又從杜萬乘手裡接過話筒，拉著線快步走到了方孟敖面前，把話筒遞給了他。

方孟敖接過了話筒，卻不像前面那些人主動問好，而是靜靜地等聽，聽了兩句才答道：「是我們應該做的。我們是軍人，軍人就應該住在軍營裡……」

也不知經國局長在對面說了什麼話，方孟敖竟沉默了。

站在旁邊的曾可達第一次急了：「心裡怎麼想的，就怎樣回答經國局長。」

方孟敖這才答了一句：「我知道。公事和私事，我分得清楚。」答完這句把話筒還給了曾可達。

曾可達立刻把話筒湊到耳邊，另一隻手提著話機一邊走回原位，一邊專注地聽著：「是。我讓杜總稽查宣布。經國局長放心。」

走回原位，他一直聽到對方話筒掛了，才也將話筒放回到話機上。望著杜萬乘：「杜總稽查，經國局長說他的意思已經告訴你了，請你向大家宣布。」

「好。」杜萬乘現在已經底氣十足，站了起來，「請都起來吧。」

會議室的人都站起了，包括方步亭、馬漢山。

杜萬乘十分嚴肅：「兩條指示。第一條，在五人小組調查期間，允許任何被調查的人提出辭職，但辭職後立刻轉送中央特種刑事法庭立案，接受法庭的調查審訊！第二條，國防部預備幹部局派駐北平的經濟稽查大隊有權力調查民食調配委員會任何倉庫的物資，並有權力查核中央銀行北平分行帳目。調查結果直接向杜萬乘總稽查曾可達督察彙報，北平市警察局徐鐵英局長需全力配合稽查大隊的調查行動。」

一片沉寂。

杜萬乘這時望向了馬漢山：「馬副主任，馬局長，你現在還需不需要拜託我們幫你辭職？」

馬漢山倒是出人意料地大聲回答：「我向五人小組檢討，本人說的是氣話，現在就收回。」

杜萬乘慢慢把目光望向了方步亭。

所有人都緊張了，目光倒都還平和，一致望著方步亭。

只有一雙眼睛這時卻望向了杜萬乘，是方孟敖的眼！

杜萬乘心裡咯噔了一下，他發現方孟敖的眼像鷹一樣，這樣望著自己是什麼意思？

曾可達飛快地察覺到了，立刻接言：「方行長剛才並沒有說辭職的話，我記得好像是王賁泉主任說的。是嗎？」

王賁泉必須立刻回話了：「是我說的，方行長確實沒有說過要辭職的話。」

「該辭職的時候我會提出辭職。」方步亭徐徐地把話題接過去了，「但不是現在。國家都到了這個時局，我提出辭職，不是對不起別人，是對不起我自己，對不起自己的良心。」說到這裡他望向曾可達：「曾督察，能不能把電話借我一用？」

曾可達稍微猶豫了一下：「當然可以。」拿起電話隔桌遞了過去。

所有的人又都屏住了呼吸，剛才一通電話已經弄得好些人驚魂未定。方步亭又要給誰打電話？

方步亭已經搖通了電話：「顧大使嗎？維鈞兄，打攪了，我是方步亭啊。」

所有人都是一怔，誰也沒想到，方步亭這個電話竟是給這座宅邸的主人，現任駐美大使顧維鈞打的！

方步亭就像身邊沒有任何人：「你也知道了。是呀，這個時候是不應該發生七五學潮這樣的事件。給你在美國爭取美援又添了困難了。可我還得向你叫苦啊。物資供應委員會那邊跟共軍打仗的軍援固然要保證，可這麼多城市，這麼多民眾都沒有飯吃了，尤其是北平。美援的民生物資再不到，前方不要打，後方就已經敗了。拜託了，主要戰場都在北方，給北平多爭取一點吧。」

沒想到方步亭如此發自肺腑地說出了這一番話。所有的人都出乎意料，所有的人或多或少都動了容。

方孟敖也第一次把目光望向了父親。

方步亭好像只當那部電話存在：「謝謝了。我代表黨國所有的同仁，代表北平兩百萬民眾謝謝了！代向嫂夫人問好！你們也多保重！Goodbye!（再見）」

方步亭放下了電話。

所有的人都望著他。

他卻望向了方孟敖：「方大隊長，民食調配委員會的帳目是北平分行在幫助走帳。具體負責的人是我的助手，北平分行金庫副主任崔中石。他今天下午回北平，歡迎你們隨時前來查帳。」

所有的人都不吭聲。

方孟敖這時已不再迴避父親的目光。

兩雙十年不見的眼睛這時都望著對方。

方步亭點了下頭，結束了對望，轉望向杜萬乘：「杜總稽查，本人可以離開了嗎？」

杜萬乘有些倉促：「我們送您。來，大家都送送方行長。」

＊　＊　＊

北平青年航空服務隊軍營。

有命令，不許出營。隊員們全待在營房裡。

有在看書的。

有在寫信的。

有兩撥人在打撲克。

陳長武那一撥比較文明，輸了的在臉上貼紙條。陳長武那張臉，已經被紙條貼得只剩下兩隻眼睛了。

郭晉陽那一撥不太像話，輸了的人是往身上背東西。軍營裡也沒有別的東西，開始是背枕頭，再輸了便是加軍被。最慘的是那個平時不太吭聲的大個子邵元剛，腦子不太靈活，又被郭晉陽算計，身上已經掛了三個枕頭兩床軍被。

大暑的天，赤膊都熱，背著這麼多枕頭軍被，那邵元剛汗如雨下，牌便打得更懵了，一邊擦汗，一邊在琢磨手裡那把牌出還是不出。

只有郭晉陽，身上乾乾淨淨，顯然一把沒輸，這時站在床邊，一條腿還踏在床上，大聲催促：「邵元剛，你敢炸我的牌，就準備再加一床被子吧。」

靠門口看書寫信的兩個隊員立刻站起了，他們望見了隊長。

方孟敖手裡提著一隻沉甸甸的大紙箱進來了，向發現他的隊員作了個手勢，示意不要吭聲。

看書的隊員向他笑了一下，接過他的紙箱。

方孟敖輕輕走到郭晉陽背後，目光一掠，看清了他的牌，立刻走到邵元剛身後。

大家都看見他了，都準備收牌。

「接著打。」方孟敖不掃大家的興致，「邵元剛，把你的牌給我看一下。」

那邵元剛又把收攏的牌攤開了，給方孟敖看。

方孟敖望向郭晉陽：「郭晉陽，你剛才說什麼來了？邵元剛敢炸你的牌又要加一床軍被？」
郭晉陽立刻氣餒了，聲調卻不低：「隊長，你已經偷看我的牌了，這時候幫元剛勝之不武。」
方孟敖：「囉嗦。元剛炸了他！」
邵元剛立刻將那一把牌炸了下去。
郭晉陽乾脆把手裡的牌往床上的牌裡一和：「勝之不武！」
邵元剛可不管，立刻取下用繩索掛在身上的軍被往郭晉陽身上掛去。
郭晉陽跳開了：「你好意思贏這把牌！」
邵元剛是老實人，立刻不好意思掛被子了，望向方孟敖。
其他人早就沒玩了，都望向方孟敖。
方孟敖：「去掛上，掛上了我再給你們說道理。」
邵元剛這才又去掛了，郭晉陽也不再躲，挨了那床被。
方孟敖掃了一眼所有的人：「從今天起，我們該看牌的都要去看，是正大光明地看，不是什麼偷看！對手從不講規矩，牌都是藏起的，黑著打，你怎麼贏？晉陽，不是說你。我說的是誰大家明白沒有？」
所有隊員齊聲答道：「明白！」
「真明白嗎？」方孟敖問這句話時神情流露出了沉重。
隊員們都望著他。
方孟敖：「剛開的會，給我們派的任務，既要查北平市民食調配委員會所有物資倉庫的帳，還要查央行北平分行的帳。」
聽到這裡大家都偷偷地互相望著，央行北平分行的行長是隊長的父親，現在明確叫大家去查北平分行，隊長能去查嗎？陳長武一個眼色，大家都解下了身上的枕頭棉被，主動站到了一起，排成了兩行。

陳長武：「隊長，在南京的時候，曾督察可是叫我們查民食調配委員會的物資，還有就是讓我們負責運輸北平的民生物資。怎麼又加上一條查銀行了？這個任務我們完成不了！」

「是。」郭晉陽立刻接言，「我們都是些開飛機的，查倉庫已經夠嗆了，銀行的帳我們看都看不懂，怎麼查。這個任務我們完成不了。」

所有的隊員齊聲應和：「我們不接受這個任務！」

方孟敖慢慢望著大家，心裡是感動的，臉上卻不能流露出來：「查倉庫還是查銀行都不是這幾天的事。我給大家帶來了一樣東西。晉陽，你是老西，祖上就是做生意的，交給你一個任務，去把紙箱打開。」

郭晉陽揣著疑惑，走到紙箱前，解了繩扣，打開紙箱。

紙箱裡摞排著一箱子的算盤！

「給大家每人發一把。」方孟敖大聲說道，「郭晉陽是總教師，其餘會打算盤的都做老師。會打的教不會打的，會算的教不會算的。加減乘除，三天都給我學會了！」

「三天我可學不會！」第一個叫苦的是那邵元剛。

「我們也學不了！」跟著好些隊員隨聲附和。

「學不會就掃營房，給別人洗衣服！」方孟敖說著向自己的單間走去。

大家都望著隊長的背影，第一次發現隊長走路沒有以前那一陣雄風了。

隊員們又都互相望著，誰也沒有去拿紙箱裡的算盤。

＊　＊　＊

北平市民食調配委員會物資總庫的大門被好幾個人推著，沉重地開了。

「混帳王八蛋！通風扇也不開，等著起火嗎！」馬漢山一走進倉庫便潑口大罵。

也不怪他，入暑的天，本就炎熱，倉庫裡又堆滿了各類物資，進來後如入蒸籠，汗如雨下；剛受了一肚子的氣，一點就著，焉得不罵。

跟著進來的李科長、王科長被他罵了，回頭又去罵那些看倉庫的科員。

李科長：「你們這群混帳王八蛋！倉庫條例寫得清清楚楚，必須保證通風，誰關的通風扇！」

那王科長接言了：「全市都電力不足，接到通知，要控制用電……」

「報電費怎麼都是滿的！王一行，我看你是窮瘋了！」馬漢山接著又罵，「哪個部門敢停物資倉庫的電？連電費都貪了，你就貪吧！貪回去把你全家都給電了！」

那王科長不知是心虛還是挨慣了罵，再不還口，轉對兩個科員：「祖宗，還不去把電開了？」

一個科員立刻跑去，推上電閘。

倉庫四周牆壁上方的通風扇都轉了起來。

馬漢山恨恨地向裡面走去。

李科長王科長隔一段距離跟著。

「揚子公司那邊該進的一萬噸大米進庫了沒有？」馬漢山一邊走一邊問。

李科長王科長都不吭聲。

馬漢山倏地站住，倏地轉身，瞪圓了兩眼望著二人。

李科長只好回話了：「馬局長您知道，揚子公司駐北平辦事處那道門我們都進不去。五天前就應該進的貨，打了幾十通電話了，都是個小娘們接的，問她還不耐煩，我們也不敢催。」

「好，好。」馬漢山氣得喘氣，「方孟敖的大隊立刻就要來查倉庫了，一萬噸大米今天入不了庫，你們自己就等著被拉去挨槍子吧！」

「局長！」那個李科長又憋不住了，「錢我們付了，大米是他們沒送來，叫我們挨槍子，黨國也沒有這條法律吧？」

「還跟我說法律！」馬漢山近乎咆哮了，「李吾志，你個調撥科長那本爛帳經得起法律檢查嗎？死不醒的傢伙！」

罵了這一句，那個李吾志不敢接言了。

「電話在哪裡？」馬漢山接著咆哮，「我打電話，你們趕快準備車輛，今晚把大米運來！」一邊嚷著，一邊自己便去找電話。

王科長囁嚅著接言了：「局長，倉庫的電話線給老鼠咬壞了……」

馬漢山氣得發顫，盯著他望了好一陣子，這回他不罵了，實在是覺得，這群混帳王八蛋罵了也是白罵，於是「呸！」地一口濃痰吐在王科長腳前，大步走出了倉庫。

李科長、王科長對望了一眼，再也不跟去了。

* * *

從倉庫總庫走到自己的主任辦公室，馬漢山便一直在撥電話。

也不知撥了幾遍了，電話卻一直沒有人接，馬漢山便一直罵：「娘希匹的！揚子公司的人都死絕了！惹急了老子，一份報告直接打給總統，讓總統來罵娘。娘希匹的！」

正在罵著，那邊的電話突然通了，果然是個娘們：「你們是哪裡呀？你們怎麼知道我們的電話？你們知道我們這是哪裡嗎？」

太牛皮烘烘了！馬漢山哪裡還受得了，壓著火，學著對方的腔調：「我們是北平民食調配委員會！你們的電話是你們孔總經理親口告訴我的！我知道你們那裡是揚子公司北平辦事處！行了嗎？還不快去叫孔總接電話！」

對方那個娘們腔調沒有剛才高了，可也沒有低到哪裡去：「我們孔總正在午休啦！北平民食調配委員會那麼多人，我知道你是哪個啦，我們孔總也不會隨便接人的電話啦。」

真是氣得要死，馬漢山提高了聲調：「告訴你，立刻去告訴你們孔總，國府派來的五人調查小組沒有一個人在午休！國防部預備幹部局稽查大隊立刻就要找你們了！明白嗎？」

對方那個娘們真是無藥可救：「什麼五人調查小組？什麼稽查大隊？他們向宋先生、孔先生報告過了嗎？就敢找我們？」

馬漢山一口氣憋住了，撫了撫胸口，把那口氣接上來，竭力用冷靜的口氣一字一字地說道：「我現在告訴你，派五人小組和稽查大隊來的人比宋先生、孔先生還大。還要我說嗎？」

對方似乎有些緊張了，可還是那副腔調：「我怎麼知道你說的話是真的還是假的。你到底是哪一個？」

馬漢山一字一頓：「馬、漢、山！你問他接不接我的電話！」

「馬漢山是個什麼職務啦？」對方那個娘們顯然是個陪睡的，居然連馬漢山是誰也不知道。

馬漢山吼了：「馬漢山是北平民食調配委員會副主任，北平市民政局局長，還兼過北平肅奸委員會主任委員！明白了嗎？再不去報，誤了事，你個娘們，就等著你們孔總收拾你吧！」

對方那個娘們這才低調些了：「我也不知道你是馬主任嘛，早點告訴我嘛，我去叫孔總了。」

接著就是擱電話的聲音，很響，沒有忙音，顯然沒掛，是擱在桌子上。

馬漢山掏出一塊手帕抹著汗，又端起桌上的那杯龍井，一口喝得只剩下了茶葉，在那裡等著那個孔總。

話筒那邊好像有腳步聲了，馬漢山把話筒立刻貼緊在臉上。

＊　＊　＊

從會議室回到自己的住室，曾可達也一直在接聽電話。

聽完後，曾可達低聲說道：「同意組織學生協助方大隊查帳。不要讓北大清華的學生參加，只組織燕大經濟系的學生，一定不能失控。可以安排部分東北籍的學生……當然，中間要有我們自己的人……同意。何小姐不要加入查帳的隊伍，還是讓她單獨與方接觸……好。向你的上級請示後，注意他們的反應，他們如果不同意就說明方一定有問題。立刻請示吧。」

＊　＊　＊

燕京大學東門外文書店二樓。

「好。我立刻聯繫。再向你詳細彙報。」在這裡與曾可達通電話的正是梁經綸。

掛掉了這個電話，他想了想，又開始撥另外一組號碼。

電話顯然通了，對方卻無人接聽。梁經綸眼中閃過一絲猜疑，等了片刻又重新撥這組號碼。

燕京大學圖書館善本藏書室。

電話鈴在一聲聲響著。

嚴春明就坐在電話桌的對面，卻仍然不接電話。

他的對面桌旁，逆鏡坐著一個人的背影，一個中年人的背影。

嚴春明望了一眼不斷響著的電話，又望向那個只能看見背影的人。

「接吧。」那背影說道，「在電話裡不要答應任何事。告訴他，你半個小時後去見他，有事當面談。」

嚴春明拿起了電話：「梁教授啊，對不起，剛才一個教授要看一本善本書，我在跟他辦登記。你說吧。」

電話裡傳來梁經綸的聲音，很微弱，旁人聽不甚清楚。

嚴春明：「這件事很重要。這樣吧，半小時後我來找你，老地方。」說著掛斷了電話。

嚴春明臉色很凝重，又望向了他能看到面部的那個背影。

那背影低聲說話了：「七月六號向你們傳達的精神，言猶在耳，為什麼一點不聽？各個部門有各個部門的工作，就是要做那個青年航空服務隊的工作，也不該由你們來做，你們這是嚴重違背組織規定的行為！」

嚴春明低聲回話了：「劉部長，我們只是有這個建議，目前還並未開展任何工作。上面要是不同意，我這就阻止他。」

「還只是建議嗎？」那個背影的語氣嚴厲了，「何孝鈺已經去接觸方孟敖了，你怎麼阻止？突然又叫何孝鈺不去接觸了嗎？你們已經讓組織很被動了。」

嚴春明低頭沉默了，突然又抬起了頭：「我接受批評。但是請組織相信我們，相信梁教授。我們也是因為不願意錯過有利於鬥爭的機會。下面我們該怎麼辦，請您指示。」

那背影也沉默了稍頃：「沒有誰懷疑你們。方孟敖的青年服務隊背景非常複雜，更多的情況我們也不清楚。你去見他吧，只要是控制在學生週邊組織的範圍內，可以先進行接觸。記住了，不要把進步學生往火坑裡推。」

嚴春明：「週邊組織的範圍怎麼理解？請明確指示。」

那背影：「不要有黨內的同志參加，不要有碰硬的舉動。保證這兩條，國民黨當局就抓不到把柄，學生就不會造成無謂的犧牲。」

嚴春明：「我明白了。向經綸同志傳達以後，我再跟您聯繫，向您彙報。」

那背影站起了：「不要找我了，我今天就要離開北平。今後的工作，組織上另外會派人跟你接頭。還有，一級向一級負責。你向我彙報的事，不要告訴經綸同志。」

嚴春明也跟著站起了，臉上立刻浮出一絲委屈和憂慮：「組織上如果不信任我，我願意接受審查。」

那背影：「你的思想最近很成問題。是不是越接近革命勝利越是對自己患得患失！中央的精神都給你們傳達了，好好工作，同時加強學習。」

嚴春明只得答道：「是。」

＊　＊　＊

燕京大學東門外文書店二樓。

「組織上如果不信任我，我願意立刻接受審查。」梁經綸說的竟是嚴春明剛才同樣的話，只是加上了「立刻」二字，加重了語氣。

嚴春明立刻嚴肅了：「經綸同志，組織上對你的工作是肯定的。但是，你的思想最近有些問題，越是接近革命勝利，越不能患得患失。」

梁經綸沉默了，稍頃又抬起了頭：「我接受批評。但我不承認自己有什麼患得患失。如有憂患，也是對革命工作的憂患。北平是全中國的文化中心，進步青年嚮往革命，嚮往建立一個新中國，我們沒有理由阻擋他們的革命熱情！革命也不只是我們這些共產黨員的事，更不只是野戰軍的事。毛主席早就說過，革命是全體被壓迫被剝削的中國人民對帝國主義和國民黨反動派的自覺反抗！現在革命正處於人民和反動政權的決戰階段。我同意上級七六指示精神。可七六指示也只是告誡我們要注意鬥爭策略，並沒有叫我們把群眾尤其是進步學生拒之於革命的門外。現在國民黨政權已經在東北華北和中原與我軍拉開了決戰的態勢。可他們的經濟已經瀕臨全面崩潰，所依賴的主要是美國的援助。正因為害怕失去美援，害怕全國人民在城市掀起巨大的反對浪潮，他們才裝樣子派出了一個什麼五人調查小組到北平走過場。方孟敖的大隊就是我們可以利用的最好對象，如果能夠發動這個大隊對國民黨內部的腐敗進行真正的清查，北平就能夠掀起一個新的革命高潮！這對我們野戰軍在前方與國民黨軍決戰是最有利的支援！春明同志，服從上級是我們地下工作鐵的紀律，這一點我懂。但是，作為每一個黨員都要獨立地真正地理解中央的精神。這一點毛主席就是我們的光輝典範。毛主席在每一次革命關鍵時刻都從來不相信教條主義，包括共產國際的瞎指揮。我以一個黨員的名義，再次鄭重地向組織建議，立刻組織一批週邊進步學生，主要是經濟系的學生去幫助方孟敖大隊清查國民黨對民生物資的貪腐！害怕犯錯誤，失去了這個機會，讓國民黨利用什麼五人小組欺騙全國人民，我們才是真正的患得患失！我的想法說完了，請春明同志做決定吧。」

嚴春明也激動了，站了起來，在不大的閱覽室內來回踱步。

突然，他站住了：「把你的詳細想法都說出來。只要能對奪取全國革命的勝利做出我們的貢獻，犯了錯誤我承擔！用事實向組織證明，我們幹革命從來沒有為了個人患得患失。」

梁經綸十分感動：「我這就向你詳細彙報。」

＊　＊　＊

北平市警察局局長辦公室外，那個孫祕書又坐到會議室靠辦公室門外的桌子前處理文牘了。顯然徐鐵英又在辦公室祕密會見要緊的人物，商談要緊的事情了。

「鐵英兄！徐局長！」馬漢山又出現在這裡，這回是真急了，沒有肉的那張黑臉上筋都暴了出來，「如果你都不相信我，我就只有破罐子破摔了！」

徐鐵英顯然沒有第一次在這裡見他時那種熱情，中統的那張臉拉下來還是十分可怕的：「什麼破罐子？怎麼摔？摔給誰看？我倒真想看看。」

馬漢山本身就是軍統，知道中統和軍統的人一旦撕破臉接下來就是你死我活，見徐鐵英這般模樣，哪敢真的摔什麼罐子，跺了一下腳：「是這樣好嗎？你如果願意我就在這裡借你的電話用一下，你親自聽聽揚子公司那個皇親國戚是什麼嘴臉。」

徐鐵英：「什麼叫皇親國戚？你這是在罵總統呢，還是罵夫人？馬局長，在黨國工作也好幾十年了，江湖上那一套最好收斂些。侯俊堂要是沒有在你們民食調配委員會占股份，他會調動國軍那麼多飛機幫你們走私嗎？不要忘了，侯俊堂送上斷頭台，是本人查的案子！我把你當朋友，你把我當什麼？當時審侯俊堂我就完全可以把你拉進案子裡去！是不是要我把你當時寫給我的信送給國防部預備幹部局？」

馬漢山完全虛脫了，自己在沙發上坐了下去，自己拿起那杯茶一口喝了：「話說到這個份上，這一輩子我再不叫你鐵英兄，從今往後你就是我的親爹，好不好？都跟你說了吧，侯俊堂在那幾家公司裡一共占了百分之二十的股份。」

說完馬漢山又端起杯子喝茶，卻沒有水了，他居然又端起了徐鐵英那杯茶一口喝了，然後便沉默在那裡。

徐鐵英的臉色立刻緩和了——百分之二十！他的腦子裡浮現出了崔中石在中統他的辦公室寫的那一行字：鉛筆，黨員通訊局的信箋紙，百分之二十的那一行字，破折號，然後是一個大大的「您」字！

完全對上了！

徐鐵英站了起來，提起了暖水瓶，給馬漢山的杯子倒滿了，卻沒有給自己的杯子續水——馬漢山那口黑牙，自己那杯茶是不能再喝了。

徐鐵英：「不是做老兄的說你，在黨國幹事，總得有一兩個真朋友。誰管用了就把誰當朋友，不管用了就把人當草鞋，最後就光著腳吧。你現在能告訴我侯俊堂占有百分之二十的股份，這就還是把我當朋友。你不說，我就不知道他有這麼多股份嗎？當然，這也不全是侯俊堂一個人的股份。現在侯俊堂死了，在他手下分股的那些空軍再也不敢來提股份的事。可你們這百分之二十股份總不能沒有交代吧？那可是死了一個中將，死了一個上校，還死了幾個國軍王牌飛行員剩下的。你們吞得下去嗎？現在說說，揚子公司那個什麼孔總怎麼說的？」

馬漢山：「確實是我剛才說的那樣，一萬噸大米現在還沒到位，侯俊堂的百分之二十股份提也不提，他們真是太黑了！」

徐鐵英：「你怎麼想？」

馬漢山：「徐兄，我現在腦子裡全是空白，我能怎麼想？總不成我把背後這些事都向杜萬乘和曾可達說出來吧？」

徐鐵英理解地點了點頭：「要怎樣才能讓那個孔總經理有些懼怕，這你總應該明白吧？」

馬漢山開始想了：「他們當然也不是什麼也不怕。比方說中央銀行北平分行，所有的帳都是他們管著，可方行長也不會跟孔家作對呀。」

徐鐵英：「那就想辦法讓他們明白，在這件事上他們要是還這麼黑，中央銀行北平分行就不會再給他們背黑鍋！兩個人，一個是崔中石，一個是方孟敖。你露個風給孔家，再不識相，有這兩個人就夠他們好看的了。」

馬漢山：「可崔中石和方孟敖也不會聽我的呀。」

徐鐵英帶有一絲可憐地笑了一下：「當然不會聽你的。我只叫你傳個話過去。這總做得到吧？」

馬漢山立刻站了起來：「我這就去。混帳王八蛋的！剛才居然還在電話裡罵我。老子反正沒有退路了，赤腳的也不怕他穿鞋的！」

徐鐵英：「也犯不著置氣。你把話原原本本帶到就行。孫祕書！」

孫祕書推開門，從屏風那邊出現了。

徐鐵英：「你立刻通知方孟韋副局長，南京到北平的那趟列車五點半就到站了。說我說的，你代表我，和方副局長一起去火車站接北平分行的崔副主任。」

「是。」孫祕書立刻答道，「我這就去。」走了出去。

馬漢山這才恍然悟出了些什麼，望著徐鐵英：「有底了！鐵英兄，揚子公司那邊我這就去攤牌！」大步走了出去。

徐鐵英的目光望向了那兩隻茶杯，皺了下眉頭，兩手各用兩指輕輕夾著兩隻茶杯，離身子遠遠的，向衛生間走去。

＊　＊　＊

方邸洋樓一樓客廳。

何孝鈺又被謝木蘭「拉」到方家來了。多了一個程小雲在陪著她們，方步亭坐在客廳裡反而沒有昨天在謝木蘭房間那種慈祥自如。

謝培東仍然飄忽不定，張羅了一下茶水，又去到廚房張羅蔡媽、王媽準備晚飯。

「小媽。」只有謝木蘭能夠打破有些難堪的沉寂，「聽說你曾經跟程硯秋先生學過程派，我爹還說你比那些上台的還唱得好。怎麼從來沒有聽你唱過？」

程小雲應付地笑了一下，慢慢望向了端坐的方步亭。

「是大爸不讓你唱？」謝木蘭一定要把氣氛挑起來，轉向方步亭，「大爸，是嗎？」

方步亭沒有表情，當然也沒有回答她。

「程姨。」何孝鈺接言了，「我爸也很喜歡程派，你能不能教教我？」

說到這裡，何孝鈺悄悄地望向了方步亭。

方步亭這時不能沒有態度了：「孝鈺要是有這個孝心，哪天我帶你去見程硯秋先生，請他親自教你。」

「要拜程先生，方叔叔，我爸比你更容易。」何孝鈺加入了調和氣氛的行列，「我就是想拜程姨作老師，讓程姨教我。以後也免得我爸和您老叫我唱上海的那些老曲子。方叔叔不會不答應吧？」

方步亭望著何孝鈺，目光很深，臉上當然帶著微笑：「你真要程姨教你，就把她接到你家裡去，她一邊教你一邊學，你爸聽了也高興。好吧？」

「我今天就想程姨教一段。」何孝鈺一向文靜，今天卻反常地活躍。

「今天不行了。」方步亭站了起來，「孟韋馬上要回了，還有崔副主任從南京回來立刻要向我談公事。木蘭，你陪孝鈺到園子裡走走。叫你爸到我房間來，讓你小媽到廚房張羅晚飯。」

大家都站起了，目送著方步亭登上二樓的樓梯。

＊　＊　＊

方邸洋樓二樓行長辦公室。

謝培東來了，方孟韋也不知何時回來了。二人都沒有坐，都站在方步亭那張大辦公桌前。

方步亭獨自坐在辦公椅上沉思著，慢慢抬起了頭：「培東，你說徐鐵英為什麼要叫孟韋和他的祕書去接崔中石？」

謝培東：「一句話，醉翁之意不在酒。」

方步亭轉望向方孟韋：「明白你姑爹這句話的意思嗎？」

方孟韋：「姑爹乾脆說明白些吧。」

謝培東望著方步亭。

方步亭示意他說下去。

謝培東：「一是為了黨產，這是他必須完成的任務，也是中央黨部派他來北平的主要目的。二嘛，這個時局誰不想退路？徐鐵英也缺錢花呀。」

方步亭立刻點了下頭。

「黨國遲早要亡在這些人手裡！」方孟韋的意氣立刻冒出來了，「要是為了第一條我擋不住他。要是連他也想趁機來撈錢，我雖是副局長，還真不認他這個局長！」

方步亭深望著兒子：「不是錢的問題了。看起來徐鐵英還沒有懷疑崔中石。最關鍵我們得盡快弄清楚崔中石到底是不是共產黨。這才是身家性命攸關的事啊！」

「孟韋，行長的話你聽明白沒有？」謝培東立刻提醒方孟韋。

方孟韋沉默著。

謝培東：「要沉住氣。千萬不要跟徐鐵英過不去。把崔副主任接回來，見面時你也一定要像平時一樣。他到底是不是共產黨，行長和我會搞清楚。」

「姑爹的話你記住了？」方步亭深以為然，緊望著兒子。

「我知道該怎麼做。」方孟韋答道，接著看了一眼手錶，「五點了。爹，姑父，我去火車站了。」

第八章

號稱特別快車，卻走了二十七個小時，才從南京到達北平。

終點站了，一陣忙亂之後，車廂裡的乘客全都下了車。

臥鋪車廂內，崔中石卻依然坐在六號鋪位上，望著窗外的月台。

十號、十一號鋪位的那兩個跟蹤的特工便被他弄得十分為難，不能先下車，也不能這樣跟他耗著，其中一個便打開一個皮箱，裝著整理皮箱裡的東西。

另一個也只好裝著催他：「都下車了，快點好不好？」

目光仍然在斜著關注崔中石。

崔中石突然起身了，一手提著皮箱，一手提著公事包，飛快地向車門走去。

「下了。」站著的那個特工連忙說道，也不再管整理皮箱的特工，拎著自己的箱子急忙跟了過去。

另一個特工也立刻關上了皮箱，跟了過去。

兩個青年特工下了車便傻眼了。

一輛警用吉普，一輛黑色小轎車，如入無人之境，從月台那端開了過來，嚇得幾個零散的乘客紛紛躲避。

兩輛車徑直開到崔中石面前，吱的剎住了。

吉普車門開了，跳下來幾個警官，四處站開。

小轎車門開了，第一個鑽出來的是方孟韋，跟著鑽出來的是孫祕書，都是滿臉笑容向崔中石走來。

有兩個警官立刻過來幫崔中石接過了皮箱和公事包。

方孟韋已經走到面前：「辛苦了，崔叔。」握手。

「崔副主任好。」孫祕書接著跟他握手。

崔中石：「這麼忙，你們還來接我幹什麼？」

那兩個青年特工只好裝成真正的乘客，向出站口走去，偶爾回頭還在看一眼。

方孟韋和孫祕書已經陪著崔中石向小轎車走去。

孫祕書跟在身邊說道：「我們局長本想親自來接的，公務太忙，只好委託我代表他，崔副主任不要見意。」

崔中石在車門邊站住了：「徐局長太客氣了。向行長彙報了工作，我立刻去拜見他。」

「崔叔上車吧。」方孟韋親自為崔中石開了轎車後面的車門，此時的神態倒像是發自內心的真誠，畢竟崔中石幾天前去南京是為了救方孟敖，這份情必須要表現出來。

崔中石跟他沒有客套，逕自上了車。

方孟韋繞過車身，走到轎車那邊開了車門上了車。

孫祕書從副駕駛車門上了車。

幾個警官立刻上了前面那輛吉普，仍然是吉普開道，轎車後跟，在月台上快速向前面的出站大門開去。

兩個仍然在排隊出站的青年特工眼睜睜地望著兩輛車揚威而去。

臨戰時期，乘客在北平出站都有員警在一旁看著，發現可疑人便喝令抽查，因此出站便很慢。

一個青年特工：「徐鐵英的祕書也來了，這不正常。」

另一個青年特工：「趕快去報告吧。」

兩人再不耐煩前面排隊出站的乘客，蠻橫地擠到出站口，插隊出站。

兩個員警立刻過來了：「幹什麼的？一邊來！」

一個青年特警掏出了一本身分證明在他眼前一晃，二人再不理睬，大步向站外走去。

兩個員警都沒緩過神來，其中一個問另一個：「哪個機關的？看清了嗎？」

另一個員警：「好像是國防部的。」

＊　＊　＊

駛離火車站，坐在後排的崔中石掏出懷錶打開錶蓋一看，已經是下午六點了，他的目光掃了一眼前排副駕駛座上的孫祕書，望向方孟韋：「六點了，行長等久了吧？」

方孟韋迎望崔中石的眼，覺得那雙眼睛還是那樣忠誠可靠踏實，兩人的眼神交流立刻交會在前座的孫祕書身上了。同時方孟韋心裡驀地冒出一陣難受，立刻望向前座的孫祕書：「孫祕書也一起到寒舍陪崔副主任吃飯嗎？」

孫祕書轉過身了：「對不起，我正要跟方副局長和崔副主任報告。局長說了，我們先把崔副主任送回家去，畢竟一家人好些天沒見面了。晚上九點，我們局長會來拜會方行長，請崔副主任一起來，他有要緊的事跟你們談。」

方孟韋立刻不高興了，崔中石的手連忙握住了他的手，向孫祕書說道：「那我就先回家。孟韋，你跟行長講一下徐局長的意思。行長如果有新的指示，我在家裡等電話。」

方孟韋畢竟還是徐鐵英的下級，何況徐鐵英如此安排，一定是處心積慮，當即只好答道：「那就用前面的車送崔叔回家。」

這輛車就是方步亭的車，司機立刻加油門，超過了前面那輛吉普，停了下來。

那輛吉普當然跟著停下了。

方孟韋崔中石孫祕書都下了車。

吉普裡幾個警官也慌忙下了車。

方孟韋對那幾個警官：「你們下來兩個人，用你們的車送崔副主任回家。」

小轎車的司機已經把崔中石的皮箱和公事包提過來了，吉普車的司機將皮箱和公事包放進了吉普車內。

崔中石坐上了吉普，那孫祕書也跟著坐上了吉普。

方孟韋在車門邊依然站著，深深地望著崔中石：「這幾天太辛苦了，回家代我向崔嬸道個歉問個好。」

崔中石疲倦地笑了一下：「我一定帶到。你也先代我向行長和謝襄理問個好，晚九點我就過來了。」

方孟韋親自關了車門：「你們的車先走吧。」

那輛吉普載著崔中石和孫祕書向崔家方向開去了。

方孟韋仍然站在路上，望著那輛遠去的吉普，眼中浮出的是複雜的傷感。

＊　＊　＊

北平東中胡同。

國民政府中央銀行北平分行地處西交民巷東段，一九二八年設行以來，在北平購置了不少房產。尤其在西交民巷一帶，買下了許多大大小小的四合院，以供銀行職員居住，算是當時非常優越的福利住房了。

崔中石是北平分行金庫副主任，主任是方步亭自兼，因此崔中石的地位完全可以享有一處大四合院。但崔一向行事低調，而且在整個中央銀行系統都有金鑰匙鐵門栓的口碑，把銀行的錢管得死死的，自己卻從來不貪一文，就是因此從上海分行一個小職員升到了現在這個職位。到北平後風格不改，挑了離銀行約兩華哩的這所小四合院住了下來，安頓一家大小四口，連保姆都不請一個，家務全是太太親自操持。

東中胡同不寬，警察局那輛吉普開了進去，兩邊就只能勉強過一輛自行車通行了。

「倒車，請把車倒回去。」崔中石在車內叫司機倒車。

那司機把車停了。

孫祕書：「我們把崔副主任送到門口。」

崔中石：「裡面路窄，一進去別人就不好走了。倒出去停在大街上，我走進去也不遠。」

「那就倒出去吧。」孫祕書發話了。

吉普又倒了出去，在胡同口的街邊停了。

崔中石下了車，孫祕書跟著下了車，而且手裡已經幫崔中石提好了皮箱和公事包。

「在南京多承關照，到北平還是你關照。孫祕書，來日方長，我也不說客套的話了。到不到家裡坐坐，一起吃個便餐？」崔中石嘴裡這樣說著，卻又去接皮箱和公事包。在南京中統大樓那個出手十分大方的崔副主任不見了，此時儼然一個小氣的上海男人模樣，顯然是不希望別人去家裡吃飯。

孫祕書還是那個樣子，笑道：「有紀律，崔副主任趕緊回家洗澡吃飯，我就在這裡等著，八點半一起去方行長家。」

崔中石：「那怎麼可以？」

孫祕書：「局長特地吩咐的，這是我的工作，崔副主任請回吧。」

「慢待了，改日單請孫祕書去全聚德。」崔中石不再多說，提著皮箱和公事包向胡同走去。

孫祕書在胡同口望著，見崔中石也就走了十幾米，在第二道門口停住了，扣著門環。

東中胡同二號四合院便是崔宅。

「儂還好不啦？」崔中石讓老婆葉碧玉接過皮箱和公事包，滿臉歉笑，立刻問好。

「儂不要講了，沖澡，吃飯。」老婆沒有回笑，這倒不可怕。居然一句埋怨嘮叨也沒有，提著皮箱和公事包便向院中走去，這就可怕了。

崔中石怔了好一陣子，望著自家那個女人的背影，心裡更加忐忑了。以往的經驗，見面便罵幾句，進屋就消停了；倘若見面一句不罵，這一夜日子便更不好過。上海女人數落丈夫都是分等級的，老婆這個模樣，這頓數落埋怨顯然像放了高利貸，連本帶息不知會有多少了。

這個中共地下黨忠誠的黨員，因為嚴守組織的保密規定，在家裡永遠只能像很多上海男人那樣，受著老婆無窮無盡的嘮叨和數落。

崔中石苦笑了一下，轉身把院門關了，再回過身去，眼睛又亮了。

「爸爸！」

「爸爸！」

大兒子崔伯禽十歲，上海流行的小西裝分頭，夏威夷式白細布短袖小襯衣，卡其布齊膝西裝褲。

小女兒崔平陽六歲半，上海流行的兩根小馬尾辮，白底小蘭花連衣短裙。

——兩個孩子的裝扮都整潔洋派，穿著其實很省布料。這時都站在面前，叫得聲音雖低，卻無比親切。看起來，一兒一女都和崔中石親些，而且都是一個陣營，受著崔中石老婆的統治。

崔中石這才想起了，在口袋裡一陣緊掏慢掏，結果還是沒有掏出一樣東西，滿臉歉然：「爸爸這趟出差沒有時間上街，沒有給你們買大白兔奶糖……」

「上次爸爸買的，我們每人還留有一顆。你看！」兒子舉起了一顆糖。

女兒也跟著舉起了一顆糖。

崔中石蹲下了：「你們都洗了澡了，爸爸身上有汗，就不抱你們了。」伸出了兩手。

兒子牽著他一隻手，女兒牽著他一隻手，三人同向北屋走去。

老婆葉碧玉已經在北屋的桌子上切西瓜了。

兒子和女兒同時抬頭望了一眼父親，崔中石作了個害怕的樣子。

女兒拉住了父親，輕聲問道：「爸爸，媽媽又會罵你嗎？」

兒子望了妹妹一眼，又望向爸爸：「罵幾句就算了。罵久了我們就不吃飯，也不寫作業，她就不敢再罵了。」

女兒：「我不敢……」

「說什麼了？」葉碧玉在屋內發聲了。

三人便再也不敢吭聲，如履薄冰，走向了北屋門。

崔宅外，東中胡同口。

那孫祕書好紀律，站在街口，長袖中山裝上邊的風紀扣依然繫著，一任臉上流汗。

司機買來了煎餅果子，孫祕書接過來，仍然向兩邊看了看，無人關注，這才慢慢地嚼起了煎餅。

突然，那孫祕書停了手，嚥下了口中的煎餅，盯向已經開到自己這輛車約五米的一輛軍用吉普。

他看清了正在減速的那輛吉普，開車的人竟是方孟敖！

方孟敖的車果然在孫祕書的車對面的胡同口街邊停下了。

從副駕駛座上走下來的是陳長武。

方孟敖熄了火拿著鑰匙從駕駛車門也下來了。

孫祕書連忙將沒吃完的煎餅遞給司機，快步向方孟敖迎來，舉手便行了個禮：「方大隊長來了？」

方孟敖隨手還了個禮：「北平分行的崔副主任是住在這裡嗎？」

「是。」孫祕書答道，「剛到的北平，剛進的家。」

方孟敖：「你們接的？」

孫祕書：「是。我們局長說了，五人會議決定，由我們北平警察局協助方大隊長查帳。」

方孟敖深望了他一眼：「那就好好協助吧，崔副主任哪個門牌號？」

孫祕書：「報告方大隊長，東中胡同二號，也就是進胡同靠左邊第二個門。」

方孟敖向胡同走去，也就走了幾步，停下了，回頭又望向孫祕書。

孫祕書連忙又走了過去。

方孟敖：「崔副主任回家多久了？」

孫祕書看了一眼錶：「一刻鐘吧。」

方孟敖走回到車邊，掏出了雪茄，陳長武立刻打燃了火機。

方孟敖吸燃了雪茄：「讓人家洗個澡吃了飯我們再進去問話吧。」

那孫祕書聽他這般說，不禁又看了一眼手錶。

方孟敖：「怎麼？還有誰等著見崔副主任？」

＊　＊　＊

顧維鈞宅邸曾可達住所外。

五人小組每個成員的住所都派有四名警衛，院門階梯邊兩位，通往住所的兩邊路口各站著一位。

一個中央軍的軍官，就是昨晚開車來接曾可達的那個軍官，帶著四名警衛來了。

路口的警衛，階梯邊的警衛同時行禮。

那軍官：「換崗了。你們回營吃飯吧。」

原來的四名警衛：「是！」放下了手，邁著軍步走了開去。

那軍官使了個眼色，兩個警衛立刻在東西路口站定了。

那軍官這才望向另外兩個警衛：「跟我來吧，長官在等你們了。」

這兩個警衛竟是沿路跟蹤崔中石的那兩個青年特工！

門口是那個軍官在站崗。

客廳頂上一個很大的風扇竟停在那裡，並沒有開動。

兩個青年特工進去一眼就看見，曾可達正坐在沙發上看材料，手裡拿著一把摺扇在搧著。

兩個青年特工同時並步行禮：「可達同志，我們來了。」

曾可達抬起了頭，望見兩個人的帽檐下都在流汗：「辛苦了，熱就把風扇開了吧。」

兩個青年特工同時答道：「可達同志，勵行節儉，我們不熱。」

曾可達站起來了：「也不省這點電。」親自過去開了風扇的開關。

風扇轉了起來，立刻滿室生風！

「坐吧。」曾可達坐回到沙發上。

兩個青年特工各端著一把椅子在他對面的茶几前輕輕放下，筆直地坐著。

「說說情況吧。」曾可達收拾好了材料，用一個茶杯蓋壓著，開始專注地聽兩人彙報。

一個青年特工從身上拿出了那一捲《大公報》雙手遞給曾可達：「到德州站的時候上來一個人，給了崔中石這份《大公報》，崔中石從第一版看到了最後一版。我們懷疑這是他們接頭的方式，祕密就在這份報紙上。」

曾可達只瞄了一眼那份報紙的第一個版面，沒有再看，只問道：「你們研究了嗎？」

另一個青年特工答道：「每個版面都看了，沒有任何字跡，也沒有任何記號。」

曾可達：「那就不要看了。」

一個青年特工：「我們認為，崔中石如果是共黨，共黨組織的指示就一定在這份報紙上，請可達同志斟酌。」

曾可達望向二人：「那我們就一起來斟酌一下吧。」把報紙攤在茶几上。

兩個青年特工站起了，走到曾可達那邊，一起低頭看著報紙。

曾可達望著第一版一篇報導：「看著這篇報導，記住我說的數字，你們按數字記住每個字。」

兩個青年特工睜大了眼，專注地望著那篇報導。

曾可達：「7　13　14　26　32　54　59　60」停住了。

兩個青年對望了一眼，有些明白了。

曾可達：「唸出文字吧。」

「方、同、志、明、天、到、北、平。」兩個青年同時輕聲唸完，立刻露出佩服的目光，「他們是在用密碼檢字法接頭！」

「是呀。」曾可達感嘆了一句，「不要研究了，一萬年也研究不出結果的。」

突然，電話鈴聲響了。

曾可達站了起來，兩個青年特工便自覺地想退出去。

「你們坐。」曾可達走過去接電話，聽了一會兒，「方大隊長有權力去崔中石家，你們不許干涉。關注那個孫祕書的動向就行。」放下了電話。

一個青年特工：「可達同志，正要向您報告，火車到站後有兩輛車開到了月台上接崔中石。一台是北平警察局的吉普，一台是奧斯汀小轎車，像是北平分行的車牌號。方孟韋和徐鐵英的祕書親自接的崔中石。」

曾可達站在那裡，想了想，然後對兩個青年特工：「坐吧，給你們布置下一步的工作。」

＊　＊　＊

「你找哪位啦？」葉碧玉開了院門，望著眼前這位挺拔的飛行員軍官，滿臉防範。

方孟敖站在門外，當然知道這個開門的就是崔中石的夫人，目光便流露出詫異：他想像中的崔夫人是個知識女性，而眼前站著的分明是一個典型的上海弄堂女人。

方孟敖更得禮貌了：「請問是崔副主任的夫人嗎？我叫方孟敖，崔副主任經常到杭州看我。」

「哦～」葉碧玉這一聲有些誇張，卻是由衷發出來的，「儂就是方大公子啊！快進來，中石呀，中石！方大公子來啦！」

崔中石在北屋門口的目光！

方孟敖在院門內的目光！

葉碧玉關院門的動作似乎因兩人目光的凝固，變得比正常的速度放慢了一半。

院門關上了，拴上了。時速又恢復到了正常。

方孟敖大步向崔中石走去。

崔中石緩慢地向方孟敖迎來。

葉碧玉動作更快，超過了方孟敖：「快到屋裡坐，我去切西瓜。」說話間已從崔中石身邊進了北屋。

方孟敖和崔中石在院內站住了，相顧無言。

突然，方孟敖不再看崔中石，眼睛大亮，擦肩走過崔中石，向北屋門走去。

北屋門邊，左邊大兒子趴著門框，右邊小女兒趴著門框。

兩雙好奇的眼都在看著這個彷彿比院內那棵槐樹還高的叔叔！

方孟敖在北屋門口站住了，彎下腰：「你是平陽，你是伯禽。」

兩個孩子仍趴在門框邊，先後點了下頭。

崔中石過來了：「這是方叔叔。還不叫方叔叔好？」

大兒子伯禽、小女兒平陽這才站直了身子，同時行著當時學校教過的流行鞠躬禮：「方叔叔好！」

方孟敖兩手同時插進了褲兜，抽出來時向兩個孩子同時攤開，大手掌心裡各有一把美國巧克力！

太奢侈了！伯禽和平陽目光大亮，卻沒有立刻去接，同時望向父親。

崔中石：「還不謝過方叔叔？」

「謝過方叔叔！」兩個孩子都是用兩隻手才將方孟敖掌心中兩大把巧克力拿完。

崔中石：「回房間去，做作業。」

兩個孩子又十分禮貌地說了一句：「謝謝方叔叔！」小跑著高興地奔西屋去了。

葉碧玉顯然切好了西瓜來到了門邊：「方大公子先坐，你們談，我去沏一壺西湖龍井。今年的新茶，中石幾次吵著要喝，我一直沒有開封，就知道留著有貴客來。」

果然嘮叨。

方孟敖今天好耐心，連說了好幾聲：「謝謝！謝謝！謝謝了……」

「還不陪方大公子進屋坐！」人已經向西屋走了，那葉碧玉還在嘮叨，「你個金庫副主任也不知道是怎麼當上的……」

崔中石望著方孟敖苦笑了一下。

方孟敖回以爽朗的一笑。

兩人這才進了北屋的門。

暮色悄然蒼茫，院子裡那棵槐樹上空出現了幾點歸巢的鴉影。

＊　＊　＊

和敬公主府大院。

越來越多的烏鴉在暮色中歸巢，不是落在崔中石家小院那棵槐樹上，而是在一大片濃蔭的大樹上空盤旋，給人以平常百姓鳥，飛入帝王家的感覺。

可這時舊時的帝王家卻聚集了比平常百姓生活還慘的東北流亡學生。

方孟敖將住所讓給了他們，可入學依舊是夢想，吃飯也還是沒有給解決。

迫於壓力，北平市民食調配委員會運來了幾卡車餅乾，發到每人手裡也就只有兩包。許多人都聚集在院落裡，分外地安靜，因為梁經綸來了，還有好些燕大學生自治會的同學也來了。

何孝鈺、謝木蘭也被燕大的同學叫來了，這時悄悄地站在院子的角落，掩藏在東北同學的人群中。

梁經綸站在一座宮門建築的石階上，他的身邊站著好幾個健壯的男學生。

這幾個男學生中出現了幾張熟悉的面孔——竟是昨天晚上騎自行車護送曾可達的那幾個青年，隱蔽的中正學社特務學生！

「我們很內疚！」梁經綸對著無數雙渴望的眼睛說話了，「還是沒有能給你們爭取到入學的合法身分，甚至沒有能給你們爭取到每天半斤的糧食。」

一片鴉雀無聲——嚴格地說，只有歸巢的鴉雀在樹上鳴叫的聲音。學生們仍然安靜地在等著聽梁經綸說話。

梁經綸接著說道：「沒有什麼救世主了！同學們，要爭取自己的合法權益，全靠我們自己！」

「反對腐敗！」一個東北學生帶頭喊起了口號。

「反對腐敗！」許多聲音跟著喊了起來。

——「反對內戰！」

「反對內戰！」

——「反對迫害！」

「反對迫害！」

樹上的鴉雀都被驚得滿天飛了起來！

梁經綸雙手下壓，示意學生們安靜。

大家「三反」以後，又安靜了下來。

梁經綸：「但是，我們還是要相信，有更多有良知的人在關心你們。許多德高望重的民主人士在關心你們，當局也有正義的人士在關心你們。你們為什麼能有這座住所，北平青年航空服務隊就有正義心！他們如果真心反貪腐反迫害，我們就應該以百倍的真心歡迎他們！協助他們！」

「請問梁先生，我們怎麼協助他們？」是那天代表學生和方孟敖對話的那個東北學生發問了。

「我們懂經濟，可以幫他們查帳！」大聲嚷出這句話的竟是謝木蘭！

許多頭都向謝木蘭方向望去。

何孝鈺想要阻止謝木蘭已經來不及了。

梁經綸也一驚，這才望見了何孝鈺和謝木蘭，飛快地盯了她們一眼，接著向身旁一個學生使了個眼色。

那學生當時沒動，但已做好走向何孝鈺謝木蘭的準備。

梁經綸不再看何孝鈺謝木蘭，向著人群：「至於怎樣爭取我們的合法權益，最重要的是兩條：第一，同學們不能再用自己的血肉之軀跟槍彈對抗；第二，我們怎樣協助北平青年航空服務隊把當局的貪腐真正地揭露出來！你們商量一下，每校選出一個代表，十分鐘後到後面的房間，我們開會。」

底下立刻人聲紛雜了。

那個受梁經綸眼色的學生這時已悄然鑽進人群，向何孝鈺謝木蘭擠去。

* * *

崔中石家北屋。

客廳的一角，一個高几上擺著一台手搖唱機，這時已經被打開。

唱片已經擺好，崔中石搖了最後幾把搖柄，發條上足了。他將唱針對準了正在轉動的唱盤。

立刻，周璇原唱的歌聲傳了出來：

浮雲散，明月照人來……

崔中石動情地望向了方孟敖。

方孟敖的目光漸漸收了，神思卻顯然已經隨著歌聲飄向了看不見的空間，已經飛逝的過去。

團圓美滿今朝醉……

「儂煩不煩啊？老是這首曲子，耳朵都起繭了。」葉碧玉捧著一個茶盤，托著沏好龍井的茶壺和兩個杯子，進門就嘮叨。

周璇仍在唱著：

清淺池塘，鴛鴦戲水。
紅裳翠蓋，並蒂蓮開……

「謝謝嫂夫人。」方孟敖站起接茶。

「方大隊長快坐下。」葉碧玉對他卻是過分的熱情，「你不知道啦，要麼就十天半月不回家，回家就聽這個曲子。方大公子不是外人，也不是你嫂子疑心重。三年前去了趟南京，就喜歡上了這首歌。也不知道是哪個美人唱給他聽的，人在家裡，心卻在別人身上。」

崔中石好生尷尬，望向了方孟敖。

方孟敖卻一陣感動湧了上來。

三年前在杭州筧橋航校初見崔中石的那一幕如在眼前：

方孟敖手裡拿著母親妹妹的照片，在低聲吟唱〈月圓花好〉。

崔中石眼中閃出了淚花，跟著他吟唱了起來。

一曲吟罷，崔中石緊緊地握住了方孟敖的手，那聲音動人心旌：「孟敖同志，我代表黨，代表組織，送你一個祝願：花長好，月長圓，人長壽！」……

「方大公子！方大隊長！」葉碧玉的呼喚聲引來了方孟敖的目光，「你沒有什麼地方不舒服吧？是不是中暑了？我給你拿藿香正氣水來？」

方孟敖一笑，笑得葉碧玉怔在那裡，這個青年笑起來真好看！

崔中石這時也陪著笑了，對老婆說道：「多虧是自家朋友，你這些胡亂猜疑，傳出去我還要不要幹事了？」

方孟敖真誠地望著葉碧玉：「嫂夫人，我今天真還來對了，我替崔副主任辨個冤。三年前他到杭州來看我，我喜歡這首歌，他也喜歡了。這張唱片還是我送他的，你說的那個美人，就是我。」

葉碧玉愣在那裡：「儂個死鬼，從來沒聽他說過，方大公子千萬不要見意。」

方孟敖又笑了：「我又不是美人，哪會見意？」

葉碧玉跟著尷尬地笑了：「請飲茶，你們談，好朋友了，多談談。」再也不敢嘮叨，匆忙走了出去。

周璇還在唱著。

崔中石面容嚴肅了：「孟敖同志，剛才那些話你不該說。」

方孟敖面露不解，望著崔中石。

崔中石低聲地：「這是組織祕密，對誰也不能說。」

方孟敖立刻笑著手一揮：「這算什麼祕密！你代表家裡來看我，誰不知道。我們喜歡聽同一首曲子，誰還敢拿這個來加我的罪名！」

崔中石更嚴肅了：「這正是我今天要跟你說的。國民黨中統、軍統，還有鐵血救國會新發展的中正學社，他們吃的都是這一行的職業飯。任何一個細節，都可能被他們當成線索，都可能由此引起嚴重後果！我們以前交往的事，你不能再說一個字。以你現在的身分地位，可以拒絕任何人的提問。尤其要警惕別人通過閒聊套你的話，千萬要記住。」

方孟敖認真地點了下頭，接著低聲問道：「下來我該怎麼辦？今天可是南京方面直接交了任務，叫我查民食調配委員會，還要查北平分行。民食調配委員會我好查，可查北平分行，就是查你。」

「不對。」崔中石望著他，「查北平分行不是查我，你該查就查。當然，你查不出什麼來。等到該讓你查出來的時候，會告訴你。記住，你查我在感情上一定要為難，帶著為難還得要查我。現在已經有兩個方面在注意你和我的關係了。」

方孟敖見他停頓，也不問，只是等聽。

周璇還在唱著。

崔中石更靠近了他，聲音雖低卻十分清晰：「一個方面是曾可達，我來北平的路上，一直有他們的人跟著。另一個方面不是別人，是你爸爸！」

方孟敖一怔。

崔中石：「具體原因我不能跟你說。你爸爸已經懷疑我的身分了，由此也懷疑上你的身分了。這一關很難過。你務必注意，方孟敖從來就不是中共黨員！平時你是怎麼做人做事，接下來還是怎麼做人做事。只要你忘記自己是中共黨員，任何人就都沒有辦法傷害你。組織已經有指示，該幹什麼你就幹什麼，無需請示，保護你是最重要的任務！」

周璇已經唱到不知是第幾遍的最後一句了：

柔情蜜意滿人間……

方孟敖眼中的崔中石從那個大哥的形象慢慢虛幻了。

一個清秀端莊慈祥微笑的婦女慢慢浮現眼前——就是照片上他的母親！

方孟敖輕輕地說著：「我記住了，您放心好了……」

只有崔中石才能感覺到，方孟敖說這句話的時候突然間像十年前那個大孩子的狀態——這是兒時常對母親的承諾。

崔中石：「幾點了？」說著到桌上去拿那塊懷錶。

方孟敖已經看了手上那塊歐米茄手錶：「八點二十了。」

崔中石：「我得走了。徐鐵英約了行長和我九點在你家見面。你也回軍營吧。」

「徐鐵英約見你們？」方孟敖眉一揚，「他想幹什麼！」

崔中石：「都不管你的事！記住了，去幹你該幹的事。牽涉到我，你都不要過問。」

方孟敖沉默了稍頃：「你自己要保重。真有什麼事就告訴我，我能對付他們！」

崔中石輕輕跺了一下腳：「要我怎樣講你才明白？組織交給我的第一任務就是保護好你！回去吧。」

方孟敖又深深地望了一眼崔中石，毅然轉身走出北屋門。

「嫂夫人，我走了！」

崔中石望著院中方孟敖的背影，一陣憂慮盡在眉目。

西屋窗內也有四隻小眼睛在偷偷地望著院子裡那個方叔叔，滿是好感。

葉碧玉碎步奔了出來：「這就走了呀？儂要常來呀！」這兩句話說得已充滿了親友之情，全無了巴結之意。

＊　＊　＊

方邸洋樓一樓客廳裡，所有的人都迴避了。站在廳門內的只有一個謝培東。

崔中石站在廳門外，兩人目光短暫一碰。

崔中石微微鞠躬：「謝襄理好！我來了。」

謝培東：「上樓吧，行長和徐局長已經在等你了。」

「是。」崔中石進門，向左邊的樓梯走去。

方邸洋樓二樓行長辦公室。

不知何時，從不擺設桌椅的高大南窗前擺下了一隻細藤織的圓茶桌。靠窗，茶桌的左右，方步亭坐在右邊的籐椅上，徐鐵英坐在左邊的籐椅上。靠裡邊，那隻空著的籐椅顯然是為崔中石留的。

「行長！」崔中石在門邊微微鞠躬，仍站在原地。

「沒看見徐局長嗎？」方步亭一臉祥和，語氣所帶有的責怪也是對自己人那種親切。

「徐主任好！」崔中石滿臉含笑，緊接著自我責備，「看我，叫習慣了，現在應該稱徐局長好了。」

方步亭穩坐著，徐鐵英卻客氣地站起了：「小崔呀小崔，都多少年的朋友了，你就不能叫我一聲老兄？」

方步亭：「徐局長請坐吧，論輩分在你我面前他還是小輩，規矩還是不能亂的，你也坐下吧。」

徐鐵英仍然站著，直到崔中石走到椅子前，還殷勤地伸了一下手，讓崔中石先坐。

崔中石當然不能先坐，望向方步亭。

「這是看得起你。恭敬不如從命嘛。」方步亭太知道徐鐵英的作派了。

「失禮了。」崔中石只得先坐下。

「這就對了嘛。」徐鐵英這才笑著坐下，又拿起壺給崔中石面前那隻空杯倒茶。

崔中石又要站起接茶。

「坐著。別動。」徐鐵英真是極盡籠絡之能事。

崔中石只好坐著雙手虛圍著茶杯，待徐鐵英倒完了茶雙手捧起，淺淺地喝了一口，又雙手輕輕放下：「徐局長太抬舉我了。」

「錯。」徐鐵英還是那臉笑，「抬舉你的可是方行長。方行長抬舉了你，你又代表方行長盡力關照我們這些朋友。小崔，以茶代酒，飲水思源，我們倆敬行長一杯。」

兩人都端起了茶杯。

方步亭也端起了茶杯：「小崔呀，徐局長這話可不能當真啊。孟敖這次能夠逢凶化吉，可全靠的徐局長。你不要動，這一杯讓我先敬徐局長。」說著一口喝了。

徐鐵英沒有立即喝茶，十分真誠地：「步亭兄，你這句話一是不敢當，二是總感覺有些見外。且不說孟敖是步亭兄的公子，他也是國軍的棟樑啊。你收回這句客氣話，我就喝。」

方步亭：「我收回。」

徐鐵英立刻一口喝了杯中茶，不待崔中石去拿茶壺，搶先拿起了茶壺，先給方步亭續了，又給自己續了，雙手端了起來，望著方步亭：「不是我羨慕，步亭兄，幾十年了跟我的人也不少，沒有一個人比得上小崔對你忠誠啊！我們倆敬小崔一杯。」

崔中石下意識地微微低下了頭。

方步亭望他時便察不著他的眼神了。

方步亭還是端起了茶杯：「鐵英兄，你可別把我的屬下都寵壞了。不過說到忠誠，有時候自己一手帶出的下級比兒子還靠得住啊！小崔，端杯子吧。」

崔中石心裡飛快地將方步亭這幾句話琢磨了一遍，神情卻還是以往那個小崔，雖然端起了杯子，卻說道：「行長，徐局長是客氣，您可不應該這樣批評我。我幹的那點事，當不起行長這個評價。」

「我這是批評嗎？」方步亭望著徐鐵英，「看到了吧，做上級的有時候說什麼話都不對，下級不相信你呀！」

「還不快喝了。」徐鐵英裝出責怪的樣子，「真要讓行長覺得你不相信他？」

崔中石舉起杯子慢慢喝了。

徐鐵英笑了，等著方步亭，同時將茶喝了。

三隻杯子擱下時，突然出現了一陣沉默。

客套周旋一過，言歸正傳前，經常會出現這樣的短暫沉默。

* * *

青年航空服務隊軍營營房。

方孟敖大隊一向紀律嚴明，平時，冬天都是晚上九點，夏天都是晚上十點吹就寢號。可今天大隊長有命令，每天晚睡兩個小時，學算盤。

因此營房裡燈火通明，有些是一對一，有些是一對二，在各自的床邊或蹲或坐，會打的教不會打的。

算盤聲一片。

突然，靠營房門邊的算盤聲停了。

接著，所有的算盤聲都停了。

隊員們的目光都望向了營房門口，都有些詫異，有些隊員站起了，大家都站起了。

方孟韋取下了帽子，帶著尷尬地笑著，望向最近的陳長武：「打攪你們了，大隊長在嗎？」

陳長武沒有回言，只是向頂端的單間點了下頭。

方孟韋：「你們接著打。」迎著那些目光一邊點著頭，一邊向方孟敖的單間走去。

背後又響起了刺耳的算盤聲。

營房方孟敖房間。

「爹叫你來的，還是徐局長叫你來的？」方孟敖一邊拿著暖瓶給方孟韋沖咖啡，一邊問著，「這咖啡不錯，哪裡弄的？」

接連兩問，方孟韋坐在辦公桌邊，當然是回答後面一問：「央行的人從美國帶回來的。」

方孟敖將咖啡遞給方孟韋：「你還沒有回答我。」

方孟韋：「我自己來的。心煩，來看看哥。」

方孟敖望著弟弟的眼睛：「七五的事情還沒有給學生一個交代，學生隨時會上街抗議，你個警察局副局長還有閒空來看我？」

「哥，在你眼裡我能不是警察局副局長？」方孟韋也望著大哥的眼睛。

方孟敖突然感覺到弟弟還是那個弟弟，聰明，敏捷，但幹任何事情都是先想別人，後想自己。這一點像自己，更準確地說是像媽媽。

方孟敖很難得嘆氣，這時竟嘆了一口氣：「你是不是想說，在你們眼裡我能不能不是稽查大隊的大隊長？」

「是。」方孟韋立刻肯定地答道。

方孟敖：「那我就可以不查北平銀行的帳？」

方孟韋沉默了片刻，又抬起了頭：「大哥，你真的一點也沒有感到北平這本爛帳你查不了，誰也查不了嗎？」

方孟敖：「說下去。」

方孟韋：「鐵血救國會那些人裡面就有很多是學經濟學金融的，國防部預備幹部局為什麼不組織他們來查？倒叫你們這些空軍來查？」

方孟敖：「說下去。」

方孟韋：「那就說明了吧。他們是叫你來查爹。可爹早就看到了這個時局，一開始他就沒管民食調配委員會的帳，全是讓崔叔在管。」

方孟敖詫異了一下：「你管崔副主任叫崔叔？」

方孟韋：「我一直叫他崔叔。」

方孟敖：「嗯。接著說吧。」

方孟韋：「那你就只有去查崔叔了。大哥，你覺得崔叔是個什麼人？」

方孟敖兩眼犀成了一條線：「什麼意思？」

方孟韋：「你能查崔叔嗎？」

方孟敖不接言了，也不再催問弟弟，在桌上拿起一支雪茄點著了，噴出好大一股煙霧。

方孟韋不吸菸，立刻咳起嗽來。

方孟敖連忙在菸缸裡又把雪茄按滅了。

＊　＊　＊

方邸洋樓二樓行長辦公室。

「國產、黨產、私產，從來就沒有分清楚過，從來也分不清楚。」徐鐵英望著方步亭，然後望向崔中石，「上面都知道，中央銀行的帳不好管，北平這邊太難為方行長了。」

方步亭這時肯定不會接言。

崔中石也不接言，只望著徐鐵英。

徐鐵英有些不高興了，拿起茶壺只給自己的杯子裡續了水，卻又不喝，轉頭望向窗外：「這個地方好，什麼花，這麼香？」

崔中石望向了方步亭。

方步亭也望著崔中石。

徐鐵英的臉還是對著窗外，不再說話。

方步亭必須問話了：「中石，你在南京答應過徐局長什麼事，當著我說出來。北平分行說過的話要算數。」

「是。」崔中石也必須說實話了。

但這個實話實在難說。崔中石在南京答應將原來歸侯俊堂空軍們所有的百分之二十股份給徐鐵英。原本準備到了北平見機行事，萬沒想到徐鐵英如此迫不及待，自己一下火車就被他的人看住了。現在竟不顧一切，親自登門，便要當著方步亭敲定這百分之二十股份的轉讓。心裡十分憎惡，也十分為難。答了這聲「是」又沉默在那裡。

徐鐵英竟然還不回頭，顧自觀賞著窗外的夜景。窗外有什麼夜景好觀？

「徐局長。」崔中石不得已叫他了。

「嗯？」徐鐵英假裝被崔中石喚醒的模樣，慢慢把頭轉了過來。

崔中石：「北平分行的很多事，我們行長都是交給我在管。有些事我必須請示行長，有些事我必須瞞著行長。不知道我這樣說，徐局長體諒不體諒？」

「你們銀行辦事還有這個規矩？」徐鐵英假裝詫異，「有些事下級還必須瞞著上級？這我倒要請教。」

這就不只是逼著崔中石攤牌了，而且是逼著方步亭表態了。

「請教不敢當。」崔中石突然顯出了精明強幹的一面，「比方說國產黨產如何管理，如何使用我一分一厘都要向行長請示。牽涉到方方面面的私產，我能不告訴行長就不告訴行長，有些錢是拿不上台面的。哪天有誰倒了楣，上面要追查，那都是我的責任，與我們行長一概無關。徐局長，我說明白了沒有？」

徐鐵英在崔中石手裡拿錢也不是一回兩回了，而崔中石以往與自己打交道都是春風和煦，從來沒有像現在這樣綿裡藏針。

徐鐵英被他頂住了，慢慢望向方步亭。

輪到方步亭看夜景了，他的頭望著窗外，毫不理睬徐鐵英這次投來的目光。

徐鐵英只得又望向崔中石。

崔中石：「徐局長，剛才我們行長說了，我們北平分行說了的話要算數。你放心，我對你說的話一定算數，但請你不要讓我為難，更不要讓我們行長為難。」

「沒有什麼事能讓我為難。」方步亭眼望著窗外突然接言了，接著他站了起來，「這裡的夜景不錯。徐局長多坐坐，你們慢慢談，我先迴避一下。」

方步亭竟然撂下二人，獨自向門口走去。

這是什麼話？算怎麼回事？徐鐵英這個老中統被方步亭軟軟地刺了一槍，下意識地站起，懵在那裡。

崔中石快步走到門口，替方步亭開了門。

方步亭走出了門。

崔中石輕輕關上了門，獨自返了回來：「徐局長，那百分之二十股份的事，我這就給你交代。請坐！」

方邸洋樓二樓謝培東房間。

「不喝茶了，再喝茶今天晚上更加睡不著了。」方步亭止住了謝培東，然後在一把籐椅上坐下了，習慣地望向條桌上那幅照片。

照片上左邊坐著的是比現在年輕得多的謝培東，右邊坐著一個清秀端莊的女人，顯然是謝培東的妻子，仔細看竟有幾分神似方步亭。二人身前站著一個小女孩就是現在已經長大的謝木蘭。

「十年零十一個月了吧？」方步亭突發感慨，「我總覺得步瓊還在人世，可怎麼就一點音訊都沒有呢？」

謝培東端著籐椅在那幅照片前放下了，面對方步亭坐下的時候剛好擋住了那幅照片：「內兄，你我都老了，過去的事就讓它都過去。把幾個小的好好安排了，我們哪天去見她們時也算有個交代。」

方步亭只有這時才覺得這個世上還有個人可以推心置腹：「記不記得當年步瓊要嫁給你我不同意的情景？」

謝培東只好苦笑了一下：「那時候我是個窮學生，方家可是世族，行長也只有這一個妹妹，當然想她嫁給你的同學。」

方步亭：「還是我那個妹妹有眼光，嫁給你比嫁給誰都強。可惜她沒這個福分，國難一來……不說了。木蘭睡了嗎？」

謝培東：「傍晚跟孝鈺走的，八點來電話，說是今晚在孝鈺家不回了。」

方步亭：「木蘭這孩子呀，跟她媽一個性格。二十的人了，不能讓她由著性子來，尤其當此時局，得給她考慮下一步了。」

謝培東面呈憂色，點了下頭。

方步亭：「你覺得孝鈺這孩子怎麼樣？」

謝培東：「百裡挑一，何況是世交。」

「知我者，培東也。」方步亭身子向前一湊，「我準備向其滄兄提婚，讓他將女兒嫁給孟敖。你看這事有幾成把握？」

謝培東立刻嚴肅了：「就現在你跟孟敖的關係，就算有十成把握，他們結了婚怎麼辦？」

方步亭：「去美國！還有木蘭，一起去美國。」

謝培東睜大了眼：「行長都籌畫好了？」

方步亭：「我這一輩子過了無數的坎，這一坎是最難過的，因此一定要過去！崔中石怎麼看都和共產黨有關係，孟敖看樣子也不會和他沒有關係！現在又被鐵血救國會盯上了！培東，我這也是太子系的那句話『一次革命，兩面作戰』啊。不能讓孟敖就這麼稀裡糊塗地被共產黨和鐵血救國會夾著當槍使！他不認我，我不能不認他，他永遠是我方步亭的兒子，方家的子孫！」

「不要著急。」謝培東難見方步亭有如此激動的神態，連忙將剛才給他倒的那杯白開水端著遞了過去。

方步亭接過那杯開水，眼睛仍然緊緊地盯著謝培東。

謝培東輕步走到門邊，開了門向兩邊望了望，又關了門，返了回來：「我贊成行長的想法。我們從長計議。」

「沒有時間從長計議了。」方步亭仍在激動之中，「崔中石剛回北平，孟敖就去見他了。現在徐鐵英又找上門來。我們必須要當機立斷了。」

謝培東：「當機立斷，是應該當機立斷了。」

方步亭一直睜大了眼盯著謝培東又坐下，將自己的椅子向前拖近了：「我想聽聽你的具體想法。」

謝培東的眼卻虛望著上空：「木蘭這孩子怎麼回了？」

方步亭這才也聽到遠遠地關院門的聲音，接著是一層客廳推門的聲音，接著果然是謝木蘭平時快步上樓的聲音。

「我去問問。」謝培東立刻走到房門邊開了門，「這麼晚了，怎麼又回了？」

「我不想在那裡，我願意回來，不行嗎？」謝木蘭的聲音十分負氣，顯然受了什麼委屈，連父親也不怕了。

方步亭十分關心地站了起來。

恰在這時，一樓客廳的電話鈴響了。

方步亭：「一定是其滄兄打來的，我去接。」

＊　＊　＊

燕南園何其滄宅院一樓客廳。

何其滄很講究，儘管是夏天，睡覺還是一身短絲綢睡衣，現在卻在客廳打電話：「回家了就好。我當然得安排車子送她。沒有別的事，她們的老師梁教授說了她幾句，也是為了她好。很亂啦……是不應該去摻和東北學生的事。孝鈺這幾天我也不會讓她去。你和培東兄跟她說說……是呀。我得去睡了。」

他的身後是恭恭敬敬站在一旁的梁經綸和站在另一旁的何孝鈺。

何其滄掛了電話。

梁經綸走了過去：「打攪先生睡覺了。我送您上去。」

何其滄：「我還沒有那麼老。經綸，你再跟孝鈺說說，也早點睡，不要說晚了。」說完自己拄著手杖上樓了。

梁經綸和何孝鈺還是跟了過去，一邊一個，攙著何其滄慢慢登上樓梯。

＊　＊　＊

方邸洋樓一樓客廳。

梯。

方步亭放下電話後，跟謝培東正準備上樓，徐鐵英和崔中石已經從他的辦公室門出來，步下樓梯。

「太打攪了。方行長！」徐鐵英的步履竟這般輕快，面容也十分舒展，不知道是崔中石給了他滿意的答覆，還是他有意彌合剛才給方步亭惹來的不快。

方步亭只得迎了過去，望著跟在他身後的崔中石：「答應徐局長的事都談好了？」

徐鐵英十分專注地聽崔中石如何回答。

崔中石：「談好了。行長放心。該幹什麼，不該幹什麼，怎麼幹，最後我都會給行長一個負責任的答覆。」

方步亭這才擠出微笑望向徐鐵英：「只要給徐局長一個負責任的答覆就行。」

徐鐵英這時才接言了：「步亭兄，上午的會議你我都明白。我會設身處地考慮你的處境。孟敖那邊，還有孟韋，我都會關照，你信不信得過我？」

方步亭：「走，我們一起送徐局長。」

方步亭的手也就這麼一伸，徐鐵英立刻握住了，而且暗自用了一點力：「就送到院門口吧。」竟牽著方步亭的手，讓人家把他送了出去。

跟在後面的謝培東飛快地盯了一眼崔中石。

崔中石飛快地還了一個眼神。

兩人跟著送了出去。

＊　＊　＊

燕南園何其滄宅邸一樓客廳。

梁經綸和何孝鈺這時也又都從二樓回到了客廳。

梁經綸回頭一望，何孝鈺正站在他身後不遠望著他。

「坐吧。」梁經綸輕輕說著，自己先在椅子上坐下了。

何孝鈺跟著在離他約有一米遠的另一把椅子上併腿坐下了。

就是這種關係，微妙而又規矩。儘管梁經綸在何宅有自己的房子，何孝鈺卻從不單獨去他的房間。有事情都是在這棟樓的一樓客廳面談。因此何其滄十分放心。

「你們今天確實不應該去和敬公主府。」梁經綸的聲音低到恰好是樓上何其滄聽不到的程度，「形勢非常複雜，你的責任又如此重大，從明天起，學生自治會的一切活動你都不要參加了，包括學生劇社的排演。」

「那同學們會怎麼看我？」何孝鈺輕聲說道。

「這個時候還要顧忌別人怎麼看你嗎？」梁經綸嚴肅中透著溫和，「不只是一萬五千多名東北同學的事。現在是連北平各大學校的教授都在挨餓了。國民黨還要打更大的內戰，物價還要飛漲，他們一層層貪腐絕不會罷手。什麼五人調查小組都是裝門面欺騙人民的，只有方孟敖大隊是一支可以爭取的力量。我們就利用他們說的那句口號『打禍國的敗類，救最苦的同胞』！孝鈺，你不是一直在追求進步嗎？我現在不能跟你說更多，只能告訴你，讓你去爭取方孟敖不是我一個人的想法。你能明白這句話的意思嗎？」

何孝鈺純潔的眼對望著梁經綸深邃的眼。

「一個新中國就要到來！我們不能等著她的到來，也不只是迎接她的到來！新中國的到來，是需要許許多多的人做出無私的貢獻和犧牲的。當她的步伐降臨的時候，裡面就應該有我，還有你！」梁經綸的聲音低沉而富有磁性，眼中同時閃著光亮。

「我能加入嗎？」何孝鈺彷彿受了催眠，眼前的梁經綸被籠罩在一片光環中。

「你已經加入了！」梁經綸肯定地答道，「我現在只能這樣告訴你。用你的行動證實你的加入！」

「需要多久？」何孝鈺執著地問著。

「人民需要你多久就是多久。」梁經綸仍然說著不越底線的話，「到了那一天，我會讓你看到你追求的理想！好嗎？」

何孝鈺目光移開了，短暫的沉思。

梁經綸仍然緊緊地望著她。

「要是方孟敖真的愛上了我呢？」何孝鈺突然抬起頭，說出了這句驚心動魄的話！

梁經綸愣在那裡了。

第九章

顧維鈞宅邸五人小組會議室，壁上的掛鐘才顯示早上七點。

一身書卷氣的杜萬乘此時十分倉惶，站在他那個主持的座位前，正在緊張地接電話：「知道了。請轉告傅作義將軍，我們立刻開會，立刻責成民食調配委員會會同北平教育局採取措施，讓學生離開華北剿總司令部……平息事件……」

「傅總司令說了，你們五人小組如果解決不了問題，影響了華北的戰局，這個仗你們打去！」對方顯然也是個顯赫人物，軍人的嗓子，聲音很大，震得杜萬乘耳朵發聾，緊接著電話很響地擱下了。

杜萬乘望向站在他身邊的曾可達：「說好了昨天就給學生發糧食，跟學生商談入學問題，怎麼今天會搞成這個樣子？怎麼會又鬧出這麼大事來？民食調配委員會幹什麼去了？馬委員王委員呢？還有徐局長，怎麼還不來！」

曾可達已經站在他身邊：「杜先生，事情已經鬧起來了，不要著急。也不要催他們。我們就在這裡坐等，再有十分鐘不來，我這就給經國局長直接報告。」

「太不像話了！太不像話了！」會議室門外傳來了王賁泉的聲音。

「這分明是要脅政府嘛！不能再退讓，一定要鎮壓！」跟著傳來的是馬臨深的聲音。

緊接著二人慌忙進來了，又不敢看杜萬乘和曾可達，各自到座位上坐下，等著他們說話。

杜萬乘和曾可達也不看他們，仍然站在那裡，也不知還在等什麼。

馬臨深和王賁泉又都坐不住了，重新站了起來。

突然，桌上的電話鈴響了，份外地響！

馬臨深和王賁泉都嚇了一跳。

杜萬乘也十分緊張，鈴聲都響了三遍了兀自不敢去接，望著曾可達：「是南京的……」

曾可達拿起了話筒，聽了一句，立刻捂住了話筒對杜萬乘：「徐鐵英的。」接著聽電話，答道：「杜總稽查在，我們都在。你跟杜總稽查說吧。」把電話遞給了杜萬乘：「你接吧。」

杜萬乘這才接過話筒：「情況怎麼樣……好幾萬！怎麼會有那麼多人……教授也都來了……好，你就在那裡，維持好秩序，千萬不能讓學生和教授們進到剿總司令部裡去……盡量勸阻，盡量不要抓人……我們立刻開會，商量解決方案……」

放下了電話，杜萬乘這才望向了馬臨深：「你們民食調配委員會都聽到了吧？馬漢山呢？北平市民食調配委員會昨天都幹什麼去了？」

曾可達：「讓他問吧。」將電話拿起向馬臨深一遞。

馬臨深趴在桌子上雙手接過了電話，放下便搖，拿起話筒：「這是五人小組專線，立刻給我接通民政局馬漢山局長！」

馬臨深在等接線。

其他人也在等接線。

話筒那邊卻仍然是女接線員的聲音：「對不起，馬局長的電話占線。」

馬臨深急了：「不要停，給我繼續接！」

＊＊＊

民食調配委員會主任辦公室。

馬漢山這時已經站在桌子上去了，兩手握著話筒，唯恐那個話筒掉了，身子時而左轉，時而右轉，哪裡像在打電話，簡直就像在一口熱鍋上轉動。

「孔總，孔少總，孔祖宗，你讓我說幾句好不好？」馬漢山的喉嚨發乾，聲音已經嘶啞，「我知道，一萬噸大米轉一下手就能有翻倍的利潤……可是你那邊利潤翻倍了我這邊就要死人了……好幾萬學生教授全都到華北剿總司令部門口去了！南京五人調查小組到處在找我，我哪敢見他們啊……我沒說這些利潤裡弟兄們沒份，問題是現在這些利潤都變成毒藥了，吃了是要死人的……罵得好，你接著罵，你罵完了，我就去五人調查小組，竹筒倒豆子，讓他們把我槍斃算了！槍斃了我，他們就好直接來找你們了，好不好……」

對方總算暫時沉默了。

馬漢山在桌子上蹲下了，去拿那杯茶，底朝天地喝也只喝到幾滴水，不夠打濕嘴唇——那杯茶早被他喝乾了。想叫人倒水，門又關著；自己想去倒，電話又擱不下。又放下茶杯，三個手指直接從茶杯裡掏出一把茶葉塞到嘴裡嚼著，爭取下面能發出聲來。

對方又說話了，馬漢山已經一屁股坐在桌子上，聽對方說著。聽完，自己也沒了力氣，嘶啞著嗓子：「一千噸就一千噸吧……你可得親自給天津打電話，調車皮，今天務必運到北平……那九千噸你們商量著辦，總要我扛得住……那你們直接跟南京方面說好也行……別掛！」馬漢山不知聽了那句話又急了：「中統那邊也在逼我了，徐鐵英已經翻了臉，中統如果跟太子系聯了手再加上個財政部，你們也會扛不住……侯俊堂那百分之二十股份一定要給他們一個交代……好，好！那你們去交代吧……」馬漢山想生氣掛電話，對方已經生氣掛電話了！

馬漢山手裡的話筒已經要放回電話架了，愣生生又停住，想了想乾脆擱在一邊，走向門口，猛地一開門，竟發現李、王二科長站在那裡！

「混帳王八蛋！偷聽我打電話？」馬漢山一罵人喉嚨又不嘶啞了。

李科長：「局長，不要把我們看得這麼壞。火燒眉毛了來向你報告，又不敢敲門，哪兒是偷聽電話了？」

王科長：「電話是絕對偷聽不到的。不信局長關了門聽聽，我們進去打能不能聽見……」

「你！」馬漢山突然手一指，「現在就去把電話擱上。」

王科長沒緩過神來。

馬漢山：「是叫你去接聽電話！誰來的電話都說我去調糧食了！明白嗎？」

「是。」王科長這才明白，滾動著身子奔了過去，拿起桌上的話筒。

馬漢山偏又不走，在門口盯著。

果然，王科長把話筒擱回電話架鈴聲就爆響起來！

「就按剛才的說！」馬漢山立刻嚷著，飛腿離開了。

那李科長也不再逗留，緊跟著離開了。

王科長捧起了那個燙手的話筒，兩條眉毛擠成了一條眉毛，對方的聲音顯然是在罵人。

王科長看了一眼門口，哪兒還願意背黑鍋：「剛才還在呢，說是調糧食去了……我試試，找到了一定叫他到五人小組來……」

* * *

青年航空服務隊軍營裡，守衛軍營的警衛已全部換成了國軍第四兵團挑選出來的青年軍。共一個排，每日三班，每班恰好是一個班的人守住軍營的大門，鋼盔鋼槍戒備森嚴。

謝木蘭帶著十幾個燕大學生自治會和東北學生在大門外被擋住了。

其他的同學都在望著謝木蘭。

「叫你們方大隊長出來，看他讓不讓我進去！」謝木蘭十分興奮，對那個滿臉嚴肅的班長大聲嚷著。

不遠的營房裡顯然早已聽到了營門的吵鬧聲，那個郭晉陽帶著兩個隊員來了。

「喂！」謝木蘭老遠就跳起來揮手，「他們不讓我們進去！」

郭晉陽三人走過來了。

「謝小姐好。」郭晉陽熱情地跟謝木蘭打了聲招呼，轉對那個班長，「讓他們進來吧。」

「這可不行。」那個班長仍很固執，「上面有命令，沒有曾將軍的指示誰也不能進軍營。尤其是學生。」

郭晉陽斜著眼望著那個班長：「你是什麼軍階？」

那班長：「報告長官，我是上士班長。」

「我是上尉！」郭晉陽擺起了官架子，「聽口令，立正！」

那班長不得不立正。

警衛們跟著全體立正了。

郭晉陽對謝木蘭：「方大隊長請你們進去。」

「快進去吧！」謝木蘭既興奮又得意，率先衝進了營門。

學生們跟著飛快地進了營門。

郭晉陽三人帶著他們向營房走去。

那班長無奈，連忙走向值班房，去打電話報告。

謝木蘭興奮地帶著學生們剛走進營房方孟敖房間，便立刻噤聲了，靜靜地站在那裡。

方孟敖正在打電話，只是抽空向他們揮了一下手。

「曾將軍，找馬漢山不是我們的任務。」方孟敖對著話筒裡說道，「警備司令部北平警察局那麼多人找不到一個馬漢山？」

曾可達顯然在電話那邊耐心地說著什麼。

謝木蘭當著這麼多同學，竟驚人地奔了過去，趴在方孟敖的耳邊：「答應他，我們來就是想請你去抓那個馬漢山的！」

方孟敖早就捂住了話筒，以免謝木蘭的聲音傳了過去。

謝木蘭睜大著眼。

隨來的學生們都睜大著眼。

他們都在等方孟敖到底會不會買謝木蘭的帳，會不會幫助學生們。

方孟敖用一隻手挽在謝木蘭的肩上，手掌卻捂住了謝木蘭的嘴，然後對著話筒：「好吧，我現在就帶領大隊去找馬漢山。」說完就擱下了話筒。

方孟敖鬆開了手掌：「記住了，你大哥不聽國防部的，只聽你的。」

謝木蘭跳了起來：「謝謝大哥！」

「你們可不許去。」方孟敖走出房門，向隊員們大聲說道，「立刻集合！」

謝木蘭望著那些同學們，等到的果然都是佩服的目光。

＊　＊　＊

燕京大學未名湖畔樹林中。

已經放暑假，學校留校的學生本就不多，今天又差不多全上了街去聲援東北學生。這裡反倒十分清淨。

嚴春明手裡拿著一卷書，站在樹下看著，目光卻不時望望左右的動靜。

終於有一個人出現了，嚴春明專注地望去，又收回了目光，假裝看書。

出現的那個人拿著掃帚，提著撮箕，顯然是個校工，一路走一路偶爾掃著零星的垃圾。

「請問是嚴春明先生嗎？」那個校工在他身後約一米處突然問道。

嚴春明慢慢放下手臂，慢慢望向他。

那人從竹掃帚竿的頂端空處掏出了一張紙條遞給他。

嚴春明連忙看去。

字條是一行熟悉的字跡！

——那個在圖書館善本收藏室的聲音響起了：「家裡事請與來人談」！

嚴春明將紙條慢慢撕碎輕輕放進了來人的撮箕裡：「劉雲同志派你來的？」

那校工：「是，以後我負責跟你聯繫。」

嚴春明又望了望四周，開始看書，一邊輕聲說話：「我怎麼稱呼你？」

「也姓劉。」那校工在他四周慢慢掃著，「叫我老劉就是。」

嚴春明：「你是新來的，還是原來就在燕大？」

「你的工作作風果然有問題！」那個校工聲音雖低語氣已經嚴厲，「這是你該問的嗎？嚴春明同志，上級跟下級接頭，下級不允許打聽上級的情況。這麼一條基本的紀律你也忘記了嗎！」

嚴春明一愣，這才明白此人來歷不小，低聲回道：「我以後一定注意。」

那個校工：「沒有以後。你的每一次自以為是都將給黨的工作帶來無法挽回的損失。劉雲同志跟你談話以後，你跟梁經綸同志是怎樣傳達的？梁經綸昨天為什麼還去和敬公主府鼓動學生？上級的七六指示精神已經說得很明白，保護學生，蓄積力量。你們為什麼總是要違背上級指示？今天去華北剿總司令部遊行，有多少是黨內的同志？」

嚴春明知道這是非常嚴厲的批評了，低頭沉思了片刻，決定還是要據理分辯：「老劉同志，今天學生去華北剿總純粹是人民自覺的抗爭行為。我們不會讓學生作無謂犧牲，可我們也不能阻擋人民群眾對國民黨反動當局發出正義的抗爭呼聲。」

「我問你有多少是黨內的同志？」那老劉語氣更加嚴厲了。

嚴春明被他問住了，稍頃才答道：「我還不十分清楚……」

那老劉：「我再一次代表上級向你重申當前的形勢。國民黨當局的倒行逆施已經引起了全國人民的自覺反抗。今天東北學生和北平各大學校的學生向反動當局抗議，完全是人民自覺的行動。北平學聯出面組織學生抗議，是在國民黨當局所謂憲法範圍內的正當行動。如果我黨出面組織則必然被國民黨當局當作藉口。第一，將嚴重影響我黨的統一戰線工作；第二，將給進步學生帶來無謂的犧牲。今天晚上你召開一個黨的學運工作祕密會議。與會人員控制在學運部的負責人範圍之內。重新學習七六指示，統一認識。明天或是後天，我會找你。」

「好吧。」嚴春明答得十分沉重。

那老劉從他身邊往前走了，走得很慢：「我跟你是單線聯繫，不要告訴任何人，尤其不能告訴梁經綸同志。」

嚴春明怔在那裡。

那老劉又停住了，將一片落葉掃進撮箕：「這是組織上最後一次給你重申紀律了。」

＊　＊　＊

上午十點了，越來越熱。

北平民食調配委員會主任辦公室的門卻從裡面拴了。

話筒擱在了桌子上，嘟嘟嘟地響著忙音。

那王科長體胖，本就嗜睡，一早被叫醒煎心熬肺了幾個小時，這時乾脆什麼也不顧了。任他外面天翻地覆，好覺我自睡之。仰躺在籐椅上流口水打呼嚕。

一陣敲門聲。

王科長猛地坐起：「誰？」

「開門吧王科長，方大隊長他們來了！」是門衛的叫聲。

「擋住！就說我不在！」王科長半醒了，「這裡面沒有人！」

「你不在誰在說話？」一個似乎熟悉的聲音讓王科長全醒了——方孟敖已經在門外了。

無奈他只好去開門。

比他高出半個頭的方孟敖就在門邊。

方孟敖的身後是他的隊員們。

方孟敖：「你們馬漢山馬局長呢？」

「我怎、怎麼知道？」王科長有些結巴，「方大隊長找他？」

方孟敖：「你帶我們去找。」

「方大隊長……」那王科長立刻急了，「我也不知道他去了哪裡，怎麼帶你們找？」

「帶他上車！」方孟敖不再跟他囉嗦，「民食調配委員會的科長見一個帶一個，找到馬漢山為止！」

身材高大的邵元剛就站在方孟敖身邊，一把抓住了王科長的胖手往門外一帶：「走！」

「不要拉！我走。」王科長一個趔趄，立時老實了。

方孟敖望見了桌上的電話，大步走了過去，按住話機，撥了幾個號碼，通了。

方孟敖：「北平市警察局嗎？找你們方孟韋副局長。」

對方回答不在。

方孟敖：「立刻接到他所在的地方，叫他帶一個隊的員警到東四牌樓。告訴他，是駐北平青年航空服務隊大隊長方孟敖找他！」

放下了電話，方孟敖又大步向門外走去。

＊＊＊

知道琉璃廠天一字畫店的人不少，卻很少有人知道畫店二樓這間收藏室。

約八十平米，一口口大木櫃，不是金絲楠木就是黃花梨木，還有紫檀，整整齊齊挨了一牆。木櫃便已如此珍貴，櫃子裡收藏的東西可想而知。

另外一面牆都是官方用來保存機密檔案的保險櫃，擺在這裡顯然裡面裝的都是罕見的文物古董。

樓屋的正中間是一張長二米寬一米的印度細葉紫檀整木的大條案，據說是當年道光皇帝欽用的御案賜給自己最心愛的皇六子恭親王的。擺在這裡，顯然是用來觀賞字畫珍玩。

這裡就是馬漢山利用自己一九四五年擔任北平肅奸委員會主任職務時，以沒收「敵偽財產」為名，大肆掠奪攫為己有的文物珍藏處。

馬漢山平時不常來，只有兩種情況下必來：一是過不了坎了，要從這裡身上割肉般拿出稀世珍寶去打通要害關節；登斯樓也則有憂讒畏譏滿目蕭然矣！二是心情極為不好了，便到這裡來看看這些古玩字畫；登斯樓也便寵辱皆忘其喜洋洋者矣！

今日北平鬧翻天了，共產黨跟自己過不去，國民黨跟自己過不去，為之賣命的幾大家族也跟自己過不去。馬漢山死也不能死，人又不能見，當然就只有來看寶貝了。

他打開了一口大木箱，盯著木箱裡面看。

目光推近木箱，裡面卻是空的！

再仔細看，木箱裡貼著一張紙條：民國三十五年一月送戴局長雨農！

他又打開了一口木箱，裡面也是空的！

紙條上寫著：民國三十八年四月送鄭主任介民！

又一口空木箱，又一口空木箱，帕帕地被馬漢山飛快打開了！

一張紙條，又一張紙條，那些木箱裡面的寶貝早已嫁給他人了！

馬漢山轉身走到保險櫃前，從腰間掏出一大串鑰匙，一路數去，揀出一片鑰匙，挨著保險櫃數到一格，開了。

這個保險櫃裡有一卷紙軸，終於把那卷紙軸拿出來了。

馬漢山看了好久，終於把那卷紙軸拿出來了。

卷軸在紫檀條案上展開了——是一幅約三尺寬五尺長明代唐伯虎的仕女圖真跡！

馬漢山爬上了條案，也不看那幅真跡，而是挨著卷軸在剩下約一尺空間的條案上躺下了。

卷軸展在左邊，馬漢山躺在右邊，用右手慢慢撫摸著卷軸上那個仕女的手，就像躺在他心愛的女人身邊！

「我要把你送給一個大大的俗人了……你不會怨我吧？」馬漢山眼望著天花板，無比傷感，彷彿在跟一個大活人說話。

一輛吉普在琉璃廠街口停下了。兩輛軍用卡車跟著停下了。

方孟敖和方孟韋分別從吉普後座的車門下來了。

王科長從吉普前邊的副駕駛座費勁地下來了。

兩輛軍用卡車上，前一輛跳下了青年服務隊的隊員們，後一輛跳下了北平警察局的員警們。

王科長苦著臉，望著方孟敖和方孟韋：「方大隊長，方副局長，給鄙人一點面子，鄙人一定把馬局長找出來。你們在這裡稍候片刻。」

方孟韋：「狗一樣的東西，什麼面子！帶我們繞了半個城，還想耍花招！這回找不到人你就跟我回局裡去，走！」推著那個王科長就命他帶路。

方孟敖輕輕地拉住了方孟韋：「這回不會是假的了。讓他去，我們在這裡等。」

方孟韋依然緊緊地盯住了王科長：「這回要是還找不來馬漢山呢？」

「您、您就把我抓到警察局去……」那王科長把雙手靠緊向方孟韋一伸。

方孟韋也真是厭煩了：「去吧。」

王科長一個人向著天一字書店方向走去。

方孟敖習慣地掏出了一支雪茄，卻看到遠處有好些百姓的目光在怯怯地望著這邊，又將雪茄放回了口袋，對方孟韋說道：「帶你的隊伍回去吧。有你在還能控制局面，警察局和警備司令部今天無論如何都不能再傷害學生。」

「好。」

「還有。」方孟敖又叫住了他，「儘管答應學生，每人一月十五斤的糧食供給，明天開始就會發給他們。」

方孟韋：「哥，這個願還是不要許早了，民食調配委員會不一定能拿出糧食來。」

方孟敖：「就這樣告訴學生。都餓死人了，還早嗎？」

「我去說吧。」方孟韋只好答應，轉身命令員警，「上車！去華北剿總！」

後面那輛軍用大卡載著方孟韋和那一隊員警倒車，然後向華北剿總方向駛去。

果然，方孟敖看見，馬漢山遠遠地來了，走得還很快，反倒把那個王科長拋在後面。

「方大隊長！方大隊長！」馬漢山已經奔到方孟敖面前，「什麼事還要煩你親自來找我？」

見過耍賴的，沒見過如此耍賴的，大太陽底下方孟敖自然地犀起了眼，望著馬漢山：「是呀。我們這些開飛機的，大夏天吃飽了沒事幹，滿北平來找一個民食調配委員會的副主任。馬局長，你問我，我問誰？」

馬漢山作沉思狀。

方孟敖：「這裡是不是有點太熱，我們去顧維鈞大使園子裡去可能會涼快些。」

「五人小組在找我？」馬漢山仍然明知故問。

方孟敖忍不住真笑了：「馬局長，這個官當得你也真是夠累的了，上車吧。」

上了吉普的後座了，馬漢山又湊近方孟敖：「方大隊長，我跟崔中石副主任可是過命的交情……」

方孟敖這回笑不出了，盯了他一眼，對開車的邵元剛：「開車！」

＊　＊　＊

央行北平分行金庫。

第二道沉重的鐵門在背後關上了。

崔中石跟著前面的方步亭走向第三道鐵門。

方步亭拿鑰匙開了第一把暗鎖的孔，並撥動了密碼。

崔中石連忙過去，拿鑰匙開了第二把暗鎖的孔，這把鎖沒有密碼，他使勁往裡一推，沉重的保險門開了。

「行長。」崔中石站在門邊，候方步亭先進。

方步亭走進了那道門，崔中石才跟著進去。

一排排厚實的鋼架櫃，都是空的。

再往裡走，最裡邊兩排鋼架櫃上整齊地碼放著五十公斤一塊的金錠，在燈光照耀下閃著金光。

「民國三十五年我們來的時候，這些櫃架上金錠可都是滿的。」方步亭突然發著感慨。

「是的，行長。」崔中石答道。

「錢都哪裡去了呢？」方步亭望著崔中石。

「是的，行長。」崔中石還是答著這四個字。

「是呀。我都說不清楚，你又怎麼能說清楚呢？」方步亭又發感嘆了，「中石，國民政府的家底沒有誰比你我更清楚了。你說共產黨得天下還要多長時間？」

崔中石只能是望著方步亭。

方步亭：「這裡也沒有第三雙耳朵，說說你的看法嘛。」

「我沒有看法，行長。」崔中石答道。

「有家有室的，你就一點也不關心時局，一點也不考慮退路？」方步亭緊逼著問。

「時局如此，我考慮也沒有用，跟著行長同進退吧。」崔中石依然答得滴水不漏。

方步亭緊盯著崔中石的眼：「你忠心耿耿地去救孟敖，也就為了我帶著你同進退？」

崔中石低頭稍想了想：「是，也不全是。」

方步亭：「這我倒想聽聽。」

崔中石：「我是行長一手提拔的，行長的事就是我的事，這是我開始和孟敖交往的初衷。日子長了，我覺得孟敖是我們這個國家難得的人才，優秀的青年，又生了愛才之意。這就是我的真心話，當然，我說這個話還沒有資格。」

方步亭：「誰說你沒有這個資格？中央銀行、財政部，還有國民黨中央黨部你都能擺平，小崔呀，不要小看自己嘛。」

「行長。」崔中石抬起了頭，迎著方步亭的目光，「您如果對我幹的事不滿意，甚至對我不信任，可以直接說出來。再進一步，您還可以審查我，發現我什麼地方不對頭可以處置我。但有一點我必須說明，我去南京活動，救孟敖，沒有別的意圖。您不可以懷疑自己的兒子。」

方步亭：「我說過懷疑自己的兒子了嗎？中統和軍統都沒有懷疑我的兒子，我為什麼要懷疑自己的兒子。我叫你到這裡來，就想告訴你，不管你瞞著我幹了什麼，譬如你對徐鐵英許的願，我都不管。接下來五人調查小組就要直接查你了，而且還會要孟敖來查你，希望你對他們也像今天這樣對我說話。」

崔中石：「我知道怎麼說，也知道怎麼做。不會牽連行長，更不會讓孟敖為難。」

「那你可以去了。」方步亭慢慢向門口走去，「五人小組和孟敖還在顧大使的宅邸等著你。該怎麼說，你心裡明白。」

＊　＊　＊

方孟敖一進顧維鈞宅邸五人小組會議室，立刻發現了面前坐著的是崔中石的背影。

第一時間望向他的是曾可達。

曾可達在對面，恰好能同時看到前面坐著的崔中石和他身後站著的方孟敖！

這一看也就一瞬間，曾可達站起了，十分關切地：「辛苦了，找到馬漢山了嗎？」

方孟敖：「在門外。」

杜萬乘立刻站起了：「方大隊長辛苦了，快請坐，先喝點茶。」

方孟敖又走到孫中山頭像下那個位子坐下了。

「還不進來！」這回是馬臨深拍了桌子，對門外嚷道。

馬漢山進來了，一臉無表情，走到崔中石身邊站住了。

「到哪裡去了？」馬臨深大聲問道。

馬漢山：「調糧去了。」

「調到了嗎？」馬臨深接著問道。

馬漢山：「調到了一部分。」

「坐吧。」馬臨深兩問幫他過關，這時緩和了語氣。

馬漢山想坐，卻發現這一排卻只有崔中石一把椅子，便望向馬臨深。

馬臨深立刻望向曾可達副官記錄的那邊，副官的背後挨牆還擺著幾把椅子。

那副官望向曾可達，慢慢站起，準備去搬椅子。

曾可達卻盯了那副官一眼，副官明白，又坐下了。

馬漢山被撂在那裡，一個人站著。

馬臨深丟了面子，心中有氣，無奈手下不爭氣，夫復何言。

曾可達問話了：「民食調配委員會都成立三個月了，財政部中央銀行的錢款也都撥給你們了。現在才去調糧。去哪裡調糧？糧食在哪裡？」

馬漢山幾時受過這樣的輕蔑，那股除死無大禍的心氣陡地衝了上來，乾脆不回曾可達的話，眼睛翻了上去，望著前上方。

曾可達：「回答我的話！」

「你是問糧食嗎？」馬漢山望向他了，「在我手裡，你拿去吧！」竟將兩隻空手掌一伸，對著曾可達。

曾可達一怔，萬沒想到馬漢山竟敢如此回話，一下也愣在那裡。

其他人更不用說了，全愣在那裡。

按道理，下面就是要抓人了！

可是以什麼名義抓人？誰來抓人？抓了他如何發落？

杜萬乘是第一個反應過來的，氣得嘴唇發顫：「看檔！大家都看看檔！這樣子對抗中央，該按哪一條處理？」

「不用看了。」曾可達反倒平靜下來，「頂撞我幾句哪一條也處理不了他。不過，我們可是來調查七五事件的，七五學潮驚動了中外，不管有沒有共黨在背後策劃，北平民食調配委員會沒有給東北學生發糧食是事實。當時不發，前天我們來了，你們昨天還不發，今天又釀出了更大的學潮。馬漢山！」說到這裡曾可達才拍了桌子，倏地站起：「你將兩隻空手掌伸給我，黨國的法令是沒有砍手掌這一條。可我提醒你注意，特種刑事法庭砍不了手掌，可以砍頭！我可是七月六日砍了侯俊堂的頭再來北平的！現在我提議！」

杜萬乘、王賁泉、馬臨深都望向了他。

曾可達：「立刻以五人調查小組的名義向中央報告，先免去馬漢山一切職務，押解南京，交特種刑事法庭審訊！」

「息怒！息怒！」馬臨深立刻接言了，「曾督察，我是管這條線的，情況我比較了解，四月成立民食調配委員會以來，我們也遇到了很多難處。馬漢山局長出任北平民食調配委員會副主任，工作還是盡力的。杜總稽查，我們是來調查的，是來解決問題的。北平的工作還得靠他們去做，我不贊成曾督察這個提議。於事無補嘛。」

曾可達轉望向了馬臨深：「那就請馬委員到馬漢山手裡去拿糧食吧。」

馬臨深怔了一下，立刻轉頭盯向馬漢山：「還不把你的爪子縮回去！找死也不是這樣找法！」

馬漢山這才將兩隻手掌縮了回去，卻依然一副不怕砍頭的樣子。

曾可達這時清醒地將目光轉望向了崔中石。其實在打擊馬漢山的氣焰時，他的目光從來就沒有忘記觀察崔中石。馬漢山今天如此狗急跳牆，顯然是仗著背後有十分複雜的原因，這個原因就是牽涉到最上層財團的經濟利益。何以昨天方步亭在，馬漢山十分老實，今天崔中石來了，他卻一反常態？

曾可達準備進攻崔中石這道防線了。

他沒有立刻進攻，而是先望向方孟敖：「方大隊長，你剛才在哪裡找到馬漢山局長的？」

方孟敖：「北平我也不熟，那條街叫什麼名字？」他轉問馬漢山。

馬漢山對方孟敖依然客氣：「前門外，那裡就是民食調配委員會火車調運糧食的地方。」

曾可達仍然望著方孟敖：「方大隊長，你是在調運糧食的地方找到他的嗎？」

馬漢山望向了方孟敖。

方孟敖：「他說是，那就應該是吧。」

馬漢山突然覺得這個方大隊長要通人情得多，立刻說道：「像方大隊長這樣認真負責通情達理，鄙人和北平民食調配委員會一定好好配合工作。」說著又望了一眼曾可達。

這是真跟曾可達叫上板了。

曾可達不再看他，面容十分嚴肅地望著方孟敖：「方孟敖同志，我們的任務十分艱巨，北平一二百萬最苦難的同胞要靠我們給他們一條活路。下面五人小組要展開調查，無論問到誰，查到哪條線，希望你都能理解。」

方孟敖立刻聽懂了他的意思，下意識地望向了崔中石，然後轉對曾可達：「我的任務我清楚，不是我的任務我也清楚。曾將軍沒有必要打這個招呼。」

「那就好。」曾可達先做了這一步工作，向崔中石的進攻開始了。

曾可達：「北平民食調配委員會四月成立以來，物資的購買管理發放和調撥都是常務副主任馬漢山親手管理。昨天我們請教了方步亭行長，明白了中央銀行撥來購買物資的款項都是央行北平分行金庫副主任崔中石先生一手走帳。現在，兩個具體的經手人都來了。我想問崔副主任，你的帳目能不能向五人調查小組作一個詳細具體的彙報？」

這時第一個暗中緊張的人是王賁泉了，他立刻睜大了眼望著崔中石。

馬臨深也緊張，但有王賁泉在，他可以觀望。

崔中石慢慢站起了，竟先望向那個副官：「拜託，把我的椅子也撤了。我不能讓馬局長一個人站著。」

當時國民黨官場流行一條規則，跟黑道江湖差不多，曾被杜月笙總結為「吃兩碗麵」。一碗是場面，一碗是情面。無論何時，只要能顧全場面，講個情面，大家都會高看一眼，遇事往往抬手，放你過去。

崔中石雖是金融界的，可交道都是打在官場，這時先端出了兩碗麵，人雖站著，腳下踏的卻是不敗之地。

第一個感激的當然是馬漢山，望了他一眼，公然說道：「謝謝！」

馬臨深和王賁泉自不待言，立刻投以賞識的目光。

杜萬乘也不無佩服地點了點頭。

為難的是那個副官，又望向了曾可達——崔中石那把椅子撤還是不撤？

曾可達卻又望向了方孟敖，發現方孟敖這時的表情有些異常。

方孟敖沒有看崔中石，望向一邊。對崔中石此舉並無別人那份的讚賞，倒有幾分不以為然。

曾可達看在眼裡，對那副官：「給馬局長也搬把椅子吧。」

副官搬來了一把椅子。

曾可達：「崔副主任，現在可以說了吧。」

崔中石依然站著：「我不知道怎麼說。現在是國家戰爭時期，我們央行不得已要執行國府下達的額外任務。杜總稽查是經濟學專家，王主任祕書更是我們的金融專家，你們知道，銀行是負責市場金融流通的，可現在無論是貨幣和物資的流通比例，還是支撐銀行貨幣的壓庫黃金，我們的金融都無法流通了。民食調配委員會也好，物資管理委員會也好，實行的都是管制經濟，凡是管制經濟就不是哪一個部門能夠說得清楚的。今年四月份開始，民食調配委員會和物資管理委員會的帳是都委託我們代管。可請五人小組的長官們聽清楚了，我們只是代管走帳，具體的物資我們可是連看都看不見的。」

曾可達被他說得皺起了眉頭，因為說得如此專業，又把最要緊的弊病點了出來，他也不知道如何回答，便望向了杜萬乘。

杜萬乘點了點頭：「他說得有道理。崔副主任，這也並不妨礙你把帳目向我們簡單介紹吧？」

崔中石：「雖然只有三個多月，可兩個委員會的帳目已經堆了一個屋子。牽涉的也有好幾十個部門，而且很多直接牽涉到軍事委員會的軍費開支。央行總部曾經有明確紀律，有些帳不能跟任何部門透露。除非有中央軍事委員會的命令，而且要有蔣總統的簽名。」

「你這是拿蔣總統來壓我們？」曾可達倏地又站起了，「我們就是蔣總統派來的！崔中石，我看你不像是個搞經濟的，倒像是個搞政治的好手。馬局長有軍統的背景，你是不是也有什麼別的背景？有背景只管說出來，是中統的我們就去找陳部長，是軍統的我們就去找毛局長。不要藏著掖著，欺騙一些不知內情的人！」

以曾可達的來頭，此時說出這樣一番話來，所有人都震驚了！

所有的目光都望向了崔中石！

崔中石也有些變了臉色。他知道曾可達已經懷疑自己的政治身分，但萬沒想到他不說自己是共產黨，倒說自己是中統和軍統！這將對一直和自己單線聯繫的方孟敖帶來什麼樣的影響！

方孟敖已經受到強烈影響了，目光深深地望著崔中石。三年以來一幕幕片段飛快地浮現出來：

——崔中石在筧橋機場宿舍的情景：「孟敖同志，從今天起你就是中國共產黨的候補黨員了……」

——崔中石在筧橋機場草坪的情景：「孟敖同志，你雖然已是正式黨員，但由於工作的特殊性，我不能帶你參加任何黨的組織活動……」

——崔中石在筧橋機場大門外的情景：「孟敖同志，你希望學習的任何黨的檔暫時都不能看。你知道得越少，就越安全……」

——崔中石在自己家裡北屋的情景：「你務必注意，方孟敖從來就不是中共黨員……」

從來沒有的疑惑在方孟敖眼中浮現了。再看崔中石時，他突然有了陌生感！

崔中石真正遇到難關了！他在急劇地思索，以沉默掩飾著自己的思索。

曾可達已經感受到自己一箭雙鵰的效果了，他喜歡這樣的沉默，沉默得越久，效果更好。

馬漢山這時幫倒忙了，大聲對崔中石說道：「崔副主任，左右是為黨國效力。真有什麼就告訴他。國民革命也不是哪一撥人能夠幹成功的，更不是哪一撥人說了算。」

崔中石坐下去了，望向王賁泉：「王主任，您是央行總部的，直接管著我們北平分行。我鄭重向您提出，請央行總部立刻調查我的身分。我崔中石就是央行屬下一個職員。如果還有任何別的政治背景，請央行立刻開除我。」

王賁泉望向了杜萬乘：「杜總稽查，你是小組的召集人，我們到北平到底是幹什麼來了？這是哪齣跟哪齣？查帳也不至於要查到什麼中統軍統吧？」

杜萬乘怕的就是一扯就扯到政治上，這時頭又大了，只好說道：「那崔副主任就把走帳的事說一說嘛……」

崔中石又站起了，而且拿起了桌上的提包：「在央行總部查清我政治背景之前，我不宜再說任何話。我要求退席。」說著向對面微微鞠了一躬，轉身向門外走去。

崔中石可不是方步亭，門口站著的青年軍警衛立刻兩人一併，面對面擋住了他！

其中一人：「誰叫你走的？進去！」

崔中石站在那裡一動不動。

方孟敖這時站起了，直望著門外。

「不要無禮！」曾可達跟著站起，望著兩個青年軍警衛喝道。

兩個警衛讓開了些，仍然把著門。

曾可達望向方孟敖：「方大隊長，查物資查帳都要靠你具體執行。你說今天讓不讓崔副主任走？」

方孟敖望向了曾可達，在仔細地讀著他的眼神。

崔中石已經從兩個警衛的中間大步走了過去，一邊大聲說道：「我的辦公室在北平分行二樓，我的家在東中胡同二號。你們隨時可以來找我！」

方孟敖又望向了崔中石門外的背影。

其他人也都望著門外。

「崔副主任，怎麼就走了？」門外傳來另一個聲音，是徐鐵英的聲音。

沒有回應，徐鐵英一臉的汗帶著為黨國的辛勞出現在門口：「總算暫時平息了！」

「學生都散了？」最關心的是杜萬乘。

「哪裡都散。」徐鐵英走到自己的座位，先喝了一口茶，「東北學生暫時勸回去了。明天可得給他們發糧。」坐下時望向杜萬乘，試探地問道：「崔副主任怎麼走了？北平分行的帳不查了？」

杜萬乘已經被他們弄得頭都大了，哪裡還願再扯說不清楚的事，眼下最要緊的是先給學生發糧食，不能再鬧出學潮：「其他的事先都不說了。明天到底能不能先給東北學生發糧？馬局長，徐局長的話你都聽見了？」

馬漢山：「給一萬五千人發糧，我總得有時間去安排吧？你們是繼續調查我，還是讓我去組織人調撥糧食明天發放？」

「當然是去調撥糧食。」徐鐵英這時便成了最有發言權的人，「傅總司令說了狠話，明天要是還有學生到華北剿總門口去遊行，他就立刻辭職，請蔣總統親自來指揮打仗好了。」

「那我是不是可以走了？」馬漢山望了曾可達一眼，然後望著杜萬乘。

杜萬乘望向曾可達。

曾可達卻望向方孟敖：「方大隊長，北平銀行的帳你們暫時不要去查。明天開始專查北平民食調配委員會物資倉庫！先查糧食，拿著他們購入和調撥的帳目一個倉庫一個倉庫地查！」

方孟敖原就站在那裡，這時答道：「好。」

曾可達這才望向馬漢山：「帶著你的手掌，調撥糧食去吧。」

馬漢山走出去時心裡又沒底了。

杜萬乘心裡亂極了，望了一眼曾可達，又望了一眼徐鐵英：「是不是還接著開會？」

曾可達已經站起：「這樣的會還需要開嗎？查物資，查帳！抬出棺材再開會不遲！」

曾可達從會議室趕回住所，立刻撥通了梁經綸外文書店二樓的電話：「……現在是最好的時機，方大隊長已經懷疑上崔副主任了。立刻安排那個何小姐去接觸他……好！已經安排了就最好！聽他都說些什麼，記住原話，一句一句告訴我。教授，注意自己的安全。」

＊　＊　＊

顧維鈞宅邸大門外西大街。

中央軍派來保衛方孟敖大隊的警衛排兩輛摩托在前面開路。

方孟敖自己駕著吉普，讓邵元剛坐在副駕駛座上，緊踏著油門，一反常態地飆車。

開路的摩托立刻被吉普拋在了後面，趕緊加油追了上來。

「隊長，太快了！開慢點！」邵元剛都緊張了。

「不要囉嗦！」方孟敖的臉色從來沒有這麼難看。

邵元剛不敢吭聲了。

「前面有人！隊長！」邵元剛又大聲喊了起來。

方孟敖也看見了，不到二十米遠兩個女孩站在路中間，竟是謝木蘭和何孝鈺！

鬆油門，踩剎車！慣性仍然驅著車快速衝著，離二人越來越近！

不到十米了，吉普仍然慣性往前衝著，方孟敖猛地向左打方向盤！

那吉普猛然掉頭，後輪橫著打磨，仍然往原來那個方向吱吱地移了好幾米，才跟著前輪轉了過來！

轉了一圈，吉普才剎住了。

站在幾米開外的謝木蘭和何孝鈺臉都白了，懵在那裡。

最可憐是那兩輛摩托，一輛向左撞在人行道的樹上，一輛向右挨著一道牆擦了好幾米才停了下來。

吉普車門猛地推開了，方孟敖跳了下來：「找死嗎！」

兩個姑娘受了驚嚇，此刻還沒緩過神，愣愣地站在路中間。

方孟敖嘆了口氣，改變了態度，走了過去：「嚇著了吧？」

「方大隊長！」何孝鈺叫他了，神態從來沒有的激動，「你知道自己在哪裡開車嗎？」

方孟敖望著她。

何孝鈺大聲地：「這裡是北平！是住著二百萬人口的城市。不是在天上，不是開飛機。你的車開這麼快想撞死市民嗎？」

方孟敖又習慣地犀起了眼，望著面前這個一向文靜的小妹妹，突然覺得她有幾分像自己曾經十分佩服的陳納德隊長。想到這裡，笑了，轉頭望向邵元剛：「我是不是開得太快了？」

「是。隊長，你開得太快了。」邵元剛也有幾分還在生氣。

「有本事才敢開這麼快嘛！」謝木蘭驚魂乍定又鬧騰起來，「大哥，你剛才那個圈轉得太棒了！怎麼轉的，下回教我。」

「有事找我嗎？」方孟敖轉入正題了。

謝木蘭：「不是找你，是謝你。你今天抓馬漢山，同學們都傳遍了，還都誇我了。大哥，我要好好謝你。今晚哪兒都不許去，回家。我和孝鈺每人做兩個菜答謝你。」

方孟敖沉默了稍頃，問道：「你小哥在家嗎？」

謝木蘭：「我們是請你，可不請他。」

方孟敖：「在不在家？」

謝木蘭：「在家，每天晚餐只要不出勤他都要陪大爸吃飯。」

方孟敖：「那好，他們吃他們的，我們吃我們的。我還想聽何小姐給我上上該怎樣在北平開車的課呢。上車吧。」

＊　＊　＊

方邸洋樓二樓行長辦公室。

方步亭在十分專注地聽著電話。

謝培東站在旁邊也十分專注地望著電話。

方步亭：「……曾可達懷疑小崔是中統軍統……王主任，我用的人不會有這樣的背景。如果連央行總部也這樣想，那就把我調走，把北平分行的人馬都換了……嗯，嗯。天不塌，北平分行就不會塌。小崔當然扛得住事，希望王主任和央行總部相信他……我知道。該見面我會直接到顧大使宅邸來看你，你也可以直接到分行來。沒有什麼可怕的。好，再見。」

放下電話後，方步亭剛才還十分的盛氣立刻變成了更深的憂慮，坐在那裡默默地想著。

「曾可達居然懷疑崔中石是中統和軍統的人……你怎麼看？」方步亭望向謝培東。

謝培東：「至少能夠說明，無論是中統軍統還是鐵血救國會，都沒有人懷疑崔中石是共產黨。行長，是不是我們多疑了？」

謝培東不說方步亭多疑，而是用了個「我們」。

「多疑嗎？」方步亭的臉色更加凝重了，「曾可達心機深啊！我剛才問了，他在會上說崔中石是中統軍統，孟敖就坐在那裡。他這個話是說給孟敖聽的！」

謝培東一驚：「孟敖會相信嗎？」

方步亭：「這個孩子從小就心眼實，像他媽呀，培東。」

謝培東：「行長。」

方步亭：「盡快，你去找崔中石，叫他把帳在最短時間整理出來，全交給你。跟他打招呼，不許再跟孟敖見面。」

謝培東：「我今晚就去找他。」

「大爸！爸！小媽！」樓下客廳傳來了謝木蘭的嚷叫，「我把大哥請回來了！」

方步亭和謝培東同時一怔，對望了一眼。

方邸洋樓一樓客廳。

「媽。」

方孟敖進到客廳就十分禮貌叫了一聲程小雲。

謝木蘭倒沒有十分覺得意外。

何孝鈺站在他身後卻眼中含著光，定定地望著剛才還十分張揚的男人。

程小雲紅了臉，輕聲答道：「孟敖，我知道你尊重我，尊重我們女人。可畢竟我只比你大三歲，今後你就叫我姨吧。」

「好。」方孟敖立刻答道，「姨。」

「我們都叫小媽，憑什麼你一個人叫姨。不行！」謝木蘭總是把氣氛鬧得讓人尷尬，說著轉對何孝鈺，「你說是吧？」

何孝鈺：「不是。我覺得孟敖大哥叫程姨作姨很好。」

「我明白了！」謝木蘭立刻興奮起來，「他這是隨你叫，是吧？」

方孟敖是背對著她們，接言道：「這倒也是個理由，我就隨何小姐叫吧。」說著轉過頭看何孝鈺。

何孝鈺的臉卻紅了，慌忙答道：「你們這些人事情真多，說什麼幹嘛都要扯上別人？」

「我們可從來沒把你當別人啊。」謝木蘭心裡有鬼火上加油，「進了我們家，就是我家人，小媽您說是吧？」

方孟敖也聽出這個小表妹在使壞了，立刻對何孝鈺：「我們從小就是一家人嘛。孝鈺，你過來，大哥教你一個對付壞丫頭的辦法。」

方孟敖如此大方大氣，何孝鈺剛才那點羞澀立刻被他化解了，果然向他走近了一步。

方孟敖又望向謝木蘭：「你也過來。」

謝木蘭卻不願過來了，而且嚷道：「孝鈺，千萬別上當，我這個大哥可壞了！」

方孟敖跨前一步已經一把抱起了謝木蘭，輕輕地挽在肘裡。接著，左臂一伸居然把何孝鈺也抱了起來，輕輕地挽在另外一隻手肘裡！

兩個姑娘被他同時端抱在手臂上，謝木蘭好興奮當然任抱不動，只是苦了何孝鈺，又不能掙扎，又不能就這樣任他抱著。

何孝鈺聲音透著緊張同時露出了少女才有的孩子天性，向程小雲大叫：「程姨！還不叫他放我們下來！」

程小雲這回露出的笑竟也如此燦爛：「傻姑娘，程姨也教你一手，讓他胡鬧，你別動就是。」

從聽見方孟敖來了開始，謝培東已經把二樓辦公室的門開了一線，往下面望著。

這時陡然見到樓下的情景，趕緊將站在身後的方步亭拉了一把，讓他從門縫往下看。

方步亭的臉也突然展開了，好難得真笑了一下。

謝培東笑向他點了一下頭，輕輕合了門縫：「行長得趕緊去找何校長談談了。」

方步亭這回是由衷地點了下頭。

一樓客廳裡，方孟敖就這樣毫不費勁地一手捧著一人仍然沒有放下，對何孝鈺說：「怎麼樣？不怕她使壞了吧？」

臉離得這樣近，何孝鈺閉上了眼睛，不看他也不回話。

方孟敖卻突然發現，何孝鈺長長睫毛的眼角有一點淚星！

方孟敖慌了，連忙放下了二人，輕聲說道：「玩笑過分了，何小姐不要見怪。」

謝木蘭程小雲都有些緊張地望向了何孝鈺。

睜開眼時何孝鈺露出顯然善解人意才有的一笑：「下回不要開這樣的玩笑就行了。」

方孟敖望向程小雲：「姨，罰我。我去給她們做菜，家裡能做西餐嗎？」

程小雲笑道：「你們誰都不要去做了。中餐西餐誰都比不過我。木蘭，你和孝鈺陪大哥到你房間去看看。叫你們了，就下來吃飯。」說著快步走進了廚房。

謝木蘭對何孝鈺：「不許生氣了。陪大哥去參觀我的房間吧。」

方孟敖竟然很在意地望著何孝鈺。

何孝鈺這回是微微一笑。

「走！」謝木蘭拉著方孟敖徑直向西邊的樓梯走去，回頭還在喊著何孝鈺，「快來呀！」

「給我備車。」方步亭自己從衣架上取下了禮帽，「今晚讓他們在家裡吃飯。我現在就去何副校長家。」

「好。」謝培東立刻給他遞過公事包，接著開了辦公室門。

方孟敖被表妹拉著來到二樓謝木蘭房間。

這個天馬行空的王牌飛行員進入到自己表妹的閨房，卻站在房中有些不知所措。

何孝鈺發現了，謝木蘭也察覺了。

謝木蘭：「大哥，你好像有點害怕？」

「瞎說。」方孟敖顯然是在掩飾，「我害怕什麼？」

「害怕女孩的房間！」謝木蘭直言不諱，「我猜對了吧？」

「更瞎說了。」方孟敖走到窗前的桌邊，剛想坐下，發現椅子上蓋著一塊女孩繡花的手絹，連忙用兩指拈起了輕輕放到一邊的床上，把椅子又挪得離床遠了一點，這才坐下。

謝木蘭飛快地瞟了何孝鈺一眼：「多好的男子漢呀！」

何孝鈺這時十分大方了，純純地望了方孟敖一眼，轉望謝木蘭：「This is gentleman. Do you understand?（這叫紳士風度，明白嗎？）」

「Gentleman and knight!（紳士加騎士）」謝木蘭大聲用英語回道。

何孝鈺望向方孟敖：「Do you agree it?（你同意嗎？）」

方孟敖站了起來，卻用英語說了一句大跌眼鏡的話：「Where is toilet?（家裡有衛生間嗎？）」

「太煞風景了！」謝木蘭用母語大叫起來。

何孝鈺笑了，開始忍著，接著終於笑出了清脆好聽的聲音！

第十章

不入方家廚房，不知方家是真正的貴族。

廚房便有二十平米開外，這在當時中國的京滬平津穗五大城市裡，都已是一個小戶之家全部的住家面積了。

廚房西邊挨窗是一列德國進口的不銹鋼連體灶，牆上安著好幾個通風扇。最讓外人驚奇的是，廚房裡也擺著一長兩短一組沙發，長茶几上擺著喝咖啡飲茶兩套用具；還有一架唱機，許多唱盤。

這一切顯然都不是為下人準備的，完全是歐美的生活理念，主人要下廚房，家人要在這裡陪伴說話聊天。

以往，程小雲搬在外面居住，家常是蔡媽王媽做飯，下廚做方步亭、方孟韋、謝木蘭喜歡的拿手菜反倒是謝培東的事。這時，方步亭常來陪，方孟韋偶爾也來陪。只有謝木蘭不願來陪，她跟自己的親爹總是不太親，而且就怕他。

今天是刻意安排，由程小雲下廚做西餐。

方步亭有意避開，去了何其滄家。謝培東陪到廚房，自有一番交代。

他先挑了一張程硯秋《鎖麟囊．春秋亭》那張唱片，放唱起來，然後走到程小雲身邊，說道：「小嫂，叫木蘭下來幫廚。」

「木蘭能幫什麼廚。」程小雲好久沒有這樣的心情了，向謝培東一笑，「我知道姑爹的意思，也知道行長的意思。平時都是姑爹辛苦，今天就不要管廚房的事了，也不要管他們的事了。」

「我不管，今天一切都交給小嫂管。」謝培東對程小雲永遠是禮貌而不苟言笑，今天卻話很多，「等我回到房間再叫木蘭下來。讓她在這裡待著，不要上去。」叮囑了這幾句，見程小雲微笑會意點頭了，才悄悄走了出去。

程小雲便一邊忙活，一邊跟著唱機裡的程硯秋同步輕聲唱著，估計謝培東已經回到自己房間了，這才走到廚房門口，向樓上喊道：「木蘭，你快下來幫我一下！」

開始還沒有回應。

程小雲提高了聲調：「快下來吧，我忙不過來了！」

「來了！」樓上這才傳來謝木蘭不甚情願的應答聲。

＊　＊　＊

謝培東並未回自己房間，而是來到了方步亭這間辦公室。

先是把房門的幾把鎖都鎖好了，然後走到辦公桌前方步亭那把座椅上坐下。開始撥電話：「孟韋啊……跟學生代表都談完了……是呀，都是些無家可歸的學生嘛，是應該多體諒他們的心情……不要趕回來了，善後要緊……心煩？……準備去崔副主任家看看？跟行長說了沒有……這個時候最好不要去……一定要去就去看看……該說的說，不該說的不要感情用事……」

方孟韋顯然將電話掛了，謝培東站在那裡面呈憂色，也掛了電話。無聲地嘆了口氣，接著走到辦公室門，確定幾道鎖都拴上了，又走回辦公桌邊。

他在方步亭平時坐的辦公椅上坐下了，拉開了辦公桌中間的抽屜，捧出了一台美國新式的交直流收音機，打開了，調著頻道。

收音機裡立刻傳出了楊寶森的唱段，是《文昭關》伍子胥一夜白頭那一段蒼涼沉鬱的唱腔。

這款收音機確實新式，還有一副耳機。謝培東插上了耳機，唱腔從耳機裡傳來更真切更清晰。

只見他將調頻的按鈕一撥，唱腔立刻消失了，一個令人萬萬想不到的聲音在耳機裡傳來了：

——竟是方孟敖的聲音：「我可以坐下嗎？」

謝培東閉上了眼，入定般聽著。

——接著從耳機裡傳來的是何孝鈺的聲音：「當然。」

不是方步亭這個家太可怕，而是國民黨這個政權太可怕！

身為把握國民政府金融命脈中央銀行駐北平的方面大員，方步亭要為多少上層，多少高官賺錢洗錢？方步亭之所以把自己的辦公室設在家裡這棟洋樓，就因為多少埋有隱患的密談不能夠在北平分行進行。尤其抗戰勝利這三年，方方面面的眼睛都盯著央行，方步亭可以為他們賺錢，但不能為他們替死。因此在這裡祕密裝下了錄音竊聽裝置，以往無論是誰到這裡來密談，包括關鍵的專線電話，方步亭都要暗中錄音。自保是方步亭的底線。

方孟敖突然回來了！共產黨？鐵血救國會？身家性命所繫！這條竊聽線於是祕密裝到了方孟敖可能到的每個房間。方步亭要隨時知道這個兒子的祕密，隨時準備對策。為了救這個家，也為了救這個兒子。當然，竊聽只能在這間辦公室，只有方步亭和謝培東兩個人能夠聽到！

謝木蘭房間的房門不知什麼時候已經輕輕被掩上了。

房間裡，何孝鈺感覺到了方孟敖神態的變化。剛才在樓下他還開著玩笑，這時卻變得十分嚴肅。

已經答應他可以坐下了，方孟敖卻依然站在那裡。他本就很高，現在離何孝鈺也就一米處，何孝鈺抬頭望她時便顯得更高。

何孝鈺心裡突然冒出一陣緊張，想站起，卻還是強裝鎮靜地坐著。

見她掩飾緊張的樣子，方孟敖又強笑了一下，掏出了一支雪茄，「可不可以抽菸？」

何孝鈺：「當然。」

方孟敖這才坐了下去，點燃了菸，輕吸了一口，又輕輕地吐去。接著便是沉默，顯然是在考慮怎麼問話。

何孝鈺是接受任務來接觸他的，但沒想到第一次接觸會是這樣的情景，會是方孟敖主動地和自己單獨待在一起。她現在只能沉默，等待他問話。

「三七年我們分手的時候你才十一歲吧？」方孟敖提出的第一個問題竟是這麼一個問題。

何孝鈺望著他，點了點頭。

「今年你二十二歲了。」方孟敖依然說著這個貌似多餘的話題，「十年了，我跟家裡沒有來往，你們都長大了，都變了，可我一點也不知道你們現在的情況。下面我問的話都是閒談，你知道就告訴我，不願意可以不答，好嗎？」

何孝鈺真正緊張了，只好又點了點頭。

方孟敖望了一眼房門，在感覺門外是否有人，飛行員的耳朵和眼睛告訴他現在是安全的，於是目光轉望向了窗外，有意不看何孝鈺：「你見過共產黨嗎？」

二樓行長辦公室。

入耳驚心！

這句話同時在謝培東的耳機裡傳來時，他的眉毛飛快地顫動了一下，眼睛閉得更緊了。

下面何孝鈺會怎麼回答？他在緊張地等聽。

何孝鈺早已怔在那裡，睜大了眼望著方孟敖。她也萬沒想到方孟敖一上來會這麼一問！她只能感覺到他問這話並無惡意，卻很沉重。怎麼答他？

方孟敖依然望著窗外：「我這樣問為難你了。共產黨也不會把這三個字寫在臉上，寫在臉上的也未必就是共產黨。你們北平的學生多數都傾向共產黨，你是進步學生，有可能見到過共產黨。我也就這麼一問。你可以回答我，也可以保持沉默。」

「我能不能也問你一句？」何孝鈺輕輕地回話了。

「我能問你，你當然也能問我。」方孟敖轉過頭望向了她，「只要能回答你的。」

謝培東的身子坐直了，眼睛依然閉著，神情更加專注。

耳機裡的聲音：

——何孝鈺：「你見過共產黨嗎？」

耳機裡的聲音：

——「見過。」方孟敖當即明確答道。

謝培東猛地睜開了眼，捧起了擱在辦公桌上的收音機！

何孝鈺比謝培東更驚！

她愣在那裡，不知過了多久，才接著問道：「你怎麼能肯定你見過的是共產黨？」

謝培東已經拿起了一枝鉛筆，耳機裡暫時還沒有方孟敖的回答聲，他卻已經在空白的公文紙上先行寫下了三個字——崔中石？！

接著便是等，等聽方孟敖說出這個名字！

——「我當然能肯定。」耳機裡方孟敖的聲音傳來了。

謝培東開始用鉛筆將「崔中石」三個字一筆一筆地塗抹上，這個動作顯示著他此時的心理——不希望方孟敖說出的真是他寫出的這個名字！

在這裡，何孝鈺也睜大了眼緊張地在等待著他即將說出的這個人名。

方孟敖卻反而顯得平靜：「我見過的人，佩服的不多。抗日在空軍服役那幾年，我只佩服過陳納德將軍。一個老頭，退了役，竟然能夠拉起一支世界第一流的空軍飛行隊，讓日本人服，讓中國人服，讓美國政府也服。那以後我沒佩服過什麼人，直到三天前，我在南京特種刑事法庭遇到一個死刑犯。」

「共產黨？」何孝鈺這時迫不及待地接話了。

謝培東手中那枝鉛筆放下了——準確地說是從手裡滑落了。聽到這段話，他似乎長吁了一口氣？

方孟敖這時緊緊地望著何孝鈺了：「你怎麼知道的？」

何孝鈺也望著他，發現他眼中好亮，顯然是在觀察自己的真實反應。

何孝鈺：「你自己說的嘛。」

方孟敖：「我可沒說那個死刑犯就是共產黨。」

何孝鈺：「那你就告訴我你見到的誰是共產黨。」

謝培東又十分專注了，一秒一秒此時都顯得那樣漫長，耳機裡終於又有了方孟敖的聲音：

——先是一聲輕嘆，接著是以下話語：「你沒有猜錯，我見到的共產黨就是三天前被南京特種刑事法庭判處死刑的那個人。一個藏在國軍空軍作戰部多年的作戰參謀，多次將特密軍事情報在第一時間報告給他的上級。隱藏了十年，最後要不是自己有意暴露自己，別人還是發現不了他，讓我佩服。」

謝培東臉上突然露出了一絲怪異的神情！也就是露了一下，很快又消失了。他把高度的注意力又集中到了耳機上。

耳機裡這時又沉默了。

原來何孝鈺此時只是深深地望著方孟敖，並沒有接言，也沒有追問。

這才有了剛才的沉默。

方孟敖顯然有些不太滿意何孝鈺的沉默了：「你不想知道我為什麼佩服他？」

何孝鈺：「你已經說了，他隱藏得很好，因此你佩服他……」

「錯了！」方孟敖手一揮，露出了平時那種目空一切的神態，「我佩服他是個真實的人。還有，他不自私。」

接下來又是沉默了，因為方孟敖說完了這句話又望向了窗外。

謝培東在耳機裡聆聽著，又回復了最初入定的神態，靜靜地等著下面的對話。

何孝鈺感覺到了，這樣沉默下去可不是了局，於是又輕聲問道：「你怎麼知道他真實，怎麼知道他不自私？」

「是不是該你回答我了。」方孟敖又轉過頭來望向何孝鈺，「你還沒有回答我，見沒見過共產黨。」

謝培東在高度專注地聽，何孝鈺的聲音出現了：

——「我肯定見過共產黨。」

謝培東何時有過這般的片刻數驚，眼睛又倏地睜開了，手也又連忙拿起了那枝鉛筆！

方孟敖的眼睛此刻閃著亮光，在等著她說下去。

何孝鈺：「正像你說的一樣，他們也不會把這三個字寫在臉上，因此我不能確定我見過的人裡哪一個是共產黨。」

方孟敖眼中的亮光慢慢消失了，那雙眼犀成了一線，平時這樣的眼神是用來望那些自己憎惡或者不屑一顧的人才有。現在這樣看一個女孩，他還是第一次。何況眼前這個女孩是何孝鈺！

何孝鈺當然也感覺到了這位一到北平就毫不掩飾對自己好感的男人，突然間流露這種萬不該有的神態，她有些慌了，竭力鎮定自己：「你不相信我說的話？」

「無所謂相信不相信。」方孟敖恢復了常態，那種虛己以遊世的常態，「開始就說了，閒談而已。我也不要找共產黨。」說著站了起來。

何孝鈺連忙跟著站了起來。

這套竊聽裝置確實十分先進，謝培東立刻聽到了兩個人站起來的聲音，也立刻預感到了這番對話可能即將結束。

他反而露出了可以輕鬆一下的神態，在等聽最後的結束語。

「耽誤你很久了，再問你一句吧。」方孟敖望著何孝鈺，「七月五日到北平參議會抗議，今天到華北剿總抗議，你和你的同學去了沒有？」

何孝鈺：「全國都在聲援了，我們北平學聯的學生當然該去。」

方孟敖：「你和木蘭擋我的車把我叫回來，希望我幹什麼？」

何孝鈺：「當然是希望你查貪腐，幫學生。」

「那我也當然該走了。」方孟敖此時的目光已完全看不出有什麼好感了，接這句話時特意把「當然」兩個字說得很重，「北平那麼多學生教授和老百姓在挨餓，今天晚上我還得帶著我的大隊去監督民食調配委員會到底是不是在準備發糧。抱歉，耽誤了你這麼久時間。」說完便向房門走去。

「大哥！」何孝鈺在他身後脫口叫出這個稱呼。

方孟敖在門邊站住了。

何孝鈺：「他們可在底下為你做晚餐。」

「自己吃著好的，高喊幫那些挨餓的人，太不真實了吧。」方孟敖並未回頭，撂下這句話，開門走了。

何孝鈺怔怔地站在那裡，望著被他順手關上的房門，滿目茫然。

坐在這裡的謝培東完全回復到了平時那個謝培東的樣子，臉上毫無表情，取下耳機，撥動轉紐，那個「收音機」裡又傳出了京劇片段。

這時播出的已是馬連良的《斬馬謖》，正好播到諸葛亮在唸那段內心十分沉痛的道白：

「我把你這大膽的馬謖呀！臨行之時山人如何告誡於你，叫你依山傍水安營紮寨。你卻不聽山人之言，你你你是何道理……」

聽著馬連良，謝培東拿起了一部電話的話筒，撥了號。

對方很快接通了。

謝培東態度十分謙和：「何校長嗎？我是謝培東啊，我想請問，我們行長到了府上沒有……謝謝，請我們行長接電話。」

又等了片刻，電話那邊傳來了方步亭的聲音。

謝培東：「行長，您聽著就是。孟敖走了，兩個人談得不怎麼投機，有點不歡而散。您原來準備跟何副校長談的那些話，現在似乎不宜講了……」

＊　＊　＊

燕南園何其滄宅邸一樓客廳。

方步亭不露聲色地聽到這裡，答道：「央行總部哪有這麼多事？好吧，我這就趕回來。」放下了電話。

何其滄這時坐在餐桌前，桌上已經上了一盤江南人愛吃的玉蘭片，一碟花生米，兩人的碗筷顯然也已經在用了。

方步亭走了過來：「好不容易想跟你聊聊，又催我回去了。」

「官身不自由嘛。」何其滄拄著拐杖站起了，「下回再來吧。」

方步亭已經拿起了禮帽拎起了公事包：「財政部和央行又在催幣制改革的方案了。我告訴他們我的這份方案正在請你修改，他們也十分看重。幣制再不改革，真正民不聊生了。救民於水火，還得多仰仗其滄兄你這樣真正的大家呀。」

「什麼大家？無非看在我有幾個美國朋友，和司徒雷登大使能說上幾句話而已。」何其滄臉色並不好看，「幣制改革？銀行有準備金嗎？那些壟斷了市場的財團會願意拿出物資來堅挺市場嗎？沒有這兩條，寫什麼幣制改革方案？」

方步亭沉默了一下，接著深深點了下頭：「一針見血。就圍繞這兩點，其滄兄幫我參考參考這個方案。」

何其滄：「幣制無法改革的方案？」

方步亭：「說真話也只有靠其滄兄你們這些德高望重的賢達了。」

何其滄：「既無法改，還作方案，擺明了就是弄虛作假嘛。這個忙我幫不了你。」

方步亭：「那就改日再說，我先告辭，明後天再來看你。」

「李媽！」何其滄向廚房喊著。

那個李媽連忙從廚房出來了：「校長。」

「幫我送送方行長，然後你也回家吧。」何其滄又轉望向方步亭，「步亭，我的腿不好，就不送你了。」

「能抽出時間還是去國外治療治療。」方步亭真心關切地說道，「我走了。」

＊　＊　＊

方邸洋樓一樓客廳。

「程姨，木蘭，我回家了。」何孝鈺向著廚房喊道。

謝木蘭立刻出來了。

謝木蘭：「飯都做好了怎麼又要回家了？我大哥呢？」

何孝鈺：「走了。」

「走了？」謝木蘭驚詫地叫道，「什麼時候走的？我們怎麼不知道？說好了吃晚飯，他怎麼會走？」

這時程小雲也出來了，看出了何孝鈺的不自然，望了謝木蘭一眼，委婉地問何孝鈺：「是不是突然接到什麼要緊的事，他趕回去了？」

謝木蘭滿心的歡喜猛然被一陣風颳得乾乾淨淨，直望著何孝鈺：「電話鈴都沒響哪有什麼突然要緊的事？要走，也不會跟我們招呼也沒打一聲呀？誰得罪他了？」

程小雲是過來人，立刻看出了何孝鈺難受的神態：「別瞎說。誰會得罪你大哥？」

何孝鈺：「就我跟他在一起，當然是我得罪他了。程姨，我走了。」說著也不再理謝木蘭，快步向門外走去。

謝木蘭在後面叫道：「那麼多東北同學的事你也不管了！」

何孝鈺沒有停步更沒有接言，已經走到院門了。
程小雲：「你別吭聲了，她家那麼遠，我去安排車送。」立刻跟了出去。
謝木蘭懵在那裡，好久才跺了一下腳，突然又怔住了。
東邊樓梯的二樓上，她看見爸爸不知何時已經站在那裡了。
「爸。」她輕叫了一聲，轉身向西邊樓梯走去。
「站住。」謝培東叫住了她，「從今天起再摻和你大哥的事就不要出這道門。」
謝木蘭也沒回嘴，又氣又惱，加上自己給自己的委屈，忍著哭，快步跑上了樓。
方家這頓晚餐看樣子誰也吃不下了。

*　*　*

北平的太陽已經銜著西山了。
方家還有一個心事沉重不回家吃飯的人，便是方孟韋。
一個人開著北平市警察局那輛巡視的吉普，把車開到東中胡同的街口停下了。
在車裡一眼就看到，胡同口站著兩個北平警察局的內勤員警，在那裡來回地走著。
胡同裡，也有兩個警察局的內勤員警，在崔中石家門外東邊一個，西邊一個，來回溜躂。
方孟韋知道這是徐鐵英直接派來的，跟自己打過招呼，說是應付五人小組名為配合稽查大隊查帳，實為保護崔中石，免得讓自己的大哥方孟敖為難。其實為了什麼方孟韋知道，一個字：錢！
兩個胡同口的員警已經發現了方副局長的車，這時趕緊走過來了，在車外就行了個禮：「方副局長好！」

方孟韋下了車：「徐局長安排你們來的？」

兩個員警同時答道：「是。」

方孟韋面無表情：「那就好好地執勤。」

兩個員警：「是。」

方孟韋向胡同走去。

兩個員警多了個任務，還得幫方副局長看車。於是一人站在車邊，一人站在街口，不能再溜躂了。

「你們到底是警察局哪個部門的？找麻煩有本事到中央銀行北平分行去，你們方副局長的爹就在那裡！」葉碧玉在緊閉的院門內聲調很高，卻掩飾不住還是有些緊張，又帶著一些不耐煩。

「崔嬸，是我。」門外的方孟韋知道她的牢騷是衝著門外那些員警們來的，連忙自報家門。

院門立刻打開了。

葉碧玉看見方孟韋，立刻換了一副委屈的嗓子：「是方副局長來了，儂來得正好。老崔到底犯什麼事了？門口還派著員警看著我們？別人不知道儂知道，我們家老崔可是行長的人，替央行賣命賣到被員警管起來了，這算什麼事？北平這地方沒法過了，儂來了正好幫幫我們，跟行長講講，明天就幫我們老崔調到上海去……」

「煩不煩哪？」崔中石在她身後出現了，「還不讓方副局長進來。」

「我早就煩了！」葉碧玉一聽見崔中石的聲音立刻換了腔調，身子倒是讓開了，轉頭衝著崔中石又嚷道，「趁著方副局長來了，請他幫忙跟行長去說，儂再不離開這個鬼地方，我就帶著伯禽和平陽去上海！」嚷著顧自向西屋走去。

門口就剩下崔中石和方孟韋了。

崔中石還是那個「崔叔」的樣子，目光也還是那副親和的目光：「這麼忙還來看我？」

「進去說吧，崔叔。」方孟韋本能地像往常一樣回了這句，叫了這一聲，進了院門。

崔中石關院門時目光閃了一下，他已經察覺了方孟韋不自在的神情。

「有吃的嗎？崔叔，我還沒吃晚飯呢。」方孟韋來到北屋坐下時，已經看見桌上的紗罩罩著一個大碗一個碟子。

崔中石連忙拿開了紗罩，露出一絲難為情的神色：「就半碗白粥，幾片棒子麵餅了……」

方孟韋：「夠了。我就吃這個。」

崔中石：「好在都是乾淨的，我去給你拿筷子。」

「用不著那麼麻煩。」方孟韋一手端起了那半碗粥喝了一大口，另一隻手直接拿起一塊棒子麵餅嚼了起來。

崔中石在一旁坐了下來。

方孟韋吃著，沒有看崔中石，卻問道：「崔叔，家裡真這麼困難？伯禽和平陽可正在長身體。」

崔中石當然明白他這句話的意思，真誠地望著他：「行裡給我的薪水是很高，可法幣再多，也趕不上物價呀。」

方孟韋已經幾口喝完了粥，放下了粥碗，又拈起了剩下的兩塊棒子麵餅：「可你是央行北平分行的金庫副主任，手裡沒有美元外匯人家也不相信哪。」

崔中石：「我手裡當然有美元外匯，可那都不是我的，是行裡的。」

方孟韋望他的目光帶著審視了：「現如今中央銀行像崔叔這一級的職員還這麼清廉，我相信你，人家可不相信你。崔叔，有時候好人做過了頭未必有好結果。」

「你說得對。」崔中石也感慨起來，「你來之前，你崔嬸正在跟我吵架，一口一句我把美元黃金都拿到外面養女人了。我怎麼說得清？就讓她猜疑吧。」

方孟韋已經嚼完了最後一口棒子麵餅，崔中石心細如髮，早已走到旁邊的水桶舀起一勺乾淨水，在臉盆架子邊候著了。

方孟韋連忙走了過去，將手伸到空臉盆上方，崔中石勺中的水細細地一線流了下來，方孟韋趕緊兩手搓洗著。

將將一勺水便將手洗乾淨了，崔中石的一塊乾淨臉帕又已經遞了過來。

方孟韋接過擦手，心中驀地湧起一股酸楚——崔叔待人之無微不至，律己之無處不嚴，諸般好處好像只在此一刻才真正感覺到，他心裡難過。

「怎麼了？是不是吃了不舒服？」崔中石關切地問道。

方孟韋強顏一笑，一邊走回座位，一邊說道：「崔嬸做的東西怎麼會吃了不舒服？我是想起前不久一個議員說那些黨國將軍們的一番話了。對比崔叔，心中有感。」

「兩句什麼話，我可不能跟他們比。」崔中石也跟著坐下了。

方孟韋：「是他們不能跟崔叔比。想不想聽那兩句話？」

崔中石：「是笑話吧？」

「是實話。」方孟韋十分認真地，「那個議員是個老夫子，總統請幾個議員去徵詢意見，無非以示開明而已。那個議員卻當了真，當著總統罵這些帶兵的將軍叫『二如將軍』。總統問他何為二如，他說『揮金如土，殺人如麻，豈不是二如將軍』！當時就把總統氣走了。」說完這段閒篇，方孟韋沉默在那裡。

崔中石望著他：「是實話，無奈人家最不願聽的就是實話。」

「我就願意聽到實話。」方孟韋抓著這個話題，深深地望向了崔中石，「崔叔，你幫我爹這麼多年了，無論是行裡的開支還是你家裡的開支，都是精打細算，行裡的人對你沒有少怨言。現在連崔嬸這麼好的女人也埋怨你了。這樣做，你為的什麼？」

崔中石有些詫異地：「行長是信任我，才讓我管著錢，我當然應該這樣做。不這樣做，還能怎樣做？」

方孟韋：「可在南京對好些人你也是揮金如土呀！就沒有心疼過？」

崔中石似乎有些明白方孟韋今天來的原因了，回望著他，好久才答道：「當然心疼。央行的錢就是國庫的錢，一分一厘都是民脂民膏啊。可你不給他們行嗎？不要說我，就是行長，你今天不給，明天不給，後天就會撤了你，換上一個願給的人。」

「我爹我知道。」方孟韋開始單刀直入了，「可對崔叔你我還是不太明白。家裡的日子如此清寒，又擔著這麼大的干係，為什麼還願意幹這個金庫副主任？」

崔中石默默地坐在那裡，稍頃答道：「孟韋，我的身世你也知道些。父祖輩沒有給我留下家當，砸鍋賣鐵供我讀完了財會學校。遇上了貴人，就是你爹，在上海便給了我銀行職員的位子。帶我到北平後又讓我當了這個金庫副主任。你現在問我為什麼願意幹，我怎麼答你？我不願意幹，還能到別處幹什麼？」

方孟韋沉默了，但能看出他此刻心裡十分複雜。崔中石這一番話十分入情入理，他也十分願意相信，可爹為什麼那麼肯定地懷疑這個崔叔是共產黨？

方孟韋抬起了頭：「崔叔，你明白自己現在的處境嗎？」

崔中石：「當然明白。」

方孟韋：「能不能說給我聽聽？」

崔中石：「有些能，有些不能。」

方孟韋：「把能說的說給我聽。」

崔中石：「為了行長，也為了你，當然也為了我和孟敖的交情，這次去南京活動我被人懷疑上了。加上北平民食調配委員會和軍方物資管理委員會的帳是我在經手，這裡面有貪腐，我必須要接受調查。上面的人厲害，竟叫孟敖來查我。這一坎雖然難過，可我不怕。行裡沒有貪，我也沒有貪。他們查到一定的時候也不會真查下去。我現在過不去的只有兩道坎，說出來你也幫不了我。」

方孟韋：「我幫不了，還有誰能幫你？」

崔中石：「誰也幫不了。我聽天由命。」

方孟韋：「崔叔，我現在說真心話，你也得真心聽進去。不管你身上擔著多大的事，衝著這幾年你一直對我大哥好，尤其這一次你拚了命在南京活動救我大哥，我也一定會幫你。崔嬸跟著你可沒過好日子，還有伯禽和平陽，為了他們，我也會幫你。把你過不去的兩道坎告訴我。」

崔中石深望著他：「我說，你幫不了也得藏在心裡。不然，你就會反而害了崔叔，也害了我一家。」

方孟韋的血氣湧了上來：「大不了你是個共產黨！還你的情我也救你！」

崔中石一驚，急忙望向門外，接著走到門口，望向西屋。

好在葉碧玉剛才跟他吵架，這時還帶著一兒一女在西屋關著門嘔氣，方孟韋剛才的話她沒有聽到。

崔中石轉過了身，一臉沉重對著方孟韋：「我什麼都不能說了。孟韋，就憑你剛才那一句話，嚇也會把你崔嬸嚇死。」說完默坐下來，再不吭聲。

方孟韋壓低了聲音：「話都說到這個份上了，崔叔你能不告訴我嗎？」

崔中石又想了想，望向他：「我告訴你，第一道坎就是行長。」

方孟韋：「你說下去。」

崔中石：「昨天回來行長對我的態度明顯變了，我想了一晚也沒想明白。今天上午去五人調查小組前行長又找我說了好些我聽不懂的話，可有一點我懂了，行長在懷疑我。孟韋，什麼坎我都能過，不能過的就是行長對我不信任。你幫得了我嗎？」

方孟韋：「難處既在我爹身上，我答應了，就能幫你。說第二個難處吧。」

崔中石：「第二個難處你恐怕真就幫不了啦。因為這個人是徐鐵英。門口你們局裡派的員警你看到了，昨天徐鐵英派孫祕書到車站接我你也在。剛才你不說到那個議員罵那些將軍們的話嗎？我現在告訴你，你的這個新任頂頭上司就是個『二如局長』！當然他不會像別人那樣招搖，現在就去揮金如土。可他開的口比好些人都大。不為現在，是為將來能揮金如土。過去幹中統，他殺人從來就沒眨過眼，現在又兼了個北平警察局長和警備司令部的偵緝處長，殺人就更容易了。共產黨他會殺，可只要與他無關他也未必會去殺。但有一種人他必然會殺，就是擋了他財路的人。孟韋，現在好些人的財路都在崔叔手裡管著，哪一天我顧不過來了，也就成了擋別人財路的人了。原來有行長罩著我，未必有人敢殺我，現在行長也懷疑上我了，別人要殺我就是遲早的事了。真到了那一天，你崔嬸還有伯禽平陽還望你照看點。」

戛然而止！

崔中石慢慢閉上了眼，坐在那裡，一副並不寄希望方孟韋表態的樣子。

方孟韋猛地站起了，壓低了聲音：「崔叔，我只說一個條件，你做到了，我拚了命也保你！」

崔中石慢慢睜開了眼。

方孟韋：「我大哥是個性情中人，更是個難得的好人！我只要求你今後幹任何事都不要再牽連到他！他平安，我就保你平安。崔叔，今天我們說的話到此為止，你明白我明白就行了，最好不要讓第三個人知道。」說完就大步向門外走去。

＊　＊　＊

方步亭坐在謝培東不久前坐的那個地方，戴著耳機，閉著眼在專注地聽。

謝培東默默地站在門邊，關注著門外。

方步亭已經聽完了方孟敖和何孝鈺所有的錄音，慢慢睜開了眼，取下了耳機，在那裡細細想著。

謝培東走了過去，望了一眼方步亭，接著走到他背後。

就在方步亭座椅背後推開的壁櫥——一台竊聽器，兩盤磁帶還在轉動著！

謝培東按了按鈕，磁帶慢慢停了。

方步亭：「先不急著關。」

謝培東停下了手，壁櫥仍然開著，竊聽器仍然露在那裡。

謝培東走到了方步亭辦公桌對面的椅子前坐下了。

方步亭：「對孟敖和孝鈺這番交談你怎麼看？」

謝培東：「先說能肯定的吧。」

方步亭點了下頭。

謝培東：「孝鈺這孩子肯定還不是共產黨。」

方步亭點頭，臉上難得有了一絲欣慰的神情。

謝培東：「下面就只是我個人的看法了，可能跟行長的判斷會有些不同。」

方步亭：「都同了還要你說幹什麼。」

謝培東：「那我就直陳陋見了。行長，孟敖也不可能是共產黨。」

方步亭：「何以見得？」

謝培東：「他要已經是共產黨，還急著找什麼共產黨？您也都聽到了，孟敖這孩子不會裝假。」

方步亭往椅背上一靠，搖了搖頭。

謝培東：「那我就看不出什麼了。」

方步亭：「你還是老實了點。怎麼不想想孟敖為什麼會在這個時候問共產黨？」

謝培東：「為什麼？」

方步亭：「曾可達的話起作用了，孟敖在懷疑崔中石了，懷疑他不是共產黨。」

謝培東低頭沉默了。

方步亭：「下邊該怎麼辦？」

謝培東又抬起了頭：「那就不要讓孟敖再跟崔中石接觸。」

方步亭這才又點了頭：「崔中石是不會再主動跟孟敖接觸了。可孟敖擋不住會去找他。好在徐鐵英以北平警察局的名義看住崔中石了。當然不是因為懷疑崔中石是共產黨，而是為了盯著他要那百分之二十股份！前方的仗不用打，後方已經敗了。這個黨國啊……」沉默了稍頃，他又戴上了耳機。

戴上耳機後，方步亭這才又對謝培東說道：「把昨天晚上崔中石和徐鐵英的談話再放給我聽一遍。」

「好。」謝培東又走向了壁櫥，開始倒磁帶。

* * *

燕南園何其滄宅邸一樓客廳。

何其滄因長年落下風濕，夏天也經常是一床薄毯蓋在膝上，現在依然坐在剛才見方步亭的沙發上，卻露出愛憐的目光，移望著面前那個忙活的身影。

梁經綸在給他調熱水，正把手伸進那隻泡腳的木桶在試水溫。

正好。梁經綸提著木桶走到了老師面前放下，又蹲下身子幫他掀起薄毯折搭在他的腿上，慢慢幫他捲上了褲腿，輕輕幫他脫了鞋襪，捧起他的一隻腳放進了木桶，又捧起另一隻腳放進了木桶。

梁經綸：「水燙嗎？」

「多此一問。」何其滄的語氣不像先生倒像父親。

梁經綸一笑，也很像一個孝順的兒子，接著便有輕有重地給他搓按著兩腿。

和往常一樣，這時何其滄和梁經綸都不說話，老的目光，少的雙手，都像春風。

「今天學生們沒有被抓的吧？」何其滄問起了白天的事情。

梁經綸：「全國各大報紙都在報導了，他們也不敢不收斂了。」

何其滄：「國已不國了。你沒有去吧？」

梁經綸：「沒有去。各大學去的教授不多，聽說都在商量著聯名上書。不只是東北的學生，北平各學校的師生也已經好些天買不到配給糧了。抗戰苦了八年，抗戰勝利了還在受苦。先生，聽說財政部在醞釀什麼幣制改革，你和王雲五部長是同學，能不能真拿出一個切實可行的幣改方案？」

何其滄目光嚴肅了：「這種時局，有什麼切實可行的方案能夠改革幣制？你也是研究經濟金融的，你認為改得了嗎？」

梁經綸：「難，可也不能看著法幣一天天變成廢紙。今天的物價已經漲到兩千三百萬法幣一石糧了。百姓活不下去，許多公教人員也都活不下去了。」

何其滄：「你回來前方行長來過了，也提起過這件事。」

梁經綸：「他也提到過幣制改革？」

何其滄苦笑了一下：「他是央行的人，最清楚國民政府的家底，拿什麼來搞幣制改革？」

梁經綸：「那他是什麼意見？」

何其滄：「希望我幫他拿一個幣制不能改革的方案。」

梁經綸抬起了頭：「先生，我說一句不該說的話，您不要生氣。」

何其滄：「你說。」

梁經綸：「先生不覺得跟方步亭這樣的人交朋友有損清譽嗎？」

何其滄有些不高興了：「我該跟誰交往，不該跟誰交往，心裡有數，還輪不著你來提醒。」

梁經綸立刻答道：「是。我說錯了。」

兩人沉默了。

何其滄從來就不會真正責怪自己這個最愛的弟子，深深地望著他，覺得隱藏在心底許久的事今天必須要跟他說了：「我也有件事正要問你，你要跟我說心裡話。」

梁經綸似乎預感到何其滄要說什麼了，沉默了稍頃：「先生請說吧。」

何其滄：「你是看著孝鈺長大的。你覺得孝鈺長大了嗎？」

梁經綸低下了頭，依然輕輕地替何其滄搓著腳：「在先生眼裡和我的眼裡，孝鈺永遠是個孩子。」

何其滄：「現在還是孩子嗎？」

梁經綸不接言了。

何其滄：「是呀，你們太親了……可在別人眼裡她已經是大姑娘了。你知道方步亭今天來我這裡是想跟我說什麼嗎？」

梁經綸：「不是希望先生幫他跟上面說，不要搞幣制改革嗎？」

何其滄：「那是另外一個話題。他是想來跟我談孝鈺的事。」

梁經綸的手停了一下，依然沒有抬頭：「先生的話我不太明白。」

「跟我說話不要太深沉！」何其滄這回是真有些生氣了。

梁經綸立刻抬起了頭：「先生，我能有什麼深沉。現在的青年都在追求自由，包括孝鈺，我沒有權力過多干涉她。」

「你心裡還是明白嘛。」何其滄的語氣緩和了，「你也還是個青年，怎麼就不追求自己的自由？」

這話梁經綸又不好回答了。

何其滄：「這幾天孝鈺總是往方家跑你知不知道？方步亭今天來也並不是急著要說什麼幣制改革的方案，他是想跟我談兒女親家的事。」

「他提出了嗎？」這時梁經綸才認真了。

何其滄：「他是什麼人？我是什麼人？有這個念頭，他也得看清了我的臉色才敢提。他那個大兒子方孟敖到北平後聽說在學生中影響很大，你對他應該也有些了解。現在牽涉到了孝鈺，其實也牽涉到你，我現在就想聽你的真實想法。」

第一次聽到恩師把自己和何孝鈺連在一起說，梁經綸真正心事紛紜了。面對這個一直慈父般關愛自己的先生，他有太多的內心掙扎。當年先生保薦他去美國留學，背後其實就是黨國的安排。這麼多年自己的祕密一直瞞著他，現在更必須瞞下去。他只能繼續欺瞞恩師：「那個方孟敖，我沒見過。倒是聽了不少關於他的傳聞，國軍空軍的王牌飛行員，抗戰還不錯。前一向因為命令他的大隊不轟炸開封上了特種刑事法庭，後來又被判無罪，不知為什麼被國防部看中了，派到北平來查貪腐。牽涉到國民黨上層，牽涉到方家，背景很複雜。我也不希望孝鈺在這個時候跟他和他們家有太多的接觸……」

「是呀，背景很複雜呀。」何其滄接著感慨了，「不過有關他的事有些你還是知道的。我跟方家是世交，抗戰前兩家常有往來。孝鈺的媽和方孟敖的媽那時關係也很好。兩家的孩子因此經常在一起。方孟敖年紀大些，那時對他弟弟還有木蘭孝鈺都很好。孝鈺的媽就經常誇他是個懂事的孩子，有出息。可這都是十年前的事了。十年了，他因為母親妹妹被炸死的原因一直就不跟父親往來，也不認這個家，一個人在外面生生死死的，自己也不成家。這樣的青年，何況是現在這個時局，讓人不放心哪。」

梁經綸站起身去拿了那條乾毛巾，走回來替何其滄擦腳：「先生想叫我跟孝鈺說什麼？」

何其滄：「她也是從小就沒母親，有些話我做父親的也不好問。你側面問問她，對方孟敖印象如何。這個時候只有你能夠開導她，你開導她比我管用。」

梁經綸：「我試著跟她談談吧。」

「不是試著談，要真心跟她談！」何其滄眼中流露出的看似嚴厲，但明顯嚴厲的背後更多的是鼓勵，「我已經去了電話，孝鈺今晚會回來。我先睡，你在這裡等她，最好今晚就跟她談。」

梁經綸已經替他擦好了腳，又替他套好了拖鞋，攙扶起他：「先生放心去睡吧，我在這裡等孝鈺。」

說完，攙著何其滄向二樓走去。

＊　＊　＊

燕大未名湖北鏡春園。

雖是動亂時期，雖然已經暑假，入了夜還是有不少學生和教授到未名湖畔來，有些是相聚慷慨國事，有些是想到這裡暫避塵世的煩惱。

何孝鈺被方家的車送到了燕大校園門口，沒有回家，一個人穿過未名湖畔，徑直往北。

時北平控制用電，未名湖畔的路燈本就昏黃，五停其四，小徑便很黑。何孝鈺心中還是有些害怕，加快了腳步，來到了燕大師生幾乎不來的湖北鏡春園一道小門外。

鏡春園是清朝嘉慶皇帝女兒莊靜公主的賜第，民國時歸了徐世昌，司徒雷登興建燕京大學時多次想把這座園子一併買下，徐家不賣。因此鏡春園便成了燕大校園中一塊「心病」——從燕大想到已經屬於教職員住所區的朗潤園還得往東繞行。

裡面有人簡單問了幾句，竟將門開了，裡面也沒開燈。已是農曆六月初四，就靠著那一彎上弦月朦朧照著，何孝鈺進了門。

開門人又將門關了。

鏡春園一間小屋。

屋內有弱光從窗口亮出。

開門人將何孝鈺領到小屋門口：「在裡面等呢，你進去吧。」說完自己竟走了。

何孝鈺敲門。

「何小姐嗎？」

「是我。」

「請進來吧。」

何孝鈺輕輕一推，門開了，卻依然沒有進去，因今天見她的人她從來沒有見過。

那人走過來了：「劉雲同志離開北平了，今後我跟你聯繫，請進吧。」

何孝鈺點了下頭，跟他進屋。

門關了，那人轉過身來——原來竟是上午在未名湖畔跟中共學運負責人嚴春明見面的那個老劉！

「我也姓劉，孝鈺同志，你今後就叫我老劉吧。」那個老劉對何孝鈺十分和藹。

「我叫你劉叔吧，以前我對劉雲同志也這樣叫。」何孝鈺望著這個從裡到外都像校工，和一身書卷氣的劉雲完全不同的老劉還是覺得陌生，說話也就有些怯生。

老劉笑了：「我是從解放區來的，工農出身，看著不太習慣吧？」

何孝鈺：「劉雲同志說了，知識分子就應該向工農學習，往後劉叔多教教我。」

老劉笑得更親切了：「那我跟你一樣，也得好好向工農學習了。自我介紹一下吧，我是延安抗大畢業的。國民黨不承認，我也是大學學歷，跟你一樣，算個知識分子了。」

何孝鈺當然感受到了對方是在消除第一次見面的陌生感和距離感，也跟著笑了：「您是大學畢業，我還差一年才畢業呢，論學歷我也得向您學習。」
老劉裝出得意的樣子：「互相學習。請坐，時間不多，我們抓緊談。」
兩人都坐下了。
老劉談工作時便嚴肅了：「剛見的方孟敖？」
何孝鈺：「是。」
老劉：「印象怎麼樣？」
何孝鈺：「很難說話，很難溝通。」
老劉更嚴肅了：「你沒有直接跟他談工作上的事情吧？」
何孝鈺：「劉雲同志都跟我說了，這些都不能談。」
老劉：「那你們應該很好說話嘛，怎麼會很難溝通？」
何孝鈺：「他一上來就問我見過共產黨沒有，我當時就緊張了，不知道怎麼回答他。」
「你是怎麼回答他？」老劉也突然緊張了。
何孝鈺：「我只好反問他見過共產黨沒有。」
老劉緊張的神情立刻放鬆了：「他於是有些生氣了，是嗎？」
「您是怎麼知道的？」何孝鈺突然覺得這一個劉叔和劉雲同志一樣，也很睿智，一下子便感到親近了不少。
老劉和藹地望著她，語氣卻十分鄭重：「我把情況都告訴你。方孟敖同志是我黨單線發展的特別黨員，原來一直跟他聯繫的那個同志現在不能跟他聯繫了，他當然心裡焦慮。他問你見沒見過共產黨，就是這種情緒的表現。」
何孝鈺恍然大悟，方孟敖問她的情景立刻浮現在眼前：

——方孟敖當時的語氣……

——方孟敖當時的表情……

——方孟敖突然離去……

那個老劉十分安靜地在一旁看著陷入回想的何孝鈺。

何孝鈺望向了老劉：「劉叔，我不知道下面該怎麼跟他接觸了。請求組織另外派個人去接觸他吧。」

老劉一直十分和藹的面容慢慢變得真正嚴肅了：「你不能這樣想。這個任務是劉雲同志深思熟慮後做的決定，我無權改變，我們也曾交換過意見，這個任務對你是艱巨了些。可是除了你沒有第二個人能夠去完成。何況學運部梁經綸同志他們那邊也給你交了同樣的任務……」

說到這裡那老劉一時沉默了。

何孝鈺最重的心理壓力也正是這一點！自己一直以進步學生的面貌在參加由共產黨學運部祕密領導的學聯活動，可在學運工作那邊她只是個進步青年。自己曾經十分敬重也十分依靠的梁經綸，現在都不知道自己已經被北平城工部上層領導發展成了正式黨員。二十出頭的女孩，心理充滿了神聖，可一回到現實生活，面對學聯的那些同志，尤其是面對梁經綸，她並沒有神聖感，反而總感覺到自己是在欺瞞他們。

老劉的眼何等銳利，立刻改變了剛才嚴肅的態度，恢復了長者的和藹：「不要有壓力。組織上也不會給你壓力。仍然按照劉雲同志的囑咐，就以你在學聯的身分繼續接觸方孟敖同志，不要讓他離開了你的視線。你的任務很簡單，就是接觸他，發現他可能出現危險情況及時向我彙報，彙報的方式還是先通那個電話，這裡不能經常來。最重要的一點你務必記住，你是以學運工作部那邊交的任務去接觸方孟敖同志的，而不要讓任何人知道是劉雲同志和我交的任務。學運工作部如果只叫你接觸方孟敖，你就執行，如果叫你去發展方孟敖同志加入組織，千萬不能執行。」

何孝鈺望向老劉同志：「今天回去梁教授就會問我情況，我不知道該怎麼回答他。」

老劉：「像回答我一樣回答他，很難接觸，很難溝通。」

何孝鈺點了點頭，慢慢站起了。

老劉跟著站起了，滿目關懷地看著她，是在暗中給她鼓勵，給她勇氣。

何孝鈺轉身要走了，突然又站住：「劉叔，我總覺得讓方孟敖同志這樣下去，他會有危險……」

老劉又笑了：「放心，組織上和你一樣，在時刻關心他。」

何孝鈺突然又感到一陣心亂，是那種只屬於自己跟自己的心亂，連忙掩飾道：「劉叔，我走了。」

「孝鈺同志。」老劉又叫住了她。

何孝鈺轉過身來。

老劉的笑已經十分慈祥：「第一次見面我們還有兩件事沒做呢。」

何孝鈺眼露疑惑。

老劉已經伸出了他的粗糙的大手——何孝鈺明白了第一件事，連忙將手伸了過去。

老劉輕輕地握住了她的手，笑問：「明白第二件事了嗎？」

何孝鈺其實已經明白了，那老劉開始說了第一句暗語：「花長好。」

何孝鈺立刻跟著他，兩人接著說道：「……月長圓，人長壽！」

*　*　*

何其滄宅邸一樓客廳。

座鐘的鐘擺擺動了起來，聲音卻比同類的座鐘要小得多。

這是特地請鐘錶師調的，因何其滄有早睡的習慣，入夜九點以後家裡就必須保證安靜。

梁經綸望向了座鐘，已經十點！

他眼中露出了猜疑，又轉望向茶几上的電話。

何孝鈺應該早就到家了。他的手伸向了電話，卻停在那裡，最後還是縮了回來。

恰在這時電話鈴自己響了！

只響一聲，梁經綸已經拿起了話筒：「你好。」

對方的聲音卻讓他有些意外：「嚴先生……」

夜很靜，對方的聲音雖然壓低著仍然清晰，而且顯示著興奮：「你那個方案所需要的資料找到了，趕快到圖書館來吧！」

梁經綸知道是有重要的情況，聽語氣是好的情況，但還是想先摸點底：「今天太晚了吧？我還要等何小姐呢……」

對方嚴先生興奮的聲音透出急迫了：「立刻來吧，你那個方案有答覆了，是正面的答覆！」

電話掛了。

梁經綸站起了，職業的經驗讓他有一種直覺——嚴春明的興奮背後好像隱藏著很深的一個計畫！嚴春明察覺不到，他察覺到了！

第十一章

從天津運糧的火車兩個小時前就往北平這邊開了，由於是政府的特調列車，調度室回答得很堅決，晚上十一點正一定能夠準時到站。

馬漢山一小時前就帶著一干人馬來到了北平火車站貨運月台。天又熱，心又燥，自己又來早了，等到這個時候便又焦躁起來，一個人踏著月台離鐵道僅一米的那條黃線，來回走著，眼睛望見掛在月台棚頂下那面鐘便又開罵起來：「混帳王八蛋，不是說保證十一點能到站嗎？這不十一點了嗎！」

跟他保持著距離站在月台裡邊的李科長和王科長還有一眾科員都望向那面鐘。

鐘的指針確實已經短的在11，長的在12了！

那李科長比王科長強悍些，便有些欺他，立刻對王科長說道：「趕緊去調度室問問吧，政府的專列也晚點，真正不像話！」

王科長其實比他狡猾：「我這就去問。」說著就走，免得站在這裡，不知馬漢山還有多少無名火要發。

馬漢山踏著那條黃線走得更快了，又望了一眼那面鐘，果然衝著李科長來了：「你們是怎麼跟車站調度室說的？天津那邊是怎麼說的？今晚糧食不運來，你們自己就到警備司令部報到去！混帳王八蛋，平時不幹事，刀架到脖子上了還死不醒！」

李科長知道今晚的事大，不敢跟他還嘴，便把臉望向鐵軌進站的方向。

他身後的科員們也都像一群鵝，伸長了脖子裝著等望火車——其實是都不願意與馬漢山目光相接。

「便衣隊！」馬漢山一聲吼。

原來站在燈火暗處的十一個中山裝急忙聚攏過來了。

李科長和那群科員都是一驚，目光齊唰唰都望向這邊了。

馬漢山對他們倒是信任而親切，對為頭的那個：「軍統的弟兄們今晚要辛苦了！」

原來這十一個中山裝都是軍統北平站的！

馬漢山曾經在軍統任過北平肅奸委員會主任，現在麻煩大了，不得不借用背後這幫神鬼皆愁的弟兄，儘管又要費去好大一筆開銷。

為頭的一名中山裝：「上面都交代了，我們今晚聽老主任的。」

馬漢山：「派兩個弟兄先把車站的調度主任給我抓來！其餘的嚴陣以待，我說抓誰，立刻就抓！」

「明白！」軍統那個為頭的大聲答道。

可還沒等他派人去抓調度主任，王科長氣喘吁吁已經領著那個調度主任來了。

王科長：「局長，局長，我把調度主任叫來了。您親自問他。」

軍統為頭的一聽立刻下令：「抓了！」

兩個中山裝一邊一個將那個調度主任的手腕立刻扳到了背後！

調度主任身子壓了下去，又疼又急：「馬局長！馬主任！有新的命令……哎喲……您聽我說……」

馬漢山：「輕點，讓他說。」

兩個中山裝減了勁，那調度主任急忙說道：「剛接到的電話，運糧的車要十二點才到，說是有大半是軍糧，要等國軍第四兵團的車隊到了……」

「你說什麼？」馬漢山一聽立刻急了，「什麼軍糧？什麼第四兵團的車隊？混帳王八蛋！給老子說清楚！」

那調度主任：「兩個電話，一個是天津來的，說運糧的車改為十二點到站；一個說是國軍第四兵團司令部軍需處來的，說今晚的糧有八百噸是運給國軍的，叫我們等他們的車隊……」

「我們一千噸糧，第四兵團要運走八百噸？」馬漢山的頭一下子嗡的一聲立刻大了，「好，黑得好！我操他揚子公司的娘！這個時候還來這一手……」

科長科員，軍統的便衣全都靜在那裡，望著馬漢山。

馬漢山陣仗見多了，急劇在想應對之策，突然對王科長：「方大隊長那個大隊是不是在糧食倉庫等糧？」

王科長：「報告局長，是，他們早就在倉庫等著清點今晚運來的糧食，我已經全安排好了，有茶有菸還有酒和宵夜……」

「真正的混帳王八蛋！誰叫你說這些！」馬漢山呸斷了他，「立刻打電話，請方大隊長帶他的稽查大隊來！就說國軍第四兵團要來搶東北學生和北平各大學師生市民的配給糧！」

那王科長一聽立刻害怕了，這不是叫方大隊來和國軍第四兵團火拚嗎？鬧出大事，自己打這個電話，可干係不小，便又裝懵問道：「局、局長……我能不能不說是國軍第四兵團來搶糧……」

「給我一把槍！」馬漢山大火，立刻伸手向身旁一個軍統要了一把槍，立刻上了膛，向那王科長一遞，「拿著！」

那王科長哪裡敢接：「局長……」

馬漢山立刻將槍口頂在他的下巴上：「拿不拿？」

「我拿……」那王科長明白了，抖著手接過了槍，望著馬漢山。

馬漢山：「槍已經上膛了。十二點前方大隊長他們趕不來車站你就自裁吧！」

「我去！」那王科長雙手捧著槍，像捧著一塊燒紅的鐵，遞還馬漢山，「局、局長，十二點前我準把方大隊長請來。這個我也不會使……」

馬漢山一把抓回了槍，吼道：「還不去！」

「是！」王科長大聲回答，向兩個科員，「陪、陪我去打電話……」

見他們向調度室走了，馬漢山也不把那枝槍交還給那個軍統，提在手裡又來回急踱，一眼又望見了李科長：「給老子把車隊都調到站門口，把站門堵了。第四兵團有一輛軍車開進來，你也自裁吧！」

李科長也立刻望向那群科員：「聽到沒有？都跟我去！」

這一行也立刻跑了。

月台上就剩下馬漢山和軍統那十一個便衣和那個調度主任了。

「放了他。」馬漢山先讓放了那個調度主任，然後對十一個軍統，「弟兄們，今晚有一場火拚了！我是跟你們站長說好了的，有事他會頂著。再鬧大了我就親自給國防部鄭介民次長打電話！你們儘管配合國防部的稽查大隊放開手幹！我做事你們都知道，軍統的弟兄從來都不虧待。」

軍統那個行動執行組長：「老主任放心，我們聽您的。」

「好，好！」馬漢山眼珠子又亂動了，看見了手下給他安排的那個小馬紮，立刻望著那個調度主任，「你，給老子搬到鐵軌上去！」

那調度主任慌忙端起了小馬紮剛走了一步，不得不問道：「馬局長，馬主任……是搬到鐵軌上嗎？」

馬漢山這回沒罵人，也沒喝他，只是壯烈地點了下頭。

那調度主任忐忑地端著小馬紮跳下了月台，擺在了鐵軌中間的枕木上。

馬漢山大步走過去，也跳下月台，在馬紮上一坐：「娘希匹！狗娘養的揚子公司！老子今天幹不過你，賠了這條命，上達天聽，讓總統來罵娘，娘希匹的！」

望見他這般模樣，就連軍統那幫人都有些面面相覷了。

＊　＊　＊

北平民食調配委員會主任辦公室。

五人調查小組確定方孟敖大隊進駐北平民食調配委員會徹查物資，從馬漢山到底下各科的科長立刻做出了反應。第一條便是馬漢山騰出了自己的主任辦公室，改成了稽查大隊臨時辦公室。其他東西都搬了出去，只留下了那張主任辦公桌直接給方孟敖坐，寬大的辦公室中央搬來了大會議桌，上頭一張椅子，一邊十張椅子，剛好供方孟敖大隊二十一個人坐。

今晚是方孟敖大隊第一次來，目的十分明確，坐等十一點天津運來的那一千噸糧食入庫，明天一早便調撥給東北學生和幾個大學的師生。

正如那王科長說的，大會議桌上十分豐盛。中間擺滿了糖果糕點，兩邊每張座位前都擺著一盒哈德門香菸、一杯茶、一瓶洋酒。上首方孟敖那個座位只有香菸不同，是一盒雪茄。

隊員們今天都十分安靜，沒有一個人去動桌上的東西，而且沒有一個人說話。

不是因為要執行今晚的任務，而是因為大家都明顯感覺到今天隊長像變了一個人。

方孟敖坐在那裡一直就沒有講話，臉色又看不出什麼嚴肅或是生氣，只是沉默。

剛才電話鈴響了，現在他正在接電話。大家都望著他，也只聽到他不時「嗯」一聲，以致對方是誰都聽不出來。好不容易聽到他開口了，也只有三個字：「知道了。」接著就把話筒扔在了桌子上，走回會議桌前坐下，依然沒有表情，依然沉默，一個人在那裡想著。

兩個留在這裡伺候的科員又躡手躡腳地進來了，一人手裡拎著個熱水瓶，一人一邊，挨個陪著小心去揭每個座位前的茶杯蓋。

一個蓋子揭開，茶是滿的。

又一個蓋子揭開，茶也是滿的。

一個科員鼓起了勇氣，彎腰站在方孟敖身邊，陪著笑道：「方大隊長，大暑熱的天，長官們茶總得喝一口吧，您老下個命令吧。」

方孟敖慢慢望向了他，知他是個小科員，語氣便和緩：「問你，你要說實話。」

那科員：「大隊長問，屬下一定說實話。」

「你不是我的屬下。」方孟敖手一揮，接著指向桌上那些東西，「這些東西平時都是供應誰的？」

那科員：「都是供應各黨部和政府機關局以上長官的。」

方孟敖：「知道了，你們出去吧。」

「是。」兩個科員都出去了。

方孟敖望向了隊員們，一直沒有表情的臉現在慢慢露出了大家期待的笑容，可露出來的笑容還是跟平時有些不同，總覺得有幾分沉重。

大家便依然輕鬆不起來，都望著他，等他說話。

方孟敖：「奇了怪了。是不是北平的水有問題，什麼時候你們這麼老實過？為什麼一個人都不說話？」

明明是他不說話，心事沉重，現在反倒問大家為什麼不說話。隊員們知道，憋在心裡的話可以說了，卻都望向了陳長武。

二十個人裡陳長武跟他最久，年齡也最大，這時當仁不讓站了起來：「隊長，是不是遇到什麼困難了？有困難就該跟我們說，事情總不能讓你一個人擔著，二十個弟兄也總不能讓你一個人保著。」

方孟敖的心事哪能跟他們說？這時犀著眼望著陳長武，接著又掃了一遍其他隊員：「什麼困難？特種刑事法庭都過來了，還有什麼擔不了的事。該記住的事不記，一個個揣摩我幹什麼？沒心沒肺的。我提個問題，大家回答。今天本該是什麼日子？」

大家其實都知道，這時目光全望向了陳長武。

方孟敖便直接問陳長武：「你自己說。」

「報告隊長，今天是我原定的婚期！」陳長武先回了這一句，接著誠懇地說道，「隊長，這不因大家突然派到北平了嘛。我已經跟家裡和她都說好了，哪天完成了北平查貪腐的任務，哪天回去結婚。」

「是我耽誤了你。」方孟敖還是感嘆了一句，接著站起了：「剛才你們都聽到了。這些東西平時是專供北平局長以上那些人享受的。我們不吃，百姓也沒份。長武的婚期延遲了，今天的酒還得喝。大家都把酒開了，為長武和新娘乾一杯，帶你們打一仗去！」

大家立刻興奮了！紛紛站起，無數雙手伸向酒瓶，頃刻把洋酒瓶蓋開了。

方孟敖率先舉起酒瓶。

隊員們都舉起了酒瓶。

方孟敖望了一眼陳長武，又望向大家，這時要致祝酒詞了，那句話脫口而出：「花長好！月長圓！人長壽！」說完就喝。

大家都跟著喝，喝的時候都感覺隊長今天這個祝酒詞說得有點怪，不像他平時說話的風格，卻沒有誰知道隊長說這句話的真正含義！

方孟敖放下了酒瓶，大家都放下了酒瓶，等著聽隊長要帶他們去幹一場什麼仗。

方孟敖：「剛才接到消息。今晚從天津運來的那一列車應該配給東北學生和北平學生教師的一千噸大米，國軍第四兵團派車要運走八百噸，公然搶奪民食！現在我們就去車站，這些糧一粒也不能讓第四兵團運去。聽我的命令！」

唰地一聲，二十個隊員筆直地挺立。

方孟敖：「長武，元剛。」

陳長武和邵元剛：「在！」

方孟敖：「你們兩個人在這裡留守，其他的，跟我出發！」說完就大步向門口走去。

陳長武和邵元剛怔在那裡，其他隊員立刻跟了出去。

邵元剛還沒醒過神，陳長武已經明白了，追喊道：「隊長！」

方孟敖站住了。

大家又都站住了。

陳長武：「我知道隊長的意思，無非是要跟第四兵團的人幹一仗！隊長，我不要這樣的照顧！」

邵元剛這才也明白了，走了過來：「有危險，大家都危險。我有娘要養，弟兄們誰家沒有親人？隊長，你要讓我留下，不如現在就讓我退役回家！」

方孟敖望了望二人，感受到不只他們，其他隊員的目光都十分堅定。

「豈因禍福避趨之。好！」他突然想起了這句豪氣干雲的話，大聲地，「出發！」

＊　＊　＊

與北平城工部老劉同志談完話後，何孝鈺趕到了燕南園家裡，卻不見了梁經綸。

茶几上只有梁經綸留下的一張字條：

孝鈺：因急事我出去了，約一二小時便回。到家後望等我一談方家事。累了便在沙發上小憩。注意休息，注意身體！梁經綸

何孝鈺怔怔地坐在那裡，望向牆邊的座鐘。

座鐘已指向十一點三十分。

一部共產黨與國民黨的地下工作鬥爭史長達數十年，其中有一類人極其特別，因此被中共黨史稱為特別黨員。因其特別，背景極其複雜，原因極其複雜，在記述他們時便往往語焉不詳。

方孟敖就是特別黨員中的另類典型！

何孝鈺也是特別黨員中的另一典型！

現在，因中國共產黨和中國國民黨政權長期的鬥爭已屆決戰階段，命運將這兩個特別黨員連在了一起。

何孝鈺慢慢將梁經綸那張字條折好了，小心地放進自己的書袋，夾在一本書裡，走出門去，站在門邊。

小院草叢中傳來蟲鳴，父親喜栽的那些花這時都在黑暗中，只能淡淡聞見花香，西面天空那一絲新月只隱約能見。

她閉上了眼，耳邊又傳來那個神祕而又令人激動的聲音：

——花長好，月長圓，人長壽……

她用只有自己能聽到的聲音默默念禱：「花何時長好，月何時長圓，人何時長壽……」

虔誠默禱帶來的強烈意念，讓她突然似乎聽到了巨大的由無數人組成的方陣發出的腳步聲從沉沉的黑夜中傳來——是自己心目中理想的新中國的腳步聲！她能感受到這腳步聲越來越近，越來越響！

睜開了眼，看見的卻依然是沉寂的小院，還有滿天的星斗……

自己完全不應該有此孤獨。而此刻襲上心頭的明明是一種難以名狀的孤獨。而且這種孤獨不只屬於自己，她似乎還感覺到了另外兩個人的孤獨。

——梁經綸若明若暗莫測高深的孤獨！

——方孟敖煢煢孑立獨往獨來的孤獨！

* * *

北平火車站貨運站台頂棚的擺鐘已是十一點五十分！

儘管聽不見，等候十二點到站那列火車的兩個方陣的人，都覺得已經聽見了遠處火車軋著鐵軌馳來的隆隆聲！

月台上這時已多了一隊人，國軍第四兵團不只來了軍需處長，還派了特務營長帶著一個特務連，鋼盔鋼槍來護駕運糧了，黑壓壓排在月台的那邊。

月台的這一邊，民食調配委員會兩個科長一群科員早已萬分緊張，這時都躲在那十一個軍統便衣身後，殊不知那十一個軍統便衣心裡也很緊張。

都知道將會有一場爭拚，這時又都互不理睬，單等運糧的火車一到，亮出真章——那群第四兵團派來的人全都目光空空，好像馬漢山民食調配委員會那些人根本就不存在。

真正硬氣的只有馬漢山一個人，這時還坐在鐵軌上，右手提著那枝二十響的駁殼槍，左手多了一把摺扇，拚命地搧著。

最急的是那個調度主任，拿著一盞紅燈已經跑到離月台五百米遠處高高舉在那裡，唯恐進站的火車軋死了坐在鐵軌上不肯上來的馬局長。

「王一行！」馬漢山突然吼道。

那王科長本躲在人後，被他叫了不得不走了過去：「我在，局長。」

馬漢山將那枝駁殼槍指向他：「國防部經濟稽查大隊呢？」

那王科長驚慌之中還不忘瞄了一眼擺鐘：「局、局長，還不到十二點呢……方大隊長說、說了，他們準到……」

這一問一答，第四兵團那個軍需處長和特務營長都聽到了。

軍需處長向特務營長使了個眼色，那個特務營長走過來了：「什麼國防部經濟稽查大隊？」

王科長哪裡敢答他，望向馬漢山。

馬漢山瞟了那個營長一眼：「識相的現在走還來得及。不走，你們就等著。」

「我們等著。」那個特務營長當即還以顏色，「戡亂救國時期，敢跟我們搶軍糧，我倒要看看來的是誰。找死的東西！」

「混帳王八蛋！你剛才罵誰？」馬漢山倏地從馬紮上站起了，「你們陳副司令都不敢罵我，一個中校特務營長，你狗日的敢罵我！」

「馬局長，你喜歡罵人，我們可懶得罵人。」那個特務營長立刻反唇相譏。他們第四兵團是蔣介石的嫡系，坐鎮北平，牽制傅作義的西北軍，備受呵寵，平時鬧了事南京屢次護短，哪會怕一個馬漢山，「與共軍決戰在即，凡搶軍糧者，我們的任務是抓人殺人！」

「好！有種現在就抓老子！」馬漢山這兩日已被五人小組逼得上了房，現在又被揚子公司玩得沒了退路，今晚想好了乾脆大鬧一場，只要方孟敖大隊能來，明天這個殘局就讓五人小組和揚子公司收拾去。心裡有了這番打算，便露出軍統面目，提著槍跳上了月台，衝到那個特務營長面前，竟還打開了手槍的保險，拿槍便去準備頂住他的頭，把他鎮住，將事鬧大。

沒想到的對方是個特務營長，身手了得，一眨眼間馬漢山手中的槍不知怎麼就到了他的手中，黑洞洞的槍口反頂住了自己的下顎。

馬漢山被他頂得頭都昂起了，知道手槍已經上膛，動一動便會走火，懵在那裡自己反而不敢動了。

「你們想幹什麼！」軍統那個執行組長出面了，右手抽出了槍，左手舉著軍統的身分證，大步走了過去，「我們是保密局的，一個也不許動！」

十個軍統緊跟著都拔出了槍，都高舉著軍統的身分證，齊唰唰跟了過去。

第四兵團駐紮北平，河北的糧源被解放軍斷了，山西的糧源也被解放軍斷了，軍糧主要靠的也是天津港口運來的美援。揚子公司平津辦事處來電話說，今晚從天津運來的糧食有八百噸，就是撥給他們的。運不回軍糧便得軍法懲治，現在卻被阻擋！

見那十一個軍統走過來了，那個特務營長紅了眼，大聲下令：「一特務營長！」

「在！」帶隊的連長大聲吼應。

特務營長：「繳他們的械！」

「是！一排上！」那特務營長舉槍一揮，這個連長就是七五當晚配合方孟韋到燕大附屬醫院去抓學生的那個第四兵團特務營長。

三十多枝美式衝鋒槍立刻將那十一個軍統團團圍住：「繳槍！」

十一把短槍被三十多枝黑洞洞的衝鋒槍口對著，優劣立判。那十個軍統都望向為頭的，沒了主意。

軍統那個執行組長猶自恫嚇：「都告訴你們了，我們是國防部保密局的！還敢動手？知道後果嗎？槍斃！」

那個特務營長比他牛皮還大：「搶奪國軍軍需，破壞前方軍事！什麼國防部保密局？通通抓了！」

特務營訓練有素，三十多枝槍沒有蜂擁而上，二十多枝槍依然圓圈形圍著他們，十多枝衝了過去，全是用槍口直戳那些軍統的手臂，十一枝槍全掉在地上！

「走！」同聲齊吼，十多枝槍口頂著那十一個軍統向牆邊走去。

立刻又有幾個士兵過來，把地上的槍全部收了。

特務營長這才放下了頂著馬漢山的槍：「把馬局長還有他的手下，全請到牆邊去！」

十幾枝槍跑過去了，指著王科長、李科長一眾民食調配委員會的科員：「那邊去！」

那個連長親自來「請」馬漢山了。

馬漢山哪會就這樣被他請去，下顎上沒有了槍，緩過了氣，縱身跳起一把揪住了那個特務營長的衣領：「你個狗日的！目無黨國，目無政府！敢抓老子？有種向老子開槍！」回頭又向李科長王科長他們吼道：「不要走，都站在原地！看狗日的誰敢動我們一下！」

那個特務營長被馬漢山揪住衣領，到底知道他的身分，並未對他動武：「馬局長，你最好把手鬆了。」

「鬆手？」馬漢山大聲吼道，「把你們司令李文叫來，他來了老子才鬆手……」

「我們就是李司令派來的。」那個特務營長還是沒動，「馬局長，你鬆不鬆手？」

馬漢山：「你狗日的給我一槍，老子的手不就鬆了嗎！」

那特務營長用不著動手，開始發力了，也只是腰上一使勁，上身一擺，立刻將馬漢山的手甩掉了。馬漢山還被甩得一個趔趄。

這時一聲汽笛長鳴，一道強光直射，那列載著一千噸糧食的火車在幾百米外噴著氣進站了！

馬漢山站穩了身子，發現火車來了，更得拚命了，可幾枝槍已經擋住了他。

「不要鬧了！」一直沒有吭聲的那個軍需處長走到了馬漢山和特務營長身邊，「馬局長，我們是奉軍令行事。您是有身分的，何苦鬧得弟兄們傷了你，我們也不好交代。」

運糧的火車已經隆隆駛近了。

軍需處長大聲喊道：「我們的車還有民食調配委員會的車都開進來！準備運糧！」

＊　＊　＊

經國局長之賞識曾可達有很多方面。其中之一，就是曾可達能耐勞苦。每晚處理公務都要到三點左右，清晨照起不誤，精力依然充沛。

晚上十二點過了，曾可達正是一天中處理公文的緊張時刻。這時他站在顧宅住處的辦公桌前，望著一張國軍第四兵團和第九兵團不久前送來的最近軍事態勢圖，臉色十分凝重。

態勢圖正中的核心區標著「北平」兩個大字，在北平的西南方向標著「定興」、「房山」、「良鄉」、「長辛店」，每一個地名前都有一個碩大的紅色箭頭！

曾可達順手又拿起了國防部不久前發來的密電。

夜太靜了，精神高度集中的人便容易自我產生聽覺。

開始是密電發報的聲音，接著是一個人解讀密電電文的聲音，在曾可達耳邊響起：「據華北剿總、國軍第四兵團密報，共軍華野三十餘萬兵力已從石家莊、保定各據點向北平之定興、房山、良鄉、長辛店推進。三至五日，以上四處將與共軍發生激烈之戰鬥。北平之共黨必將暗中配合共軍此次之軍事行動，挑動學生市民發起反對政府之風潮。曾督察可達務必切切注意，引導五人調查小組平息『七五』、『七九』學生風潮。勿使北平動亂而干擾華北剿總之前方軍事……」

曾可達閉了一下眼，睜開又望向那張軍事態勢圖，望向那幾個碩大的紅色箭頭——突然，一陣猛烈的炮聲彷彿從那幾個紅色箭頭迎面轟來！

曾可達一震，本能地往後退了一步。定下神，才發現是桌上的電話鈴響了！

他知道，這時打電話的人，一定是了解自己作息時間而且有資格用這條專線的人。又定了定神，他才走過去，拿起了電話：「我是曾可達，請說。」

夜很靜，對方的聲音很清晰：「報告可達同志，今晚可能會鬧出大事！」是從南京跟蹤崔中石到北平的青年特工打來的。

曾可達依然很平靜：「不要急，慢慢說。」

對方的聲音：「是。方孟敖大隊突然去了北平火車站。聽說是國軍第四兵團也去了火車站，要將天津運來的糧食運到第四兵團去。」

曾可達這才怔了一下，接著問道：「馬漢山和他的民食調配委員會去車站沒有？」

對方的聲音：「他們早就在車站。後來知道第四兵團也要拉那車糧食，就通知了方大隊長，方大隊長剛才率領稽查大隊趕過去了。」

「知道了。你們在那裡繼續觀察，隨時彙報。」曾可達也沒想到會出現這樣的突發情況，掛了電話，急劇想著，又提起了話筒，看了一眼牆上的鐘，已過十二點，只猶豫了一下，還是撥了電話。

由於是專線，電話立刻通了：「請問南京二號專線嗎？是，我是曾可達。今天是你值班啊……對，有重要情況要報告經國局長……我也不忍心這個時候打電話，情況很複雜……謝謝了。」

因知道經國局長立刻要親自通話了，曾可達站了起來，而且站得很直。

「可達同志嗎？」親切的帶著濃重奉化口音的聲音從電話那邊傳來了。

「報告經國局長，我是曾可達。」曾可達肅然之情立刻顯現，「這麼晚了還打攪您，您還在工作吧？」

話筒裡蔣經國的聲音：「沒有關係，國防部今晚發給你的北平最新軍事密報收到了嗎？」

曾可達：「收到了，經國局長，共軍惡化，確實到了十分猖獗的地步。」

話筒裡蔣經國的聲音：「軍事部署不歸我們管，如何遏制共軍的惡化，只能寄希望於總統的英明部署了。我們當前是要配合總統的軍事部署穩定後方的經濟和人心，尤其是五大城市的經濟。說說北平的情況吧。」

「是。」曾可達答道，開始擇要彙報，「白天北平民食調配委員會向五人小組報告，今晚揚子公司平津辦事處將運來一千噸糧食，說得很清楚，都是給北平配給的民食。剛才接到報告，國軍駐北平第四兵團插手了，聲言這一千噸糧食有八百噸是調配給他們的軍糧。這說明揚子公司不但掌控了民食調配這一塊的資源分配，還染指了資源供應委員會軍糧的資源分配，這隻老虎胃口越來越大了。」

話筒那邊出現了沉默。

曾可達也只有等。

沉默其實也就幾秒鐘，話筒裡蔣經國的聲言又傳來了：「今天北平學生集聚華北剿總抗議的事件影響非常不好。全國好些報刊都作了負面報導，明天影響還會繼續擴大。今晚這一千噸糧食就是為了平息事端給北平的民食配給，第四兵團為什麼會在這個時候來添亂子，你們調查過沒有？」

曾可達答道：「事情是突然發生的，我們還來不及調查，經國局長。我個人的想法，一定是揚子公司那邊拿了央行的借款又沒有將應該配給的民食供應給北平，現在我們查急了，他們便利用國軍，以供應軍糧為藉口，來掩蓋民食調配那邊的貪腐，用心十分可惡。」

電話那邊蔣經國緊接著問道：「他們製造這樣的局面，你準備怎麼處理？」

曾可達：「第一，今晚的糧食既然已經明確是用作民食配給，就不能讓第四兵團運走。而大戰在即，如此一來就可能影響第四兵團之軍心，這方面只能請經國局長親自向第四兵團說明事由。第二，以今晚的事為契機，立刻展開調查，揚子公司拿了央行的借款經營民食調配，到底把這些錢用到哪裡去了？第三，對第四兵團前來運糧的手續進行審查，用來保證國軍軍需的物資供應委員會揚子公司怎麼也能從中插手？經國局長，金融市場已經全面失控，經濟管制如果還操縱在他們手裡，總統前方的軍事部署，和我們下面將要推行的幣制改革都將受到嚴重影響。您要下決心，而且要讓總統下決心，不能再任由孔宋集團控制黨國的經濟命脈了……」

「說事情就說事情。」話筒那邊突然傳來經國局長嚴厲的聲音，打斷了曾可達越來越激動的聲調。

曾可達一愣，怔在那裡。

短暫的沉默，經國局長的聲音又傳來了：「中華民國只有一個國家，一個政府，一個領袖。什麼這個集團那個集團？還指名道姓！」

曾可達委屈，但更能理解經國局長的難處，立刻明白「孔宋集團」這個說法何等敏感，當即回道：「是！經國局長，我接受您的批評，今後一定注意，戒慎恐懼。」

「戒慎是必要的，用不著恐懼。」話筒那邊蔣經國的聲音又平和了，繼而堅定鼓勵地說道，「反共反腐的信念絕不能動搖。你剛才的三條建議我都同意，今晚準備安排誰去阻止第四兵團運糧？」

曾可達：「這正是我要向經國局長具體彙報的。方孟敖的經濟稽查大隊聞訊已經去北平火車站了。」

話筒那邊蔣經國的聲音：「不是你安排去的？」

曾可達：「不是。聽說是北平民食調配委員會直接給方孟敖打的電話，他們就自己去了，並沒有向我請示報告。」

——這就是間接的告狀了。意思是告訴蔣經國，方孟敖大隊並不十分聽自己指揮。曾可達這時十分專注等聽經國局長下面的態度。

沉默了稍頃，蔣經國的聲音：「方孟敖大隊只有二十個人，他們的安全問題你考慮了嗎？」

曾可達的神情立時失落了，經國局長不問方孟敖的特立獨行，反而只關心方孟敖的安全！

曾可達有意不立刻回話，以沉默表示自己的情緒。

自古追隨人主，依附人主，許多人才都能做到竭忠盡智甚至肝腦塗地。只有一道心坎總難逾越，那就是人主把其他的人才看得比自己還重，比自己要高。這一道心坎不邁過去，便往往嫉人憤事。經國局長重用方孟敖，曾可達一直心存疑慮，保留有自己的看法。卻又擔心經國局長懷疑自己嫉妒人才，既不敢進一步坦言心跡，又不能放手控制方孟敖。今晚發生這樣的偶然事件，經國局長依然如此聽任方孟敖的率性而行。念想及此，他有了主意，那就讓方孟敖鬧去，藉此觀察他的表現以及和崔中石的關係！

「有什麼顧慮嗎？」經國局長在電話那邊打破了沉默。

曾可達當然知道自己這樣的沉默是以失禮作為代價的，立刻用帶有惶恐的聲調彌補：「我失禮了，經國局長。我是在考慮您剛才提的問題，我沒有任何顧慮，只是想，方孟敖大隊今後還要面對央行，面對他父親，面對更大的貪腐勢力。許多更艱巨的任務都要靠他們去執行！今晚正是讓他們鍛煉處理這類事件的一次演練機會。任何勢力，任何事情都敢於面對，才能夠執行好總統和經國局長力挽狂瀾的艱巨任務。當然，我會把握好五人小組對國軍第四兵團的態度。至於方孟敖和他的大隊在北平的安全，我向經國局長保證。」

「你能認識到這幾點，很好。」話筒那邊蔣經國的語氣表現出了欣慰，接著下來說道，「任何時候都要記住，內外還是有別的，內外必須有別。」

這幾句話又使得曾可達精神一振，一邊咂摸，一邊興奮地等著經國局長進一步說明這個「內」指的是自己，而「外」指的是方孟敖。

可接下來經國局長的話又讓他失望了：「今晚民食調配委員會和第四兵團發生衝突的事只能內部處理，軍心不能動搖，民心也不能動搖。消息不能透露，嚴防共黨利用，造成惡劣影響。」

「我明白。經國局長。」曾可達輕聲答道。

對方的電話掛了，曾可達手裡還拿著話筒在那裡想著。

「來人。」曾可達向門外叫道。

進來的是青年軍那個軍官。

曾可達低聲而嚴峻地：「我今晚就要見梁經綸同志，你們想辦法安排。」

＊ ＊ ＊

加長的運糧火車一共有十五節車廂，停靠在月台邊竟然看不到尾部。

第四兵團運糧的十輪大卡車都開到了月台上，連北平民食調配委員會運糧的十輪大卡車都被他們臨時「徵調」了，一輛接著一輛也看不到尾部。

火車的每節車廂門都被打開了，第四兵團特務營那一連士兵戒備著，帶來的工兵加緊將車廂的糧袋往一輛輛十輪大卡上裝。

馬漢山和他的科長科員連同那十一個軍統這時都被允許背靠著牆坐在地上，但仍然有一個班的槍指著他們。

馬漢山實在是鬧累了，坐了一陣子恢復了些元氣，這時倏地又站起了。

「請坐下！」兩枝槍立刻指向他。

馬漢山這時竟然露出怪異的笑，向前一步，將胸口向槍口迎去：「老子數三下，你們不開槍你那個李司令就是狗娘養的。」

兩個士兵愣住了，轉頭向站在那邊的特務營長望去。

特務營長暗暗搖了搖頭，以示不能開槍。接著，他和身旁的軍需處長又對視了一下目光。兩人同時偷偷地望向月台那邊。

特務營長和軍需處長目光所及處，也正是他們心中的忐忑處！月台那邊原來早已筆直地站著兩排威武的空軍，國防部駐北平經濟稽查大隊！

特務營長的目光還是很職業的，他在暗中專注地觀察那個帶隊的。

——那人當然就是方孟敖，渾身瀰散著隨時一戰的霸氣，比他們還目中無人，心不在焉地站在那裡抽著雪茄，甚至連這邊也不望一眼，好像這麼多車、這麼多人都不存在。

職業經驗提醒這個特務營長，此人厲害！

就在這時傳來了馬漢山歇斯底里的叫聲。

馬漢山望著用槍指著他的兩個士兵：「一、二、三！開槍！」

除了方孟敖大隊，其他人的目光都望向了那兩枝槍！

兩枝槍哪裡敢開？

馬漢山：「不開槍？不開槍就給老子滾開！我操你第四兵團的娘！」挺著胸從兩枝槍口間突破，向方孟敖這邊走了過來。

方孟敖這時才慢慢轉過身，望向走過來的馬漢山。

「方大隊長，你都看見了。你們到底管不管？」馬漢山五分急迫裝成十分急迫的樣子問方孟敖。

方孟敖對他一笑：「管什麼？」

馬漢山：「這些糧！都是明天急著要配給給東北學生和北平各大學師生的！今晚要是被他們拉走了，明天學生又會去包圍華北剿總！到時候傅總司令向南京告狀，你們五人小組不要又找我們北平民食調配委員會。」

馬漢山這幾句話喊得很大，那個第四兵團的軍需處長和特務營長當然都聽到了。二人目光又是一碰，交流了一下，決定還是不理睬。

那個軍需處長反而大聲地向部隊嚷道：「加快速度！一小時內將糧食卸完，立刻運走！」

「你聽到沒有，方大隊長？」馬漢山望著方孟敖，一手指向那邊的軍需處長和特務營長，「再不動手，狗日的第四兵團就要將這些糧食都運走了。」

方孟敖還是不接言，他按著自己想好的思路，還在觀察。

馬漢山也知道方孟敖不一定聽他的，但一口一句操娘開罵，只要能激怒第四兵團那個軍需處長和特務營長，方孟敖就不一定還按兵不動。

那個軍需處長是個文職，並且幹的就是挨罵的差使，平時練的就是受氣一功，馬漢山的叫罵對他根本就不起作用。

那個特務營長可是個跋扈已久的人，剛才還忍著，現在見馬漢山當著這麼多人大聲指罵，便不再忍了，當即也大聲罵道：「狗娘養的！老子倒要看誰敢動手！」

殊不知他這一句話罵得犯了大忌。

方孟敖平生懷念和崇敬的就是自己的母親，聽到一句「狗娘養的」，剛才還十分悠閒的神態立刻變了，眼中閃出了光，唰地望向那個特務營長。

馬漢山何等機敏，立刻煽道：「方大隊長，你聽到沒有……」

「過去。」方孟敖打斷了他，「問他，什麼番號，什麼職務，罵誰的娘。」

「老子現在就去問他！」馬漢山知道這把火要搧起來了，快步向那個特務營長走去。

方孟敖原來已經想好的，但等火車上的糧食全部裝完，再突然發難，將車扣住。現在被那個特務營長一句話刺疼了最敏感處，血性立刻取代了冷靜，兩眼閃光直望著走過去的馬漢山和那個特務營長。

二十個隊員如何不了解自己的隊長，這時二十雙眼也都刺向了那邊，單等一聲令下，立刻行動。

方孟敖看著馬漢山走到那個特務營長身邊了。

這時只見馬漢山在那手之舞之，聲音卻壓得很低，以致方孟敖聽不太見他對特務營長說的什麼。

那個特務營長面露不屑，同樣低聲回敬了馬漢山一句什麼。

「方大隊長！」馬漢山掉過頭來，這一句喊得好響。

他接著喊道：「他說了，他是第四兵團的特務營長！戡亂救國時期，抓人殺人都不在話下。罵我們狗娘養的還算客氣！」

方孟敖的臉立刻像一塊鐵：「向左轉！」

兩排，二十個隊員立刻左轉。

「走！」方孟敖已經在前面向特務營長他們這個方向大踏步走來。

兩排隊員踏著整齊的步伐緊跟著他走來。

那個特務營長本能地將手放到了腰間的槍套上。

負責警戒的一個排立刻在他身邊散開，黑洞洞的衝鋒槍口全對著正步走來的方孟敖大隊。

那個軍需處長是個曉事的，趕忙在特務營長耳邊說道：「國防部預備幹部局的來頭，千萬不要動武。」

「晚了！」馬漢山也聽到了這句話，唯恐不亂，立刻對著這兩人嚷道。

方孟敖已經走到了那個特務營長和軍需處長面前，先喊了一聲口令：「立定！」

二十個隊員在他身後保持隊形站住了。

方孟敖望了一眼軍需處長肩上的兩槓三星，又望了一眼特務營長肩上的兩槓二星，說道：「官大的先說，什麼番號，什麼職務，什麼姓名。」

那個軍需處長勉強笑了一下：「尊駕是國防部派駐北平的方大隊長吧？」

方孟敖臉上毫無表情：「請報上番號職務姓名。」

那軍需處長只好回答了：「國軍第四兵團上校軍需處長錢佑生。」

方孟敖報以一笑，而且伸出了手：「錢處長，幸會。」

那軍需處長連忙也伸出了手，二人握了手。

馬漢山一旁看著，心裡又沒底了。

方孟敖望向了那個特務營長。

那特務營長見方孟敖對錢處長甚是禮貌，主動向方孟敖敬了個禮，報道：「國軍第四兵團中校特務營長胡安強！方大隊長幸會。」放下手便伸了過來。

方孟敖這次手連動也沒動，兩眼盯著特務營長的眼：「七月五日在北平參議會帶兵槍殺學生是不是你？」

那個特務營長的臉色立刻變了，縮回了手，開始強硬了：「我是國軍第四兵團現職特務營長，一切行動都只聽我們兵團的命令，也只向兵團長官報告。」

方孟敖：「那你告訴我，七月五日帶兵槍殺學生是誰給你下達的命令？」

那特務營長：「我已經說了，我的一切行動都只向兵團長官報告。」

方孟敖：「那好。我就帶你去見你們的兵團長官，當面聽聽你的報告。」

那個特務營長早有警覺，立刻本能地便去拔槍，可手剛抽出槍來便覺得使不上勁了——方孟敖動作之快匪夷所思，一隻冰冷的手銬已經牢牢地扣住他拔槍的手腕。接著咔嚓一聲，那特務營長手腕一陣劇痛，方孟敖轉瞬間將手銬全部扣了下去，手銬上的鋼牙使特務營長那隻被銬的手立刻失去了知覺，槍從手中落下！

又只見一隻空軍皮靴一伸，勾住了落下的槍，往上一踢，那把槍被一隻手接住了，緊接著頂在特務營長的頭上——這一連串動作其實也就在一兩秒鐘內完成，方孟敖右手反過了特務營長被銬的手，左手用槍頂著他的頭——特務營長完全被控制了！

太快！

太突然！

所有的人都還在反應中。

「邵元剛！」方孟敖緊接著一聲低吼。

「在！」邵元剛大聲答道。

方孟敖：「下了那個連長的槍！」

「是！」邵元剛是所有隊員中塊頭最大的，而且也是功夫最好的，這時一個箭步上去，使出他平時和隊長琢磨出來的剛才那套抓人的動作，也是先銬住了那個連長的右手腕，緊接著拔下了他的槍，頂住他的腦袋。

「過去！」邵元剛頂著那個特務連長，反提著手銬，將他飛快地推到方孟敖身邊。

方孟敖將手裡銬著特務營長的手銬交給邵元剛。

邵元剛將特務營長和那個特務連長的手銬在了一起，一個人看住了兩個人。

一個營長，一個連長都被抓了，第四兵團特務營那個連全懵在那裡。

「下他們的槍！」方孟敖及時地向全隊發出命令。

整個大隊剛才居然一直保持著整齊的隊形，現在聽到命令才突然發動——就這種靜若處子、動若脫兔、令出如山的陣勢，也立刻將第四兵團那個特務連的人鎮住了！

「放下槍！」

「放下槍！」

一枝枝槍都老老實實地放在了地下。

「混帳王八蛋！這下知道厲害了吧？」最興奮的莫過於馬漢山，對著那個特務營長和連長啐了一大口痰，「不是說要抓人殺人嗎？國防部的長官見識了吧？」出了這口氣他又向方孟敖獻策：「這幾個傢伙一定要帶到五人小組去。方大隊長，有你們在，我一定把這些糧食明天就發下去。都過來，運糧！」

首先活過來的是那十一個軍統，立刻就去特務營那些士兵扔下的槍裡想撿回自己被繳的手槍。

「都不要動！」方孟敖喝住了他們。

「不許動！都退回去！」陳長武和郭晉陽擋住了那些軍統。

李科長、王科長和那些科員本就還沒有動，這時當然都不動了。

馬漢山：「方大隊長，這些都是自己人，民食調配委員會的！」

方孟敖望了他一眼，接著望向那個懵在一旁的軍需處長：「你們兩個，都過來。」

軍需處長忐忑地走過來了，馬漢山也多少有些不解地靠近過來，滿眼的疑問望著方孟敖。

方孟敖：「這一車糧食是從哪裡發過來的？你們雙方都憑什麼來運這車糧食？把手續拿給我看。」

「方大隊長，這還用看嗎？」馬漢山立刻委屈地嚷了出來，「白天我向五人小組作的保證，這車糧就是我們北平民食調配委員會從天津購買的。提單就在這裡！」說著掏出那張提單遞給方孟敖。

方孟敖看了一眼。

——提單上確實寫得明明白白：北平民食調配委員會憑單運調揚子公司平津辦事處從天津運往北平美國大米一千噸！

方孟敖轉望向那個軍需處長：「你的呢？」

那軍需處長早將提單拿在手中，當即遞了過來。

方孟敖也看了一眼。

——提單上也寫得明明白白：國軍第四兵團憑單運調揚子公司平津辦事處從天津運往北平美國大米八百噸！

馬漢山在一旁也看清了，立刻罵道：「黑了心的混帳王八蛋，一家貨賣兩家主！方大隊長，押糧的人就在尾車上，得立刻去抓！」

方孟敖望向了郭晉陽：「帶兩個人把押糧的人抓來。」

「是！」郭晉陽立刻和另外一個隊員拿著槍向尾車走去。

＊　＊　＊

曾可達已經沒有心思處理文檔了，筆直地坐在椅子上靜默養神。

這也是經國局長率身垂範每日必做的功課——靜坐一個小時，反省這一天的所思所想，所作所為——曾文正公當年在兵營鏖戰時每日都堅持靜坐四刻，定力由此而生，神明由此而清。

「報告。」門外那個青年軍軍官低聲的報告聲傳了進來。

曾可達睜開了眼：「請進來。」

「是。」那個青年軍軍官進來了，在他耳邊低聲報告道，「梁經綸同志剛才一直在跟共黨學委的人開會，好不容易才聯繫上。見面的地方安排在燕大郊外。這麼晚了，可達同志還得換衣服，有一段路還得騎自行車，是不是太辛苦？」

曾可達：「我馬上換衣服。」

＊　＊　＊

北平火車站貨運站台。

「馬局長，錢處長，怎麼回事？有什麼問題嗎？」被郭晉陽押來的這個二十多歲的人，一過來不等別人問他，反倒望著馬漢山和那個軍需處長發問。

馬漢山和那個軍需處長顯然跟他很熟，這時都不接言，也不看他，只望向方孟敖。

方孟敖一眼望去便心生憎惡。

此人上穿一件夏威夷短袖襯衫，下著一條華達呢輕綢西褲，棕色的尖皮鞋，滿臉的不滿意，身邊還帶著一個化著濃妝的女子。

那人大約也知道身邊這個空軍軍官是個把舵的人，依然不放在眼裡，只望馬漢山和那個軍需處長：「有什麼問題你們兩家協商解決嘛。我今晚還得趕回天津。」

「這裡髒死了！」他身邊那女子接言就是牢騷，「我先回客車車廂去了啊。」說著就走。

郭晉陽立刻擋住了她的去路：「誰叫你走的？回去！」

「什麼人啊？敢對我們這麼凶？」那女子兀自不省，對那個青年男人，「打電話，我們立刻給孔總打電話！」

那個青年男人也十分生氣：「誰是北平車站負責的？電話在哪裡？」

「省了吧，孔副主任！」馬漢山一臉不然，對著那個青年男人，「白天電話裡你們孔總答應得好好的，今晚一千噸大米準定給我們運到，怎麼又弄出個第四兵團的軍糧，你們耍人也不要這樣耍嘛！」

「怎麼耍人啦？誰耍人啦？」那個孔副主任腔調比馬漢山還高，「市場這麼萎縮，交通又這麼困難，國軍要糧，你們民調會也要糧，我們一時從哪兒弄那麼多糧去！馬局長，我們的生意可是直接跟南京方面談好的，還輪不到你來指責我們孔總。」

「那你說這一車糧食到底是給我們的，還是給第四兵團的？」馬漢山就是要當著方孟敖讓他把話說穿。

「是嘛。」那個軍需處長也接言了，「你們給我們兵團打電話通知，今晚八百噸軍糧讓我們來運，現在我們的人反讓國防部抓了。這是怎麼說？」

那個孔副主任這才望向方孟敖，心中預感此人不好對付，臉上依然不肯放下架子：「你就是國防部的？請問國防部哪個部門的？」

「回答他們兩個人剛才的問話。」方孟敖盯著他，眼睛犀了起來。

那個孔副主任怔了一下，立刻又硬了起來：「我不會回答他們。不管你們是哪個部門的，都沒有權力讓我在這裡回話。有什麼事情你們弄不清楚，可以去請示你們的上司，向南京方面問去。」說到這裡他居然又轉望向馬漢山和那個軍需處長：「這車糧你們下不下？不下，剩下的我拉回天津了。真是！我們走。」

「抓了！」方孟敖低聲下令。

郭晉陽手裡的銬子早就準備在那裡，一隻立刻銬住了這個孔副主任，另一隻銬住了他身邊那個女人！

「幹什麼？你們幹什麼……」那孔副主任一陣劇痛說不出話了。

郭晉陽手中使勁，手銬的鋼牙緊卡下去！

方孟敖：「這兩個人，還有第四兵團那兩個人帶回去！這一車糧食今晚運回軍營，人和糧明天都交五人小組發落！」

（第一卷完）

新人間239

北平無戰事（第一卷：明月溝渠）

作　　者—劉和平
主　　編—李筱婷
責任編輯—鍾岳明
校　　稿—劉綺文
美術設計—賴佳韋
行銷企劃—劉凱瑛
董 事 長—趙政岷
總 經 理
總 編 輯—余宜芳
出 版 者—時報文化出版企業股份有限公司
10803台北市和平西路三段二四〇號四樓
發行專線—（〇二）二三〇六六八四二
讀者服務專線—〇八〇〇二三一七〇五
（〇二）二三〇四七一〇三
讀者服務傳真—（〇二）二三〇四六八五八
郵撥—一九三四四七二四時報文化出版公司
信箱—臺北郵政七九～九九信箱
時報悅讀網—http://www.readingtimes.com.tw
電子郵箱—history@readingtimes.com.tw
法律顧問—理律法律事務所　陳長文律師、李念祖律師
印　　刷—盈昌印刷有限公司
初版一刷—二〇一四年九月二十六日
定價—新台幣三二〇元

行政院新聞局局版北市業字第八〇號

國家圖書館出版品預行編目資料

北平無戰事（第一卷：明月溝渠）/ 劉和平著. -- 初版.
-- 臺北市：時報文化, 2014.09
冊；　公分

ISBN 978-957-13-6067-6（平裝）

857.7　　　　　103016832

ISBN 978-957-13-6067-6
Printed in Taiwan